徳 間 文 庫

はぐれ柳生殺《せつ》人《にん》剣

黒 崎 裕 一 郎

徳 間 書 店

目次

第一章　追われ者

1

享保十一年丙午《ひのえうま》（一七二六）六月九日、深更。

江戸城三の丸御殿に、突如、緊迫した空気が張りつめた。

入り乱れた足音がひびき、長廊下に蒼惶《そうこう》と人影が行き交い、あちこちに手燭《てしょく》の明かりが揺れる。

「何事ぞ」

「浄円院《じょうえんいん》さま、お事切れにござる」

「ま、まことか」

低くささやき合う声が、松籟《しょうらい》のように部屋から部屋に伝播《でんぱ》していく。

八代将軍・徳川吉宗の生母・浄円院（お由利《ゆり》の方）が逝去したのである。

享年六十歳であった。

それからおよそ半刻（一時間）後。

日比谷御門ちかくの桜田御用屋敷内の長屋の一室に、緊急招集された十六人の侍の姿があった。いずれも木賊《とくさ》色の小袖に同色の袴《はかま》、鈍色《にびいろ》の袖無し羽織姿の侍たちである。

「まず、おぬしたちに訃報《ふほう》を伝えねばならぬ」

重々しく口を開いたのは、臼《うす》のように大きな顔の六十前後の老武士であった。名は巨勢《こせ》十左衛門由利《よしとし》。浄円院の実弟、つまり将軍吉宗の叔父にあたる人物である。

紀州藩で大番頭《おおばんがしら》をつとめていた十左衛門は、吉宗が将軍の座についた翌年（享保二年）、姉の浄円院に供奉《ぐぶ》して出府、五千石を賜って御側衆首座《おそばしゅう》に着任した。将軍吉宗の側近中の側近である。

「つい先ほど浄円院さまが薨《こう》じられた」

十左衛門がそういうと、一座の間から低いどよめきが起きた。

「本題に入る前に一つ申し渡しておく」

十左衛門が嗄《か》れた声でつづける。

「これはわしと上様とで内々に決めたことゆえ、いっさい他言はならぬ。よいな。まずはこの事、しかと心にきざんでもらいたい。……おぬしたち十六名は、今夜この場をもって締戸番《しめとばん》から『お庭番』と役職名を改称され、上様直属の隠密組織として新たな任務が二つ与えられることになった」

締戸番とは、吉宗が創設した公儀隠密のことである。

紀州藩主時代、領内の民情を偵察し、家臣たちの非違を監視するために設置した芸目付《げいめつけ》、町廻目付《まちまわりめつけ》、薬込役《くすりごめやく》などの隠密組織を、将軍就任と同時にそっくり江戸につれてきて幕臣団に編入し、江戸城内の警備や大名旗本の監察にあたらせたのがその嚆矢《こうし》である。

家康以来の甲賀組や伊賀組は、百二十余年におよぶ泰平の世にあって、すでに隠密としての役割をおえ、江戸城大手三之門や富士見櫓《やぐら》の番士、幕臣の明屋敷《あけやしき》の管理役、あるいは奥女中の輿《こし》の供などの小役人に成り下がっていたが、吉宗が紀州から連れてきた締戸番（表向きは広敷《ひろしき》伊賀者という）は、それら既存の伊賀組とはまったく別系の現役の隠密集団であった。

平常、彼らは浜町河岸の松島町の組屋敷に住んでいる。だが、秘密の任務に服しているあいだは自宅に帰らず、日比谷御門外の一万二千坪の宏大《こうだい》な御用屋敷内の長屋に起居していた。

この桜田御用屋敷こそ、彼ら「締戸番」の事実上の活動拠点であり、牙城《がじょう》でもあった。

この夜、招集された十六名は、紀州時代から吉宗の身辺警護や情報収集の任にあたっていた精鋭の薬込役である。

「薬込役」とは、鉄砲に弾薬をつめる役で、藩主の身辺警護が本来の任務であったが、藩主の側ちかくに仕えているうちに、内密のお役を仰せつかるようになり、やがて隠密組織に変容していったのである。

その十六家の顔ぶれは次の通りである。

一、藪田《やぶた》定八。

二、宮地六右衛門。

三、川村弥五左衛門。

四、明楽《あけら》樫右衛門《かしえもん》。

五、西村庄左衛門。

六、馬場滝右衛門。

七、中村万五郎。

八、野尻七郎兵衛。

九、村垣吉平。

十、古坂与吉。

十一、高橋与右衛門。

十二、倉地文左衛門。

十三、梶野太左衛門。
十四、和多田孫市。
十五、林惣七郎《そうしちろう》。
十六、古川安之右衛門。

三年後の享保十四年、この十六家に紀州藩口之者（馬の轡取《くつわと》り）から川村新六なる者が加えられ、いわゆる「お庭番家筋十七家」が正式に確立し（のちに数家の増減はあったが）、幕末までその家筋がつづくことになるのである。

「御前、一つおうかがいしたいことがございます」

藪田定八が、釈然とせぬ顔で、

「われら薬込役は十七家をもって、代々上様にお仕えしてまいりました。その筆頭格ともいうべき風間家の新之助がこの場におらぬというのは、腑《ふ》に落ちませぬ。いかような理由《わけ》があってのことでございまするか」

藪田の疑念に同調するかのように、ほかの者たちも顔を見交わしてうなずき合う。

「風間新之助は、つい先ほど組屋敷から逐電《ちくでん》いたしました」

「新之助が逐電した？」

「何か不始末でも？」

一座からわき起こる疑念の声にはいっさい応えず、十左衛門は、

「われらの掟に違背したということじゃ。よって風間家は断絶。爾今《じこん》、風間家に代わり藪田を『お庭番十六家』の筆頭とする」

「手前に差配をとれと……？」

藪田が戸惑うように訊《き》き返す。

「ただちに新之助の行方を探し、見つけしだい始末いたせ」

「新之助を殺せと申されるのですか！」

色をなす倉地に、

「さよう。それがおぬしたち『お庭番』に課せられた第一の任務じゃ」

十左衛門が冷然といいはなつ。

「して、第二の任務は？」

倉地が気をとり直して訊く。

「新之助が所持している短刀を取り戻すことじゃ。銘は志津三郎兼氏《かねうじ》『天一《あまくに》』と申す天下三品《さんぽん》の名刀――」

「その短刀に何かいわくでも？」

けげんな目で訊く梶野に、

「委細は省く。これは上様直々の台命じゃ。なんとしても新之助を探し出し、『天一』を

取り戻してまいれ」

一言の抗弁も許さぬ厳しい語調である。

十六人の「お庭番」たちは、畏懼《いく》するように叩頭《こうとう》すると、いっせいに立ち上がり、一塊の影となって音もなく消えていった。

2

じりっ……。

燈油が切れたのであろう。行燈《あんどん》の灯がかすかに揺れている。ほどなく灯は消えた。

日本橋駿河町《するがちょう》の呉服太物問屋『大嶋屋』の奥座敷である。

色の浅黒い、がっしりした体軀《たいく》の浪人者が壁にもたれ、朱鞘《しゅざや》の大刀をふところ抱きにして、うつらうつらと舟を漕いでいる。

浪人の名は、刀弥《とね》平八郎、二十七歳。『大嶋屋』に傭《やと》われた用心棒である。

ガラ、ガラ、ガラ……。

表で大戸を上げる音が聞こえた。丁稚《でっち》たちが開店の準備にとりかかったようである。平八郎はその音で目を醒《さ》ました。東側の障子窓にうっすらと薄明《はくみょう》が差している。

「朝か……」

つぶやきながら、両腕を伸ばし、ふわっと生あくびをした。

ややあって、石町《こくちょう》の七ツ（午前四時）の鐘が鳴りひびき、それを合図のように奥のほうから奉公人たちの話し声や、あわただしい物音が聞こえはじめた。

廊下に足音がして、

「おはようございます」

手代の伸助が茶盆を持って入ってきた。

「おつとめご苦労さまでございました。どうぞ粗茶など一杯」

「おう、すまんな」

平八郎は眠たそうに目をしばたたかせて茶盆の湯飲みをとり、ずずっと一口茶をすすりあげた。

「おかげさまで、何事もなく無事に一夜が明けました。本日のお手当でございます」

丁重に頭を下げて、伸助が小さな紙包みをさし出した。中身は小粒二個（二分）である。

平八郎は無造作にそれをふところに押し込むと、湯飲みに残った茶をぐびりと飲みほして、

「では、拙者はこれで」

朱鞘の刀を腰に落として立ちあがった。

夜明けの空には薄雲がかかり、湿気をふくんだ空気がどろんと淀《よど》んでいる。どうやら今日も厳しい暑さになりそうだ。

ふあっとまた一つ生あくびをして、平八郎は堀江町の湯屋に足をむけた。

湯をあびて一夜の汗を流し、湯屋の二階で一刻（二時間）ほど仮眠をとったあと、近所のそば屋で冷や酒をひっかけて本所の長屋に帰る。それが平八郎の日課になっていた。

伊勢堀にかかる道浄橋《どうじょうばし》をわたりながら、

――早いものだ。あれからもう四年になるか……。

平八郎は感懐のこもった面持ちで、白々と明けゆく東の空に目をやった。

刀弥平八郎は、肥前《ひぜん》佐賀藩・鍋島《なべしま》三十五万石の懸硯方御側目附《かけすずりかたおそばめつけ》・刀弥平左衛門の一人息子で、藩の徒士頭《かちがしら》をつとめていた。

佐賀藩の財政は、租税収入を中心とする一般会計の蔵方と、雑収入による特別会計の懸硯方のふたつに分かれている。懸硯方は藩主側近の御年寄の支配で、おもに藩主の機密費や軍事費をまかなう役職である。

謹厳実直な父・平左衛門と、その平左衛門につつましくつかえる母・縫《ぬい》のもとで何不自由なく、暢達《ちょうたつ》に育った平八郎は、幼いころから文武に天稟《てんぴん》の才を発揮し、弱冠二十歳で徒士頭に登用された。

武士道の気風を重んじる佐賀鍋島藩では、何より武道に練達したものが重用される。

藩内屈指の剣の使い手である平八郎は、周囲から将来を嘱望され、順風満帆の日々を送っていた。

ところが四年前のある日、突然、刀弥家に思いもよらぬ悲劇がおとずれた。懸硯方の会計に不正支出金が見つかり、父・平左衛門に公金横領の嫌疑がかけられたのである。文字どおり寝耳に水の出来事であった。

不正支出金の金額は、数百両にのぼった。それを隠蔽《いんぺい》するために帳簿の数字を改ざんした痕跡《こんせき》も見つかった。平左衛門にとっては、弁解の余地がないほどの不利な材料が次々に出てきたのである。

朋輩《ほうばい》の疑惑の目と、連日の厳しい詮議《せんぎ》に堪えかねた平左衛門は、その怒りと怨嗟《えんさ》を叩きつけるように、

「死をもって身の潔白を訴え申す！」

と叫んで役所の一室で腹を切った。このとき平左衛門は、居合わせた朋輩たちに介錯《かいしゃく》を請うたが、誰ひとり手を貸すものはなく、断末魔の苦しみのなかで、みずから喉を突いて果てたという。凄絶《せいぜつ》きわまりない最期であった。

心労で床に臥《ふ》せった母の縫に代わって、平八郎が父の野辺送りをした。参列者は誰もいなかった。たった一人の寂しい葬送だった。野辺送りをすませて屋敷に戻ってくると、病床の母の姿が消えていた。

「母上……」

不吉な予感に駆られて平八郎は屋敷をとび出した。必死に屋敷の周辺を探しまわった。寸刻後、予感は残酷にも的中した。父のあとを追うかのように、母の縫も屋敷の裏庭で首をくって自害したのである。

「母上ッ」

平八郎は縫の遺骸《なきがら》に取りすがって号泣した。一晩泣き明かした。翌日には涙も涸《か》れ果てていた。

――父の汚名を晴らす。

そう決意すると、平八郎はすぐさま藩庁に事件の再吟味を願い出た。だが、役人の対応は冷たいものだった。平左衛門の死によって一件はすでに「詮議とりやめ」となり、結局、父の汚名は晴らされぬまま、事件はうやむやに処理されてしまったのである。

あとでわかったことだが、この不正事件は、平左衛門に公金横領の濡《ぬ》れ衣《ぎぬ》を着せるための、巧妙に仕組まれた罠《わな》であった。

その罠を仕組んだ張本人が、平左衛門の直属の上司、御側頭《おそばがしら》の吉岡忠右衛門であることもわかった――が、それを裏付けるたしかな証《あかし》は何もなかった。藩庁に訴え出たところで、証拠がなければ取りあげてはくれぬだろう。門前払いにされるのが落ちである。

――吉岡は、おれの手で誅殺《ちゆうさつ》する。

平八郎は父母の墓前に復讐《ふくしゆう》を誓い、佐賀城鯱《しやち》ノ門の外の大欅《おおけやき》の陰で下城の吉岡忠右衛門を待ち受けた。だが、半刻（一時間）待っても忠右衛門は姿をあらわさなかった。

（宿直《とのい》ではあるまいな……）

平八郎の胸に焦燥と不安がひろがる。下城の侍たちの姿がぷっつりと途切れた。すでに一刻（二時間）がたっていた。

天守台の後背に陽が落ちようとしたときである。

鯱ノ門から肩衣《かたぎぬ》袴《はかま》姿の忠右衛門がふたりの供侍を従えて姿をあらわした。平八郎の手が刀の柄にかかった。

三人は気づかずに大欅の前にさしかかった。平八郎が矢のようにとび出した。

「へ、平八郎！」

驚声を発して、忠右衛門は二、三歩うしろに跳び下がった。供侍がすかさず平八郎の前に立ちふさがる。

「父・平左衛門の仇《かたき》ッ！」

叫ぶや、抜き打ちざまに供侍のひとりを逆袈裟《ぎやくげさ》に斬り倒し、返す刀でもうひとりを斬り伏せた。忠右衛門は腰を抜かさんばかりに仰天し、

「ろ、狼藉《ろうぜき》じゃ！　刃傷《にんじよう》じゃ！」

わめきながら鯱ノ門に向かって走り出した。平八郎は血刀を引っ下げて追いすがり、背中に一太刀をあびせた。忠右衛門はぶざまに突んのめった。

その背に片足をのせて力まかせに刀を振りおろした。

「ぐえッ」

それが忠右衛門の最期の声だった。

平八郎が刀を引いたときには、おびただしい血とともに忠右衛門の首が胴体から離れ、二間ばかり前方にころがっていた。

鯱ノ門の門番が異変に気づいて駆けつけたときには、すでに平八郎の姿は消えていた。

享保七年の晩秋のことである。


その後、一年ほど諸国を流浪し、三年前に江戸に流れ着いた。

以来、本所入江町の裏長屋に居をかまえ、傘貼りなどをしながら、細々と口すぎをしていたが、数カ月前から、同じ長屋に住む棒手振《ぼてふ》りの魚屋・留吉の口利きで用心棒稼業に転じたのである。

仕事は面白いように舞いこんできた。

この半年あまり、江戸市民を震撼《しんかん》させる凶悪な押し込み事件が相次ぎ、神田や日本橋界隈《かいわい》の大店《おおだな》から「用心棒」の仕事がひきもきらなかったからである。

〈雲霧仁左衛門《くもきりにざえもん》〉

雲か霧のようにつかみどころのないところから、人々は凶賊一味の首領《かしら》をそう呼んでいた。

雲霧一味の押し込みの手口は、猖獗《しょうけつ》をきわめた。これと目をつけた商家の大戸を掛矢で打ち破り、抵抗する者は情け容赦なく惨殺、若い女と見れば一味四人で輪姦《まわ》し、土蔵や金蔵を焔硝《えんしょう》で爆破して金品を強奪、おまけに家に火をかけて逃走するという残虐非道ぶりである。

雲霧一味に襲われた商家は、この半年で十数軒をかぞえ、被害総額は一万数千両にのぼった。町奉行所や火付盗賊改方《あらためかた》は、必死に雲霧一味の探索に奔走したが、にもかかわらず、まるでそれをあざ笑うかのように神出鬼没に凶行を重ねていた。

おかげで、というのも不謹慎な話だが、平八郎の商売は大繁盛である。

用心棒代の相場は一晩一分だが、『大嶋屋』は相場の倍の二分を払ってくれる。十日も働けば五両の稼ぎになる。傘貼りに比べれば、はるかに収入《みいり》のいい仕事であった。

（そうか……）

堀江二丁目にさしかかったとき、平八郎はふと足をとめた。

月の十日は、無念の死をとげた父親の月命日である。毎月、この日ばかりは酒をつつしみ、位牌《いはい》に香華を手向けて父母の霊を供養し、終日長屋にとじこもって喪に服することにしていた。

堀江町の湯屋で湯を浴びると、近所のそば屋で盛そばを腹に流しこみ、本所の長屋にもどった。

3

本所横川の西河岸、北辻橋《きたつじばし》と北中之橋の間に入江町がある。

河岸通りから一つ裏に入った入江町二丁目の路地に、平八郎の長屋はあった。人呼んで「おけら長屋」、九尺二間《くしやくにけん》の裏店《うらだな》である。

時刻は明け六ツ（午前六時）にちかい。

道具箱をかついで長屋からとび出してくる顔なじみの職人や人足たちと、気さくに挨拶《あいさつ》を交わしながら、路地の奥に歩を運ぶ。

平八郎の住まいは「おけら長屋」の一番奥にある。がらり。

腰高障子を引きあけて、一歩、三和土《たたき》に踏みこんだ瞬間、平八郎の五感がただならぬ気配を看取した。

（誰かいる……）

その目が一点にとまった。上がり框《かまち》に文銭ほどの大きさの赤黒いしみがあった。凝結した血痕である。

平八郎は刀の柄に手をかけ、用心深く部屋にあがった。畳の上にも赤黒く変色した血痕が点々と付着していた。奥の四畳半に目をやると、敷きっぱなしの蒲団《ふとん》がこんもりと盛りあがっている。

「誰だ?」

声をかけると、蒲団がもそっと動いた。

平八郎は畳を蹴《け》って、がばっと蒲団をはねのけた。と同時に、見知らぬ男がはじけるようにとび出して、

「す、すまぬ!」

畳に手をついて頭を下げた。三十二、三の侍である。着物がずたずたに裂け、肩から胸にかけてべっとりと血がついている。

「おぬしは……?」

油断なく身がまえながら誰何《すいか》すると、

「公儀締戸番《しめとばん》、風間と申すもの」

侍が、低頭したまま低く応えた。何かに怯《おび》えるように声がかすかに顫《ふる》えている。

「締戸番というと……?」

「公儀隠密でござる」

侍は、昨夜、松島町の組屋敷を出奔した風間新之助であった。

「その刀傷は？」

「な、仲間に……斬られ申した……」

新之助は、しぼり出すような声でそういうと、急に苦しげに顔をゆがめ、そのままぐらりと横転した。

「おい、大丈夫か！」

平八郎がすかさず抱え起こす。目を半眼に開いたまま、新之助は意識を失っていた。顔面は屍蠟《しろう》のように蒼白《あおじろ》い。着物の裂け目からおびただしい血が噴き出している。

頸《くび》の血脈に指をあててみる。脈はあった。そっと蒲団に寝かせ、土間におりて竈《かまど》に火をおこし、湯を沸かす。

──厄介なものが転がりこんできた……。

肚《はら》の底でつぶやきながら、腰高障子を細めにあけて、長屋路地の様子をうかがった。

井戸端で、かみさん連中が声高にしゃべりながら洗濯をしている。いつもの見なれた朝の風景である。怪しげな人影は見当たらない。念のために腰高障子にしんばり棒をかまして、部屋にもどる。

ゴーン、ゴーン……。

六ツ（午前六時）の鐘が鳴りはじめた。耳をつんざくような大音響である。

すぐ近くに〝時の鐘〟の鐘撞《かねつき》堂があった。この界隈が俗に「鐘の下」と呼ばれる所以《ゆえん》である。

おけら長屋に居をかまえた当初、平八郎は時の鐘の大音響に悩まされ、夜もろくに眠れなかったが、近頃は耳慣れたせいか、さして気にもならなくなった。

薬罐《やかん》が湯気を噴きあげている。

平八郎は竈から薬罐をおろし、手桶《おけ》に湯をそそいで手拭《てぬぐ》いをしぼり、新之助の傷口の血を拭って焼酎《しょうちゅう》を吹きかけた。思いのほか傷は浅傷《あさで》だった。傷口に塗り薬を塗る。ほどなく血は止まった。

新之助は昏々《こんこん》と眠りつづけている。

——それにしても、妙な縁だ……。

父親の月命日に、血まみれの〝追われ者〟が転がりこんでくる。これも何かの奇縁かもしれぬ。そう思いながら、平八郎は古簞笥《だんす》の上の父母の位牌に線香を供えて合掌した。

ふっと軽い目眩《めまい》を感じて、畳に腰をおろした。徹夜の張り番の疲れが出たのであろう。そのまま壁にもたれて眠りについた。

一刻（二時間）ほど眠っただろうか。かすかな物音で目が醒めた。見ると、新之助が蒲団の上にきちんと正座して、うつろな目で宙を見すえている。

「おう、気がついたか」

「ご厄介をかけて申しわけない」

新之助は両手をついて深々と低頭した。

「傷の具合は？」

「おかげで痛みもだいぶ――」

「それはよかった」

「縁もゆかりもない貴殿に迷惑をかけるのは心苦しい。陽が落ちたら、早々にここを出るつもりでござる」

「どこか、行くあてでも？」

「いや」と首をふって、新之助は悄然《しょうぜん》と目を伏せた。歳は平八郎より上のようだが、躰《からだ》つきは小柄で、見るからに弱々しい感じの男である。

「おぬし、仲間に斬られたといったが……差し支えなければ、くわしい事情を話してはもらえまいか」

新之助は、一瞬ためらうように視線を泳がせ、

「私の家は、代々紀州徳川家におつかえしてきた薬込役《くすりごめやく》十七家の筆頭の家柄でござったが……」

訥々《とつとつ》と語りはじめた。

いまから九年前の享保二年（一七一七）、新之助の父・風間新右衛門は、吉宗の生母・

浄円院に供奉して出府、「締戸番」御支配役に任ぜられて桜田御用屋敷詰めとなった。

風間家の嫡男である新之助は、翌年、母親とともに江戸に出てきて、浜町河岸松島町の締戸番屋敷に居をうつした。

もともと蒲柳《ほりゅう》の質だった母親は、その二年後に他界し、さらに昨年の秋、父親の新右衛門も腎《じん》の臓をわずらい、六十五歳でこの世を去った。

「風間家の跡目は世子である私が継いだのだが、じつは、その時すでに風間家の命運は決まっていたのでござる」

「命運が……？」

平八郎がけげんな目で訊き返す。

「病の床に臥せっていた父が、いまわのきわに奇妙な遺言を――」

一瞬、言葉を切って、新之助は困惑げに目を伏せた。

その遺言とは、

《浄円院さまご逝去の報に接したら、ただちに家を棄てて出奔せよ》

謎めいた一言であった。

「浄円院、というと……？」

「上さまのご生母でござる」

「しかし、それとおぬしとはいったい……？」

平八郎の問いを予測していたように、新之助が言葉をかぶせた。

「その理由《わけ》を訊いても、父はかたくなに語ろうとはしなかった。ただ一言、お前は何も知らぬほうがよいと。それが最期の言葉でござった」

「わからんな」

平八郎が小首をかしげた。

将軍吉宗の生母・浄円院と締戸番（公儀隠密）支配役・風間新右衛門とではあまりにも身分がちがいすぎる。

その二人の間にどんな秘密があったのか。息子にも打ち明けられぬその秘密とはいったい何なのか。

「お父上が言い遺されたのは、本当にそれだけか？」

「いや、もう一言……」

新之助はふと顔を曇らせた。

「命を大事にしろ、と」

「命を？　どういうことだ」

「私にもわからぬ」新之助が困惑げに首をふった。「わからぬが……、それ以来、私はその日がくるのを恐れおののきながら生きてきた。そして昨夜――」

恐れていたその日がきたのである。

浄円院、逝去。

松島町の組屋敷で訃報を聞いた新之助は、父の遺言どおり家を棄てて出奔した。

その直後に桜田御用屋敷で「お庭番」が結成され、新之助追捕《ついぶ》の命が発せられたのだが、もとより新之助の知るところではない。

「仲間に命をねらわれているとわかったのは、両国橋を渡りかけたときのことでござった……」

新之助はふと言葉を切って沈黙した。そのときの恐怖がよみがえったのか、肩が小きざみに慄《ふる》えている。

松島町の組屋敷をとび出した新之助は、あてどもなく市中をさまよい歩いた。もともと風間家は紀州の出である。江戸には身寄りも知人もいなかった。

――家を棄てて出奔せよ。

そういわれても、どこへ行けばよいのか、この先どうやって生きていけばよいのか、途方に暮れるばかりである。

気がつくと、新之助は両国広小路にいた。

時刻は三更――子《ね》の刻（午前一時）ごろ。昼間の賑わいが嘘のように、往来には人影ひとつなく、あたりは不気味なほど森閑と静まり返っていた。

（とにかく江戸を出よう）

そう思って、両国橋に足を向けたとき、闇のかなたにぽつんと提灯《ちょうちん》の明かりが見えた。

橋番小屋の提灯である。

両国橋は、架橋の費用を幕府が負担したところから「御入用橋《ごにゅうようばし》」ともいわれ、寛文《かんぶん》元年（一六六一）に東西の両詰と橋の中央の三ケ所に橋番所が設置されて、幕府から委託された〈橋の者〉が両国橋の管理や警備に当たっていた。

新之助が橋を渡ろうとすると、突然、行く手をはばむように、三つの黒影が立ちふさがった。橋番小屋に詰めている〈橋の者〉たちである。

「何か用か？」

不審に問いかけると、三人の〈橋の者〉はいきなり背後に隠し持った刀を抜きはなった。刀身の短い忍刀《しのびがたな》である。

「な、何の真似だ！」

三人の〈橋の者〉は、無言のまま、猛然と斬りかかってきた。新之助はとっさに横に跳んで、抜き打ちざまに正面の一人を斬り斃《たお》し、残る二人の斬撃に立ち向かった。

二対一の凄絶な死闘は、須臾《しゅゆ》の間つづいた。二人の〈橋の者〉の動きは猿《ましら》のように敏《びん》捷《しょう》で、太刀さばきも鋭い。

新之助は肩や胸に数太刀受けながら、激闘のすえに二人を斃して、本所入江町の平八郎の長屋に逃げ込んだのである。

（まさか、あの橋番が……）

平八郎が意外に思ったのも無理はない。両国橋の三人の橋番は、いずれも顔見知りの男たちであった。

一人は東詰の番小屋の勘次、一人は橋の中央の番小屋に詰めている駒吉、もう一人は西詰の弥助、両国橋を渡るたびに気やすく言葉をかわし合う仲であった。

「信じられん。あの橋番たちが……」

「あれは、ただの橋番ではござらぬ……」

新之助が険しい顔で首をふる。

「ご承知のように両国橋は武蔵の国と下総《しもうさ》の国とをむすぶ交通の要所。しかも月の式日には本所に屋敷を持つ諸侯・旗本があの橋を渡って登城する……」

それら大名旗本の動静はもとより、橋を往来する人馬荷駄などの動きを監視するために、将軍吉宗の直々の命によって両国橋に配されたのが、〈橋の者〉に身をやつした締戸番の配下、すなわち〝忍び草〟であると新之助はいう。

ちなみに「忍び草」とは、忍びの者の隠語で、『故事類苑』には、

『忍びの上手の一群にして、軽捷を以て功を成ししかば、或《ある》いは之《これ》を夜襲に用い、或いは

深叢《しんそう》の裏に伏して、敵の糧道を絶たしめし等の事あり。故に又、〝草〟の称あり』

と記されている。

これは戦国期に跳梁《ちょうりょう》した透波《すっぱ》・乱波《らっぱ》に関する記述だが、後年、隠密組織が秘密警察的な性格をおびるに至って、文字どおり雑草のごとくその土地に根をはり、一市井人になりすまして民情偵察の任にあたる隠密を「草」と称するようになったのである。

締戸番十七家（風間家が絶家となり、いまは「お庭番十六家」となっている）は、各組ごとに十数人の配下を抱え、さまざまな姿に身をやつした「草」を江戸府内の各所に配している。

だが、締戸番（お庭番）同士の交流はまったくなく、どこに、どれほどの「草」が伏在しているのか、新之助にも皆目見当がつかないという。

「おそらく、あの〈橋の者〉たちは、明楽《あけら》樫右衛門どのの組下の者でござろう」

明楽樫右衛門は「お庭番」第四家の組頭である。

と、そのとき——。

がたんっ。

突然、入口の腰高障子が音を立てた。誰かが戸を引きあけようとしている。

4

平八郎は反射的に刀の柄に手をやって、

「風間どの！」

目顔で奥をこなした。新之助はパッと立ち上がって古箪笥の陰に身を隠した。

「誰だ？」

刀の鯉口《こいぐち》を切って、用心深く三和土におりた。

「あっしですよ」

油障子の向こうで声がした。棒手振りの魚屋・留吉の声である。ほっと安堵《あんど》の吐息をつき、しんばり棒をはずして腰高障子を引きあけると、

「どうかしたんですかい？」

留吉がけげんな顔でのぞき込んだ。額がひろく、顎《あご》がしゃくれて、へちまのように間延びした顔をしている。歳は二十五、見るからに剽軽《ひょうきん》な感じの若者である。

「いや、なに……昼寝をしていたのでな。何の用だ？」

「これ、残りもんですが、召し上がっておくんなさい」

大ぶりの真鯵《まあじ》をさし出した。

「おう、いつもすまんな」

「両国橋でえらい騒ぎですよ」

「何かあったのか？」

大方の祭しはついていたが、平八郎はとぼけ顔で訊いた。

「橋番の三人が何者かに斬り殺されやしてね。北の御番所の役人が五、六人出張ってきて両国橋界隈を虱《しらみ》つぶしに調べておりやす」

「ほう……」

北町奉行所の役人のほかに、公儀隠密「締戸番」も加わっているに違いない。

「役人の一人が言ってやした。ありゃ雲霧の仕業にちがいねえって」

「また出たのか？　雲霧一味」

「へえ、ゆんべ八ツ（午前二時）ごろ、蔵前の札差《ふださし》が襲われたそうで――」

八ツといえば、両国橋で新之助と〈橋の者〉が死闘をくりひろげたあとである。新之助が〈橋の者〉の仲間の追尾から逃れられたのは、その直後に雲霧一味の押し込み騒ぎが起きたからであろう。

「お寝《やす》み中、とんだお邪魔をしちまいまして……」

ぺこんと頭を下げて、立ち去ろうとする留吉を、

「留吉」

平八郎が呼びとめた。

「へい」

「今夜の張り番は休ませてくれと、大嶋屋にそう伝えてもらいたいのだが」

日本橋駿河町の呉服太物問屋『大嶋屋』の用心棒の口を探してきたのは、この留吉である。

「承知しやした」

理由も聞かずに留吉は走り去った。少々おっちょこちょいだが、底抜けに気のいい男である。

中食《ちゆうじき》には少し早かったが、留吉にもらった真鯵を塩焼きにして、炊きたての飯と味噌汁で、昼めしにした。

「失礼だが……」

新之助がふと箸《はし》をもつ手をとめて、平八郎の顔を見た。

「貴殿のお名前は？」

「肥前《ひぜん》浪人、刀弥《とね》平八郎と申す」

「ほう、肥前の出でござるか……」

「ゆえあって、四年前に佐賀鍋島藩を脱藩した」

「脱藩?」

「おぬしと似たようなものだ」

平八郎はそういって恬淡《てんたん》と笑った。

「では……、もう二度と他家には――」

「仕官はできまいな」

他人事のようにいって、平八郎は味噌汁をすすった。

「だが、もう侍には未練がない。いまの暮らしがそれがしの性に合っている」

「お国が懐かしゅうござらぬか」

「江戸が気に入っている。二度と国に帰るつもりはない……おぬしはどうだ? 紀州が恋しいか」

「私は紀州で生まれ、紀州で育った。できれば国に帰りたい。しかし……」

新之助はふと悲しげに眉宇《びう》をよせ、

「叶わぬ夢でござる」

「……………」

平八郎は、新之助の心中を察していた。なぜそうなったのか理由は謎だが、新之助は隠密仲間に追われる身であり、帰る故郷《くに》のないはぐれ者なのである。

昏《くら》い翳《かげ》りをただよわせる新之助の横顔をちらりと見やりながら、

（似たもの同士だな……）

そう思った。

平八郎も〝追われ者〟である。

四年前に、平八郎が斬り殺した吉岡忠右衛門の一族は、佐賀鍋島藩内でも五指に入る名門であった。伯父の吉岡監物《けんもつ》は、内廷《ないてい》（藩主側近）の御年寄役をつとめる重臣である。

平八郎は諸国流浪中に、吉岡監物が差し向けたと思われる刺客に二度襲われている。一度は越前鯖江《さばえ》の城下はずれ、二度目は名古屋ちかくの佐屋《さや》街道だった。いずれも、かなり手練《てだれ》の刺客だったが、平八郎は二度とも返り討ちに斬り捨てている。

江戸に出てきてからは、それらしい男に遭遇したこともなく、三年の歳月を無事に過ごしてきたが、しかし、その三年間、一時たりとも気を許したことはなかった。吉岡一族が復仇《ふっきゅう》をあきらめたとは思えなかったからである。

一族の意地と面子《メンツ》をかけて放った刺客がことごとく返り討ちにあったことで、むしろ平八郎追討への執念はさらに深まったと看《み》るべきであろう。

いつ、どこで刺客の刃が襲いかかってくるかわからない。常住坐臥《じょうじゅうざが》、死の恐怖の中に身をおいているのである。

「ところで、おぬし……」

気をとりなおして、平八郎が訊いた。

「これからどうする?」

「馬喰町《ばくろちょう》あたりの木賃宿にでも身をひそめ、ほとぼりが冷めるのを待って江戸を出ようかと……」

「宿は危ない。それがしの知り合いが柳橋で船宿をやっている。しばらくそこに身を寄せたらどうだ?」

「しかし」

「あるじは気心の知れた男だ。信用もできる」

「お心遣いはありがたいが……」

貴殿に迷惑をかけるのは心苦しい、と固辞する新之助に、

「迷惑とは思っておらぬ。父の命日に、こうしておぬしと出遇ったのも何かの縁だ。困った時は相身互い、功徳《くどく》をほどこせと、父が引き合わせてくれたのかもしれぬ」

遠慮するなといって、平八郎は寛闊《かんかつ》に笑った。

5

二更——亥《い》の刻(午後十時)。町木戸が閉まる時刻である。
長屋路地には宵闇が色濃くただよい、あたりはひっそりと寝静まっている。

三和土《たたき》におりて腰高障子の隙間《すきま》から長屋路地の様子をうかがっていた平八郎が、「よし」とうなずいて部屋にもどってきた。新之助はすでに身支度を済ませている。

平八郎は、奥の部屋の柳行李《やなぎごうり》の中から、古ぼけた網代笠《あじろがさ》をとり出して新之助にさし出した。

「かたじけない」

網代笠をかぶり、大小を腰に差す。

「行こう」

新之助をうながして、平八郎はひらりと外に出た。

月に薄雲がかかり、湿気をふくんだ生ぬるい風がふわりと頬をねぶってゆく。雨もよいの気配である。

北辻橋の西詰を右に折れて竪川河岸《たてかわがし》を西へ向かうと、ほどなく三ツ目之橋に出る。

柳橋への道すじとしては、このまま真っすぐ西上し、両国橋を渡るのがいちばんの近道なのだが、昨夜の〈橋の者〉斬殺事件で、両国橋には厳しい警戒がしかれているにちがいない。

それを避けるために、三ツ目之橋を渡り、両国橋の下流の新大橋を渡ることにした。

三ツ目之橋を渡り、竪川の南河岸を西へ向かってしばらく行くと、御舟蔵《おふなぐら》の海鼠壁《なまこべい》に突きあたる。

御舟蔵は、幕府の官船を格納する蔵である。貞享《じょうきょう》元年（一六八四）、大老・堀田正俊《ほったまさとし》が軍船安宅丸《あたけまる》を解体するときに、大川西岸（浅草側）にあった舟蔵をここに移して以来、このあたりは俚俗《りぞく》に「あたけ」といわれるようになった。

御舟蔵の裏側の道を四丁（約四百四十メートル）もいけば、新大橋の東詰に出る。

平八郎と新之助がその道にさしかかったとき、行く手の闇に突然、つむじ風のように黒々と蚊柱《かばしら》がわき立った。

平八郎は、ただならぬ気配を感じて足をとめた。肌を刺すような鋭い殺気である。

「刀弥どの！」

新之助が小さく叫んだ。前方に黒影が二つ立ちふさがっている。背後をふり返ると、そこにも二つの黒影が立ちはだかっていた。

平八郎は刀の柄に手をかけて闇に目をこらした。いずれも黒漆《くろうるし》の塗笠《ぬりがさ》をかぶり、鼠色《ねずみいろ》の筒袖に軽衫袴《かるさんばかま》といういでたちの屈強の侍である。手にやや長めの刀を持っていた。

平八郎と新之助は、背中合わせに身構えて抜刀した。

突如、侍たちが奇妙な行動に出た。刀の鞘《さや》の鍔元《つばもと》をにぎり、鞘の先端の鐺《こじり》でいっせいにトントンと地面を突きはじめたのである。

「刀弥どの、切っ先に気をつけられい」

新之助が平八郎の耳もとでささやくようにいった。

「切っ先？」と平八郎が訊き返す。

「毒でござる。鐺の先端に斑猫《はんみょう》が仕込まれている」

斑猫とは、清《しん》国産のツチハンミョウ科の虫から抽出される猛毒である。

侍たちの刀の鞘の先端は「袋鐺《ふくろこじり》」と呼ばれ、内部が二重構造になっていた。その中に猛毒の斑猫が仕込まれており、鞘の先端を地面に突くと「袋鐺」の内部の弁が押し下げられて、中の斑猫が刀の切っ先に付着する仕組みになっている。

つまり、敵を斬り殺さずとも、わずかな手傷を負わせただけで敵を死に至らしめる、必死必殺の「暗殺剣」である。この四人が「お庭番」配下の忍びであることは、言を待つまでもあるまい。

四人の忍びは、毒剣を青眼に構え、前後からじりじりと間合いをつめてくる。

新之助は八双に刀を構えて、前方の敵に向かい合った。一方、平八郎は、刀をだらりと下げたまま、躰を右半身に開いて後方の敵と対峙《たいじ》した。

この構えは、鍋島新陰流「まろばし（転）の剣」の無形《むぎょう》の位《くらい》である。

佐賀鍋島藩に柳生新陰流の印可が与えられたのは寛永九年（一六三二）である。

江戸柳生の祖・柳生宗矩《むねのり》が畢生《ひっせい》の力作『兵法家伝書』（「殺人剣《せつにんけん》」「活人剣《かつにんけん》」上下巻）を著したその年に肥前三十五万石の大大名・鍋島信濃守《しなののかみ》勝茂《かつしげ》に授受されたのである。

その後、時代の流れとともに鍋島家は柳生の門下を離れ、独自の工夫を加えながら新陰流の流儀と伝巻を藩士たちに相伝してきた。

　平八郎も、その奥義を受けた一人である。在藩時代は家中屈指の新陰流の使い手として名を馳《は》せ、将来を嘱望された剣士であった。

　柳生新陰流では「構え」といわずに「位《くらい》」という。いっさいの構えをとらない「無形の位」が新陰流の極意であり、その「位」から身心と太刀を一つにして、円い球が盤上を転がるように対象に向かって円転自在に動く自然《じねん》の剣を〝まろばし（転）〟といった。これに独自の工夫を加えて必殺必勝の剣としたのが、平八郎の得意業ともいうべき「まろばしの殺人剣《せつにんけん》」である。

　刀を下げたまま右半身に構え、敵の動き（仕掛け）に即応して躰を一回転させ、その遠心力で敵の刀をはじき飛ばし、同時に敵の腕や胴、あるいは大腿部、脾腹《ひばら》などを薙《な》ぐ刀法──たとえていえば、キックボクシングの廻し蹴りのような回転業である。

　ひゅん！

　四人の忍びがいっせいに剣先を突いてきた。「斬る」というより、切っ先に付着した斑猫の毒で敵を斃すための刺突の剣である。

　刹那《せつな》──右半身に構えた平八郎が、その構えとは逆に左まわりに躰を回転させた。目にもとまらぬ瞬息の動きである。

　躰の回転とともに水平に円を描いた刃が、右から突いてきた一人の胴を石火の迅《はや》さで薙いでいた。

「ぐわッ」と奇声を発して、その男は前のめりに倒れた。ざっくり腹が斬り裂かれ、おびただしい血飛沫とともに截断《せつだん》された内臓がとび散った。

左方の男がするどく突いてきた。平八郎は躰を反転させて、切っ先をかわし、下から刀をはねあげた。

キーン！　夜気を裂いて錚然《そうぜん》と金属音が響《とよ》めく。

背後で、新之助が二人の忍びを相手に苦戦している。平八郎は、眼前の敵と激しく斬りむすびながら助太刀を入れる。三対二の激闘である。

と、ふいに新之助の躰がぐらりとゆれた。何かに蹴つまずいて体勢をくずしたのである。その機を逃さず、ひとりが胸元めがけて切っ先を突き出した。

間一髪、新之助は上体をひねってかわしたが、体勢を立てなおす間もなく、たたらを踏んで転倒した。すかさず別のひとりが斬りかかろうとしたそのとき、

「うおーッ」

けたたましい雄叫《おたけ》びをあげて、猛然と突っ走ってくる人影があった。

一瞬、双方の動きがぴたりと静止し、疾駆してくる人影に不審な目を向けた。

駆けつけてきたのは、六尺ちかい大兵の浪人者であった。顔も躰も岩のようにごつごつとした、見るからにいかつい男である。

「助太刀いたす！」

浪人者が大音声《だいおんじょう》で叫んだ。

「おぬし、どっちの味方だ！」

平八郎が訊き返す。

「無勢の味方じゃ」

というや、浪人者はいきなり抜刀し、三人の忍びに斬りかかった。どうやら平八郎たちの助っ人らしい。

「ええい、邪魔立てするな！」

忍びの一人が苦々しげに吐き捨てて、猛然と浪人者に斬りかかった。一瞬迅く、浪人者の刀が一閃《いっせん》した。

「おいとしぼうッ！」

奇妙な掛け声とともに、あたり一面に鮮血がとび散り、男の首がごろんと地面に転がった。

残る二人は度肝をぬかれて立ちすくんだ。毒剣を構えてはいるが、その剣先からすでに殺気はうせている。浪人者の出現で形勢が一気に逆転したのである。

「来い！」浪人者が血刀をひっ下げてズイと歩を踏み出すと、二人の忍びは怯《おび》えるように二、三歩後ずさり、身をひるがえして一目散に奔馳《ほんち》した。

「なんじゃ、もう仕舞いか……」

拍子ぬけの態で、刀の血しずくを振りはらって鞘におさめ、唖然《あぜん》と立ちつくしている平八郎と新之助をふり返って、浪人者はニッと白い歯をみせて笑った。

歳のころは二十七、八か。四角ばったいかつい顔だが、笑うと存外愛嬌《あいきょう》がある。

「おぬしは……？」

平八郎がけげんな目で誰何した。

「見たとおりの素浪人じゃ。星野藤馬《ほしのとうま》と申す」

「手前は刀弥平八郎。ご助勢かたじけない」

「なに、礼にはおよばん。それより、あやつら何者じゃ？」

「さあ」と平八郎は首をひねった。大方見当はついていたが、あえて素知らぬふうを装って、

「辻斬りか、追剥《おいはぎ》のたぐいだろう。おぬし、肥後の出か？」

話をそらした。

「図星じゃ。なぜわかった？」

「さっきの掛け声でわかった」

忍びの一人を叩き斬ったとき、浪人者は「おいとしぼうッ！」と奇妙な掛け声をかけた。肥後弁で「おいたわしや」という意味である。

「すると、おぬしも同郷か？」

浪人者が訊く。

「いや、それがしは肥前の浪人だ」

「そうか……いや、あれは相手に対するせめてもの供養でな――」

人を斬るときには、死者を供養するためにかならず「おいたわしや」と掛け声をかけることにしている、と浪人は冗談とも本気ともつかぬ顔でいった。

「ところで、おぬしたち、こんな夜更けにどこへ行くのだ？」

「宿に帰るところでござる」

新之助が応えるのを受けて、

「先を急ぐので失礼する」

平八郎が一揖《いちゆう》する。

「さようか……。縁があったら、またどこぞで会おう。くれぐれも気をつけられよ」

星野藤馬と名乗った大兵の浪人者は、両手をふところに突っこんで飄然《ひょうぜん》と立ち去った。

「行こう」

新之助をうながして背を返しながら、平八郎は確かめるようにちらりと背後をふり返った。浪人の姿は、もう闇のかなたに溶け消えていた……。

第二章　雲霧仁左衛門

1

　柳橋は、大川（隅田川）にそそぐ神田川の、いちばん下手にある橋の名で、土地の名称ではない。正しくは平右衛門町という。

　後年、この界隈《かいわい》は舟運の要所として、ことに吉原通いの舟の発着場として、府内有数の盛り場となったが、享保のこのころは、まだ灯影《ほかげ》もまばらな鄙《ひな》びた河畔地にすぎず、橋の南岸の空き地には、

『江戸中の塵芥《ちりあくた》捨て舟、深川越中島《えっちゅうじま》後捨て場へ遣わし捨てるべし。若《も》し途中にて捨てるに於《お》いては曲事たるべき也《なり》』

　と、ごみの不法投棄を禁じる立て札が立っていたほどの土地柄であった。

　平八郎の行きつけの船宿『舟徳《ふなとく》』は、柳橋から数丁さかのぼった浅草御門ちかくにあっ

た。川岸にポツンと一軒だけへばりつくように立っている。

旧い小さな二階家で、一階が亭主・徳次郎の住まいと小座敷、そして板場と舟子（船頭）たちの溜《た》まり場になっており、楼（二階）には六畳ほどの部屋が二つあった。

使用人は板前の吉兵衛、船頭の伝蔵と三次、そして小女のお袖《そで》の四人。持ち舟は猪牙《ちょき》が二艘《そう》と屋根舟一艘、船宿としては中級の規模である。

亭主の徳次郎とは、棒手振《ぼてふ》りの留吉を介して知り合い、かれこれ一年半の付き合いになる。五十がらみの小柄な男で、気性にやや偏屈なところがあったが、なぜか平八郎とは初めて会ったときから気が合った。

すでに店じまいをしたのだろう。『舟徳』の入口の戸はひっそりと閉ざされ、軒行燈《のきあんどん》の灯も消えていた。が、よく見ると、小座敷の障子窓にほんのりと明かりがにじんでいる。

がらり、引き戸をあけて中に入る。

「あら、平八郎さま、いらっしゃいませ」

後片付けをしていた小女のお袖が、愛想たっぷりに迎え出た。歳のころは二十一、二、器量は十人並だが、色白のぽっちゃりとした童顔に妙な色気がある。

船頭の伝蔵と三次は仕事に出ているのか、姿が見当たらない。

「親方、いるかい？」

「はい。……親方、平八郎さまがお見えですよ！」

お袖が奥に声をかけると、小座敷の衝立《ついたて》の陰からのっそりと徳次郎が姿をあらわした。

半白頭の小柄な男である。おだやかな顔つきをしているが、目は炯々《けいけい》とするどい。

「やあ、どうなすったんで？　こんな時分に……」

「親方に折入って頼みがあるんだが」

平八郎が小声でそういうと、徳次郎は背後に立っている新之助にちらりと目をやって、

「ここじゃ何ですから。二階にお上がりなすって」

と奥の階段をこなし、お袖に酒の支度を頼んで先に二階にあがっていった。

「ささ、どうぞ」

徳次郎に座蒲団《ざぶとん》をすすめられ、平八郎と新之助が着座すると、ほどなくお袖が冷や酒と
香の物を運んできた。

「吉の字が帰っちまったもんで、たいしたもてなしもできやせんが……」

吉の字とは、板前の吉兵衛のことである。

酒を酌みかわしながら、平八郎は昨夜の事件のあらましをかいつまんで話した。

「ほう、公儀隠密に……？」

徳次郎の顔が険しく曇った。

「ここにくる途中、四人の侍に襲われた。やつらも公儀隠密の配下に相違あるまい」

平八郎がそういうと、新之助は深くうなずいて、

「あれは藪田《やぶた》どのの組下の者でござる」

藪田定八が「お庭番」筆頭となったことは、新之助もまだ知らない。

紀州時代から、藪田がひきいる薬込役《くすりごめやく》二番組は、斑猫《はんみよう》や附子《ぶし》（トリカブト）、河豚《ふぐ》毒などを使う特殊な忍び集団だった、と新之助はいう。

「つまり」

平八郎がおぞましげに眉をひそめた。

「連中の仕事は密殺？」

「そう聞きおよび申した。吉宗公の政敵や他藩の隠密どもを、毒を用いてひそかに闇に屠《ほふ》るのが薬込役二番組の任務だと……」

そうした役目柄か、藪田の組下の者たちの行動はつねに秘密の幕におおわれ、仲間うちでも彼らの実態は謎とされてきた。

その藪田組が動き出したということは、新之助を「断じて生かしておけぬ」という、公儀隠密（お庭番）の強い意思と執念の顕《あらわ》れでもある。

「よっぽどのわけがあるんでしょうねえ」

徳次郎が眉間《みけん》にしわを刻んでいった。

「風間さんを生かしておいちゃ都合の悪いわけが――」

「風間どのにも、そのわけがさっぱりわからんそうだ」

「本当に知らねえんですかい？」

徳次郎が探るような目で新之助の顔をのぞきこむ。一瞬の思惟《しい》のあと、新之助がゆっくり口を開いた。

「一つ考えられるのは、亡くなった父が何か重大な秘密をにぎっていたのではないかと――」

「それも妙な話だ」

平八郎が首をかしげる。

「仮にそうだとしても、なぜ息子のおぬしが命をねらわれなければならんのだ？」

「連中は私がその秘密を知っていると思い込んでいるのでござろう。しかし、私が父から聞かされたのは――」

《浄円院さま、ご逝去の報に接したら、ただちに家を棄てて出奔せよ》

という謎めいた言葉だけであった。

「それ以外に私は何も知らない。連中は邪推しているのでござる」

「いずれにせよ」

平八郎は、猪口《ちょこ》の酒をかっとあおって、

「おぬしは公儀隠密に命をねらわれている。これは動かぬ事実だ」

「…………」

「ほとぼりが冷めるまで身を隠したほうがいい」

新之助が小さくうなずいた。

「親方、厄介をかけてすまぬが、しばらく風間どのをここに匿《かくま》ってやってはもらえまいか」

「おやすい御用で――」

徳次郎が笑みを泛《う》かべて、新之助に向きなおり、

「遠慮はいりやせん。心おきなく、いつまでも居ておくんなさい」

「ご厚情かたじけのうござる」

新之助が両手をついて深々と頭を下げた。

「さて」と平八郎は朱鞘《しゅざや》の刀をひろって、立ち上がり、

「親方、あとは頼んだぜ」

いい残して、部屋を出た。

階段をおりると、すでに帰り支度をすませたお袖が、小座敷からそわそわと出てきて、お帰りですか、と訊《き》いた。平八郎がうなずくと、「じゃ、途中まで一緒に」

うれしそうに顔を耀《かがや》かせて平八郎の腕をとった。

お袖は『舟徳』から目と鼻の先の吉川町の裏長屋にひとりで住んでいる。郷里《くに》は信州高遠《たかとお》の在である。貧しい百姓の娘で、二年前に江戸に出てきて、口入れ屋の斡旋《あっせん》で『舟徳』で働くようになった。気だてのいい働きものである。

平八郎は、一度お袖を抱いたことがある。ひと月ほど前だったか、『舟徳』の二階座敷で酒を酌みかわしているうちに、どちらからともなくその気になって、刹那《せつな》の欲情に身をまかせたのである。

ぽっちゃりした童顔からは想像もつかぬほど、お袖の肉体は成熟していた。むろん生娘ではない。悦《よろこ》びを知ってはいたが男ずれはしていなかった。そのさなかに時おり見せた含羞《がんしゅう》のしぐさが、平八郎にはむしろ瑞々《みずみず》しく思えた。

「あのお侍さん、どうかなすったんですか?」

歩きながら、お袖が卒然と訊いた。

「妙な縁でな。父親の命日に血まみれで転がりこんできたのだ」

平八郎は新之助との出会いと、これまでのいきさつを語り、

「おれの身の上によく似ている。他人のようには思えんのだ」

「たとえば、お兄さまのような……?」

「というより、むしろ弟のような感じがする。歳はおれより上だがな」

そういって平八郎は微笑《わら》った。

新之助は、六歳年長の三十三歳だが、外見は平八郎より一つ二つ若く見える。逆にいえば、それだけ平八郎のほうが老けて見えるのかもしれぬ。

「平八郎さま」

お袖がふと足をとめて平八郎の顔を見た。

「うちでお茶でも飲んでいきません？」

「いや」

平八郎は首をふった。

「きのうからろくに寝ておらんのだ。ひどく疲れている。今夜は帰らせてくれ」

「…………」

お袖は哀しげに目を伏せた。

「じゃ」と平八郎は背を返して、お袖の視線をふり切るように大股に立ち去った。闇のかなたに消えていく平八郎のうしろ姿を、お袖は切なげに見送っていた。

2

ゴーン、ゴーン……。

けたたましい鐘の音で、平八郎は目を醒《さ》ました。

明け五ツ（午前八時）の鐘である。

いつもなら六ツ（午前六時）の鐘で目を醒ますのだが、さすがに今朝は、その鐘の音も聞こえぬほどよく眠った。そのせいか頭の中が冴え冴えとしている。

土間におりて、水瓶《みずがめ》の水を桶《おけ》にそそいで顔を洗い、ふたたび部屋にあがって蒲団を畳もうとしたとき、ん？　と平八郎の目が一点にとまった。蒲団の上に点々と赤黒い血痕《けっこん》が付着している。新之助の血である。昨夜は気がつかなかったが、かなりの量の血がついていた。

（やれやれ……）

と蒲団を抱え上げた瞬間、何かがひらりと畳の上に舞い落ちた。小さく折り畳んだ紙片である。不審げに拾いあげて披《ひら》いて見ると、

《ききょうや・およう》

やや乱れた文字で走り書きされていた。紙片の落とし主が風間新之助であることは間違いない。ほかにこの部屋に入った者は誰もいないのだ。

「ききょうや」がどこかの店の屋号であり、「およう」が女の名であることは、容易に察しがつく。

——ひょっとして……。

昨夜、新之助は〝桔梗屋《ききょうや》〟の〝お葉〟という女を訪ねようとしていたのではなかろう

か？

その途次、両国橋の〈橋の者〉に行く手をはばまれ、斬り合いになった。激闘のすえに三人の〈橋の者〉を斬り伏せて逃走したものの、新之助もかなりの手傷を負った。おそらく、その時点で〝女〟に逢《あ》いにいくことを断念したのだろう。

万一、追手に居場所を突きとめられたら、その〝女〟にも危害がおよぶおそれがある。新之助はとっさにそう判断して、平八郎の長屋に逃げ込んだに違いない。

とすれば、なぜそのことを打ち明けてくれなかったのか？

新之助は、自分の身の上や事件の経緯については仔細に話してくれたが、〝お葉〟という女については一言も触れなかった。

――あの男、何かを隠している。

平八郎の脳裏に一抹の疑念がよぎった。

ドン、ドン、ドン……。

突然、腰高障子を叩く音がして「旦那、おりやすか？」と声がした。留吉の声である。

「開いてるぜ」

平八郎が声をかけると、がらりと腰高障子があいて、留吉が入ってきた。手に飯台をさげている。

「朝めし、食いましたか？」

「だろうと思って、用意してきやした。あっしも魚河岸から帰ってきたばっかりでしてね。まだ食ってねえんですよ。よかったら一緒に……」

ずかずかと部屋に上がり込んで、飯台の中から皿に盛ったにぎり飯と、しじみの味噌汁の椀、漬物の小鉢をとり出して畳の上にならべた。

「どうぞ、召し上がっておくんなさい」

「すまんな」

留吉は平八郎より二歳年少の二十五である。四年ほど前に所帯を持ったことがあるが、半年もたたぬうちに女房が男をつくって出ていってしまい、それ以来ずっとやもめ暮らしをつづけている。

「ところで留吉……」

にぎり飯を頰ばりながら、平八郎が、

「桔梗屋って屋号に心当たりはないか?」

「ああ、亀沢町《かめざわちょう》にそんな屋号の水茶屋がありやしたが――」

(それだ……)

水茶屋に女はつきものである。「およう」という女は桔梗屋の茶屋女であろう。

「それがどうかしやしたか?」

「いや、まだだ」

「いや、べつに……」

あいまいに首をふった。

二個目のにぎり飯を口に運びながら、留吉がふと思い出したように、

「あ、そうそう、大嶋屋の旦那が心配しておりやしたよ。旦那に用心棒をやめられたら困るって」

「やめるつもりはないさ」

この不景気なご時世に、一晩二分の用心棒代は破格の金である。これほどうまい仕事を手放すつもりはさらさらなかった。

「今夜はどうします？」

「少し遅くなるかもしれんが、必ず行くと伝えてくれ」

「承知しやした」


その日の夕刻、平八郎はいつもより半刻（一時間）ほど早い七ツ半（午後五時）に長屋を出た。

表は、まだ明るい。じりじりと西陽が照りつけて、息苦しいほどの暑熱が立ちこめている。

深編笠《ふかあみがさ》をまぶかにかぶり、着流しに朱鞘の落とし差しという、いつものいでたちで平八

郎は横川の河岸通りを歩いていた。

立ちのぼる陽炎《かげろう》の中に、気だるげな町の景色がゆらいでいる。

ひっきりなしに行き交う人々。

軒下の縁台で涼をとっている老人。

路地角で立ち話をしている男たち。

舂《つ》き米屋の杵《きね》の音。

赤子の泣き声。

間のびした物売りの声……。

目に映るもの、耳に聞こえる音、すべてがいつもと変わらぬ景色であり、音であった。

——だが……。

見なれたこの景色のどこかに、擬態を装った〝忍び草〟が息をひそめているかもしれぬ。

ふとそんな気がして平八郎は足をとめ、鋭くあたりを見回した。

あの〈橋の者〉たちがそうだった。両国橋を渡るたびに気やすく言葉をかわしていたあの三人が、公儀隠密の〝草〟だったと聞かされたときの驚愕《きょうがく》は、いまも心の底に強烈に焼きついている。

八代将軍吉宗は、紀州から二百五名の家臣を連れてきて幕臣団に編入した。その大半は紀州の隠密だったという。

当時の物揃《ものぞろ》えに、

《出所のしれぬもの、川流れの死人《しびと》とお取り立ての武士》

とある。

将軍代替わりとともに、にわかに江戸の街を徘徊《はいかい》しはじめた得体のしれぬ紀州侍たちの姿は、江戸市民の目に「川流れの死人」のように不気味に映ったのであろう。

疑いの目で見れば、道行く人々の誰もが怪しげに見え、誰もが自分に監視の目をむけているような錯覚にとらわれる。

――油断はならぬ。

四辺に鋭い目を配りながら、平八郎は歩度を速めた。

〝時の鐘〟の鐘撞《かねつき》堂の手前の道を右に折れて、まっすぐ西に足をむけると、暮れなずむ家並みのかなたにちらほらと明かりが見えた。亀沢町の盛り場の明かりである。

料理屋や居酒屋、煮売屋などが軒をつらねる盛り場の西の一角に水茶屋『桔梗屋』は、あった。まだ明るいせいか、遊客の姿もまばらで、盛り場特有の猥雑《わいざつ》な喧騒《けんそう》はない。

『桔梗屋』の暖簾《のれん》をくぐると、番頭らしき初老の男がすかさず迎え出て、「どうぞ、どうぞ」と満面に愛想笑いを泛かべて平八郎を中に招じ入れた。

3

二階座敷に通され、手酌で酒を飲んでいると、ややあって、

「いらっしゃいまし」

しゃなりと女が入ってきた。あでやかな藤色の着物を粋《いき》に着こなした二十三、四の女である。うりざね顔、切れ長な眼、紅を差した唇が濡れたようにつややかに耀き、ぞくっとするほど色っぽい。

「あんたが……お葉さんか？」

平八郎はまぶしそうな目で女を見た。

「はい。以前、お目にかかったことが……？」

「いや、今日が初めてだ」

「では、なぜわたしの名を？」

「知り合いに聞いた。この店にとびきりの美形がいるとな」

「それは、どうも……」

お葉が婉然《えんぜん》と微笑《わら》って盃に酒をついだ。平八郎はその酒をぐびりと飲みほして、

「風間新之助という侍を知っているか？」

ずばり、訊《き》いた。

「風間さまなら、よく存じております」

案に相違して、お葉は何のてらいもなく恬淡と応えた。

「このところお見えになりませんが、お元気ですか？　風間さま」

「ああ」

「失礼ですが、風間さまとは……？」

どういうご関係ですか、と訊く。

「居酒屋で知り合った。それだけの関わりだ」

「そうですか……。よろしかったら、ご浪人さまのお名前を」

「刀弥《とね》……、刀弥平八郎。肥前の浪人だ」

「平八郎さま」

とお葉が上目づかいに平八郎を見やって、

「そうお呼びしてもよろしいですか」

「ああ」

「これをご縁にごひいきのほどを」

しなやかな手で酌をした。ちょっとしたしぐさにも匂い立つような色気がある。平八郎は江戸に出てきて三年になるが、これほどの美形にお目にかかったことがない。しかも、その美貌《びぼう》を鼻にかけるでもなく、平八郎のほうがむしろ戸惑うほど屈託のない女であった。

他愛のない世間話をしているうちに、たちまち二本の銚子が空になった。「さて」と朱鞘の刀を佩《は》いて、平八郎は立ち上がった。

「もう、お帰りですか」

「これから仕事があるのだ」

「そうですか。お近いうちに、またぜひお立ち寄りくださいまし」

お葉は鼻にかかった甘い声でそういうと、別れを惜しむように平八郎を見送った。

――あの女に惚《ほ》れている……。

歩きながら、平八郎はそう思った。あれほどの女なら、新之助が惚れたとしてもふしぎではないだろう。惚れているからこそ、危険を承知で逢いに行ったのである。

（これであの走り書きの謎が解けた……）

同時に心のすみに引っかかっていたもう一つの疑問――浜町の組屋敷を出奔した新之助がなぜ本所界隈をうろついていたのかという素朴な疑問も解けた。

（そういうことか……）

思わず苦笑を泛かべた。だが、このとき平八郎は重大な事実を見落としていた。

さっきのお葉の口ぶりからすると、新之助が『桔梗屋』の〝なじみ客〟であったことは明白である。とすれば、店の屋号と茶屋女の名をわざわざ書き留めておく必要はない。あえてそれを紙片に書き留めておいたのはなぜなのか？

その謎に平八郎は気づいていなかった。

六ツ半（午後七時）ごろ、日本橋駿河町の呉服問屋『大嶋屋』に着いた。

昼間の灼熱《しゃくねつ》の陽差しも西の空に没し、四辺には薄墨を刷いたような宵闇《よいやみ》がただよいはじめていた。店先で奉公人たちがあわただしく店じまいの支度にとりかかっている。

「あ、刀弥さま、お待ちいたしておりました。ささ、どうぞ」

帳場格子のなかで十露盤《そろばん》をはじいていた主人の清兵衛《せいべえ》が、揉《も》み手せんばかりに立ち上がって、平八郎を奥へ案内した。

通されたのは、いつもの奥座敷だった。床の間付きの八畳の部屋である。仮眠がとれるように部屋の一隅に蒲団《ふとん》がしいてあった。

この部屋で凶賊・雲霧仁左衛門一味の襲撃にそなえて不寝番をするのである。

『大嶋屋』の用心棒を請け負って半月あまりになる。あるじの清兵衛とお文夫婦、ひとり娘のお絹、そして番頭や手代などの奉公人たちとは、すでに気ごころが知れていた。

床の間に洒落本《しゃれほん》が数冊積んであった。退屈をまぎらわせるために、番頭の嘉平が気をきかせて買ってきたものである。

茶をすすりながら、洒落本を一冊読みおえたころ、石町《こくちょう》の鐘が鳴りひびいた。四ツ(午後十時)の鐘である。家人や奉公人たちはすでに床についたのだろう。屋内は寂《せき》として音もなく、ひっそりと寝静まっている。

二冊目の洒落本を手にとって表紙を披いたとき、ふいに襖《ふすま》が音もなく開き、若い女が盆を持って入ってきた。『大嶋屋』のひとり娘のお絹である。

「やあ、お絹さん、まだ起きていたのか」

「お夜食を持ってきました。どうぞ」

お絹が盆を差し出した。素麺《そうめん》と付け汁、香の物がのっている。

「すまんな。じゃ遠慮なく」

平八郎はうまそうに素麺をすすりあげた。奥州三春《みはる》産の極上の素麺である。舌鼓をうつ平八郎の横顔を、お絹は微笑を泛かべてじっと見ている。

歳は十九。大店《おおだな》のひとり娘としてわがまま放題に育ったらしく、見るからに驕慢《きょうまん》そうな大人びた顔つきをしている。奉公人のうわさによると、男遊びもかなり派手らしい。

「平八郎さま……」

つと膝をすすめて、お絹がのぞきこむように平八郎の顔を見た。

「なぜ、所帯をお持ちにならないんですか?」

唐突に訊いた。

「面倒だからだ」

平八郎がぶっきら棒に応えると、お絹はいたずらっぽい笑みを泛かべて、

「何が面倒なんですか？」

「ひとりの女にしばられるのが面倒でな」

「女の人にもよるでしょ？」

「女はみんな同じさ」

にべもなくそういって、平八郎は食べおえた素麺の器《うつわ》を盆においた。お絹はその盆を部屋のすみに押しやりながら、女の人が嫌いなんですか、とやや憮然《ぶぜん》とした口調で訊き返した。

平八郎は無言で首をふった。

決して女が嫌いなわけではない。女を抱きたいという本能的な欲望は、並みの男以上に強いかもしれぬ。

しかし、女に特別な感情をいだいたことは一度もなかった。だから、この歳になるまで平八郎は恋をしたことがない。恋という概念さえ、いまだに理解できなかった。ましてや、風間新之助のように「命がけ」で女に惚れるという男の心情は不可解の一語につきた。

――おれは幼いころから剣の道一筋に生きてきた。女に情がわかぬのはそのせいかもしれぬ。

剣の道と色恋は相いれぬものだと、自分ではそう思っている。

平八郎が会得した鍋島新陰流の奥義は「一刀両断」、すなわち一刀のもとに人を殺す殺《せっ》人剣《にんけん》である。

剣はしょせん人を殺す道具であり、剣の道とは人を殺すための業《わざ》をきわめることである。

「殺人剣」の剣理を突きつめていけば、おのずとそこに死が見えてくる。

《武士道とは、死ぬことと見つけたり》

鍋島藩の藩士・山本常朝《つねとも》の『葉隠《はがくれ》』が完成したのは十年前の享保元年である。このとき平八郎は十七歳、すでに『葉隠』思想を骨の髄まで叩きこまれていた。

「死ぬこと」の背後にあるのは夢幻観である。人の一生は束の間の夢であり、「死」こそが武士の至誠であるという『葉隠』の思想にのっとれば、「女を抱く」瞬間もまさに一睡の夢にすぎなかった。

——夢幻の世界に情念はない。

平八郎が女に惚れない、いや、惚れるという感情を持たない理由がそこにあった。

4

「わたしはどう?」

ふいにお絹が真剣な顔つきで向き直った。

「嫌い？」

「いきなり、そういわれても……」

返答に窮して平八郎は苦笑した。

「抱いて」

というや、お絹は狂おしげに平八郎の胸にすがりついてきた。困惑げに躰《からだ》を離そうとすると、

「わたし、子供じゃありません。ほら」

お絹がぐいと胸元をおし広げた。白い、たわわな乳房がほろりとこぼれ出た。

「………」

ためらうように見ていると、お絹は平八郎の手をとって胸のふくらみにあてがった。はちきれんばかりに豊かな乳房である。

平八郎は、やおらお絹を畳の上に押し倒し、二つの隆起をわしづかみにして、むさぼるように乳首を口にふくんだ。

「あ、ああ……」

お絹が切なげにあえぐ。あえぎながら右手を平八郎の股間《こかん》に差し込み、下帯の上から一物をにぎった。それは熱く、硬く屹立《きつりつ》していた。

「欲しい……平八郎さまが欲しい……」

上体を弓なりにそらし、お絹がうわ言のように口走る。

平八郎は乳首を吸いながら、一方の手でお絹の帯を解き、着物の裾《すそ》をおしひらいた。肉づきのいい太腿《ふともも》があらわになる。股の付け根に一叢《ひとむら》の茂りがあった。しっとりと露に濡れている。

あっ。お絹が小さな叫びをあげた。平八郎の指が秘所に入っていた。お絹は身をよじりながら、平八郎の下帯をほどく。怒張した一物がはじけるようにとび出した。

「は、早く……」

一物をにぎって自分の秘所にいざなう。平八郎は、腰を浮かしてお絹の上にまたがる。つるっと入った。

「ああっ！」

お絹が狂ったように腰をふる。平八郎の腰が激しく律動する。

「す、すごい……」

いやいやをするように首をふって、お絹が叫ぶ。結合したまま、平八郎はお絹の上体をかかえ起こし、膝抱《ひざだ》きにする。

そそり立った肉根が下からお絹の秘所を垂直に突きあげる。突きあげながら、乳房を吸う。噴き出す汗と平八郎の唾液で、お絹の柔肌がぬめぬめと光っている。

「だ、だめ……もう、だめ……」

激烈な快感が躰の芯《しん》を突きぬける。半眼に目をむいて、お絹は昇天した。同時にお絹の中で平八郎の欲情がドッと炸裂《さくれつ》した。

弛緩《しかん》したお絹の躰を畳に仰臥《ぎょうが》させ、平八郎は萎《な》えた肉根を静かにひき抜いた。ふっ、とお絹の口からやるせない吐息がもれた。

「すまぬ」

平八郎がぼそりといった。

「なぜ?」あられもなく胸乳《むなち》をさらしたまま、お絹が上気した顔で訊く。「なぜ、謝るんですか?」

「雇いぬしの娘御に無体な真似をしてしまった……」

「わたしが望んだことなんですよ」

お絹は屈託のない笑顔でそういうと、素早く身づくろいをして、

「このことは、わたしと平八郎さまだけの秘密……。じゃ」

裾をひるがえして部屋を出ていった。

平八郎の胸に白々と虚脱感がひろがった。小娘に手玉にとられたような、そんな虚《むな》しさであり、後味の悪さであった。

——これも一睡の夢だ……。

肚《はら》の底で虚《うつ》ろにつぶやきながら、床柱にもたれた。何を考えるでもなく、じっと宙に目をすえているうちに、浅いまどろみに堕《お》ちていった。

どれほど眠っただろうか。

かすかな物音で目が醒《さ》めた。何かがきしむ音である。

平八郎は刀を引きよせて、じっと耳を澄ませた。ギシ、とまた何かがきしむ音がした。とっさに行燈《あんどん》の灯をふき消し、刀を持って廊下に出た。屋内には一穂《いっすい》の明かりもなく、四辺は漆黒の闇である。

ギシ……。

不審な物音は店のほうから聞こえた。

平八郎は、足音を忍ばせてゆっくり歩を運んだ。廊下を突きあたると、店の帳場格子のわきに出る。足をとめて闇に目をこらす。

ややあって、またギシギシと音がした。その音の正体が今度ははっきりと確認できた。

潜《くぐ》り戸のきしむ音である。

表から何者かが道具を使って潜り戸をこじ開けようとしている。

平八郎はひらりと土間に跳びおりて、潜り戸のかたわらに身をひそめ、刀の鯉口《こいぐち》を切った。

ギシ……。

軋《きし》み音とともに、潜り戸の隙間《すきま》からキラッと刃物の先端がのぞいた。小柄《こづか》の刃先である。

その刃先がかんぬきをゆっくり押し上げてゆく。

やがてかんぬきがコトリとはずれ落ち、わずかに開いた潜り戸の隙間から、一条の月明かりが差し込んできた。

平八郎は土間に片膝をつき、刀の柄に手をかけたまま固唾《かたず》を飲んで見守った。

カタン！

潜り戸が一気に引き開けられ、月明《げつめい》を背に受けた黒影が矢のようにとび込んできた。刹那、紫電の迅《はや》さで鞘走《さやばし》った平八郎の刀が、下から斜め上に黒影を薙《な》ぎあげた。

「うわっ」

悲鳴を発して、黒影は潜り戸の外に転がった。その瞬間、血しぶきを噴き散らして何かが土間に落下した。切断された右手首である。小柄をにぎった血まみれの五指がひくひくと痙攣《けいれん》している。

閉まりかけた潜り戸に体当たりを食らわせて表にとび出すと、いきなり三方から白刃が襲いかかってきた。黒ずくめの盗っ人装束の男たちである。手首を斬り落とされた一人は、うめき声をあげて闇溜まりにうずくまっている。

「死ねっ！」

獰猛に吠えたのは、肩幅のがっしりした、岩のように屈強な躰つきの男である。一味の首魁《しゅかい》・雲霧仁左衛門であろうか。やおら脇差《わきざし》をふりかぶって拝み討ちにふりおろした。平八郎は横っ跳びに切っ先をかわし、右から突いてきたもう一人の脇差をはねあげた。

賊たちは、意外にも手練《てだれ》であった。太刀筋は荒っぽいが、いずれも膂力《りょりょく》が強く、動きも敏捷《びんしょう》である。三対一の死闘は一進一退、寸刻つづいた。

「かしら！」

手首を斬られて闇溜まりにうずくまっていた男が、ふいに低く叫んだ。

屋内に明かりが灯り、廊下を踏み鳴らす足音や、人の声が聞こえてくる。騒ぎに気づいて、奉公人たちが起き出したのだろう。

「畜生……。退け！」

首領の下知で一味はいっせいに身をひるがえして奔馳《ほんち》した。逃げ足もおそろしく速い。

平八郎は追尾をあきらめ、刀を鞘におさめて背を返した。

「どういたしました！」

手燭《てしょく》をもった清兵衛が血相変えてとび出してきた。

「雲霧一味が現れた」

「ええっ！」

「だが、もう心配はいらん。拙者が追い返した」

「そうですか……」

清兵衛の顔にほっと安堵《あんど》の色が泛かんだ。

「だ、旦那さま！」

店の中から叫声がひびいた。

「どうした？」

とって返すと、番頭の嘉平が蒼《あお》ざめた顔で土間を指さしている。

「こ、これは……！」

清兵衛が瞠目《どうもく》した。土間に血まみれの手首がころがっている。

「賊の手首だ。拙者が斬り落とした」

平八郎がそういうと、清兵衛は思わず目をそむけて、

「は、はやく片付けなさい！」

奉公人たちに命じ、

「ありがとう存じます。おかげで命びろいいたしました。ささ、中で粗茶などいっぱい」

……、いえ、お酒にいたしましょう」

恐怖覚めやらぬ顔に引きつった笑みを泛かべて、平八郎を中にうながした。

芝口《しばぐち》三丁目から神明町《しんめいちょう》にかけての大路の西側に、陽当たりの悪い道幅二間（約三・六

メートル）ほどの小路がある。俗に「日陰町《ひかげちょう》」と呼ばれる裏通りである。

日陰町には参勤交代で江戸に出てきた田舎侍相手に、安物の伽羅油《きゃらゆ》や、質流れの刀剣、武具、古着などを商ういかがわしい店が軒をつらねていた。

《売り物も後ろの暗き日陰町》

店先にならべられた商品も、出所の怪しげな品々ばかりであったという。いわば「泥棒市」のようなものである。

四更――丑《うし》の刻（午前二時ごろ）。

ひっそりと寝静まった日陰町の一角に、一軒だけ明かりを灯している店があった。古着屋『布袋屋《ほていや》』である。

その店の奥の部屋で、岩のようにがっしりした体軀《たいく》の男が、面を覆った黒布をはずしながら、「与七、湯をわかせ」と一人に命じた。雲霧仁左衛門である。

「へい」と応えたのは仁左衛門の手下で〝山猫与七《やまねこよしち》〟の異名をとる若い男である。

かたわらで蒲団をしいている中年男は〝木鼠杢兵衛《きねずみもくべえ》〟。もう一人、平八郎に右手首を切り落とされた〝おさらば仙吉〟が息も絶え絶えに部屋のすみにうずくまっている。

「さ、横になんな」

李兵衛にうながされて、仙吉がよろめくように立ち上がった。切断された手首の傷口からぼたぼたと血がしたたり落ちている。

「ひでえ血だ……」

仁左衛門が苦々しくつぶやく。

「早く血止めをしねえと、死んじまうぜ」

「医者をよんできやす」

与七が立ち上がって、ひらりと出ていった。蒲団の上で仙吉が苦悶《くもん》している。血の気のうせた蒼白い顔に玉のような脂汗が泛いている。

「畜生、あの素浪人め……」

仁左衛門が憤然と吐き棄てた。吊《つ》りあがった眼の奥にめらめらと怒りがたぎっている。

「この借りはかならず返してやる！」

仕事にしくじった腹立たしさと、一の子分・仙吉に取り返しのつかぬ怪我を負わせてしまった悔恨、そして何よりも、瘦《や》せ浪人ごときに腕ずくで撃退された屈辱が、仁左衛門の矜持《きょうじ》をひどく傷つけた。

雲霧仁左衛門は甲州の出である。韮崎《にらさき》の庄屋の三男として生まれ、幼いころから手のつけられない悪童であった。剣に天稟《てんぴん》の才があり、十八歳のときにはすでに新陰流のかなりの使い手であったという。

こんな俗説がある。

ある日突然、白日の空に暗雲が立ちこめ、韮崎の村が激しい雷雨に襲われた。叩きつけるような雨と凄《すさ》まじい落雷に脅え、村人たちが家の中で身をすくめていると、何を思ったか仁左衛門が抜き身を引っさげて表に飛び出し、垂れ込める黒雲にいきなり一閃《いっせん》をはなった。すると奇妙なことに、鼬《いたち》のような獣が真っ二つに叩き斬られて地上に落下した。とたんに激しく吹き荒れていた雷雨がぴたりとやんで、ふたたび碧落《へきらく》の空がもどったので、村人たちは仰天し、それから「雲切仁左衛門」の異名で呼ぶようになったという。

木鼠杢兵衛と山猫与七が仁左衛門に出会ったのは三年前のある日——中山道の熊谷宿で盗み働きをして運悪く宿場役人に捕まり、唐丸駕籠《とうまるかご》で故郷の越後に差立《さした》て（護送）になったときのことである。

たまたま差立ての行列を目撃した仁左衛門と仙吉は、一行が深谷宿の脇本陣に泊まったのを見届けて夜中にこっそり忍びこみ、唐丸駕籠を破ってふたりを救出したのである。それ以来、杢兵衛と与七は仁左衛門の忠実な子分となり、一味徒党を組んで盗っ人行脚《あんぎゃ》をつづけるようになったのである。

5

蕭条《しょうじょう》と雨が降っている。

まるでもどり梅雨《つゆ》のような鬱々《うつうつ》たる雨である。

板庇《いたびさし》を叩く雨音に耳を傾けながら、

(あの男、どうしているだろう?)

平八郎はふとそう想った。風間新之助のことである。雨がやんだら『舟徳』を訪ねてみようと思っていたのだが、それを阻むかのように、この三日間、雨は瞬時もやまずに降りつづいていた。

公儀隠密に命をねらわれている〝わけあり者〟を、いつまでも徳次郎の手にゆだねておくわけにはいかぬ。できれば一刻もはやく新之助を江戸から逃がしてやりたい。そう思いながら、恨めしげに窓の外を見た。

雨はいくぶん小ぶりになっていた。

暮れ七ツ(午後四時)をすぎたころ、雨音がぴたりとやんで、にわかに表が明るんできた。窓を開けて上空を仰ぎ見ると、鉛色の雲が急速に流れ、雲間からちらちらと薄日がさしていた。三日ぶりの晴れ間である。

（やんだか……）

その機を待ちかねていたように、平八郎は手早く身支度をととのえ、朱鞘の大刀を腰に落として長屋を出た。

雨あがりの路地には、ムッとするほど蒸し暑い空気がよどんでいた。道はぬかるみ、溝《どぶ》からあふれ出た汚水がすえた臭いを四辺にまき散らしている。

平八郎は足早に路地を通りぬけ、竪川《たてかわ》河岸に出た。降りつづいた雨で川は増水し、濁流が轟々《ごうごう》と逆まいている。

両国橋の西詰にさしかかった。

三日ぶりの晴天のせいか、橋の上はいつもに増しての雑踏である。

涼をもとめてそぞろ歩く男女、浴衣がけの親子連れ、欄干にもたれて河畔の景色をながめている老人——つい数日前の深夜、この橋の上で三人の〈橋の者〉が斬殺された事件などどこ吹く風の、平穏で長閑《のどか》な光景がそこにはあった。

橋の西詰と中央、そして東詰の三つの橋番小屋には、新たに配された〈橋の者〉が詰めていた。彼らも公儀隠密配下の〝草〟に相違ない。番小屋の戸口に座りこんで、のんびり煙管《きせる》などを吹かしているが、その眼はするどく往来の人波を監視している。

平八郎は何食わぬ顔で番小屋の前を通りぬけた。

両国広小路には、文字どおり「雨後の筍《たけのこ》」のように、飲み食いを商うよしず張りの小店や屋台、掛け茶屋、見世物小屋などが店を張り出し、ひしめくように人が群がっていた。

「よう」

ふいに背後で寛闊《かんかつ》な声がした。ふり向くと、六尺ゆたかな大兵の浪人者がゆさゆさと雑踏をかき分けて、大股に歩みよって来た。

御舟蔵のちかくで四人の侍に襲われたとき、助太刀をしてくれた浪人者・星野藤馬である。

「あ、星野どの」

「また会《お》うたな」

頤《おとがい》の張ったいかつい顔に、妙に人なつっこい笑みを泛かべて、藤馬が、

「これも何かの縁じゃ。暑気ばらいにそのへんで一献傾けぬか」

酒に誘った。平八郎がためらっていると、

「まま、いいではないか。わしの奢《おご》りじゃ。行こう」

有無をいわせず、平八郎の腕をむんずとつかんで歩き出した。

二人が足を踏みいれたのは、広小路の賑わいから一歩裏に入った路地の居酒屋だった。

運ばれてきた冷や酒を、なみなみと猪口に注いで一気に飲みほし、

「あの男、どうしておる?」

藤馬が、卒然と訊いた。

「あの男?」平八郎がけげんに訊き返す。

「先日の連れの侍じゃ」

風間新之助のことである。なぜそんなことを訊くのかと内心不審に思いつつ、

「無事に国元に帰ったようだ……」

平八郎はそう応えた。もちろん、これは嘘である。突然、藤馬はくっくと喉を鳴らして嗤《わら》い、

「語るに落ちたのう」

はたと平八郎を見すえた。眼は笑っていない。

「あの侍は公儀の禄をはむ幕臣じゃ。国はない」

「な、なぜ、それを!」

色をなす平八郎に、大きな声を出すなと口に指をあてて制し、

「ある筋から奇妙な話を聞いた。吉宗公のご生母・浄円院さまが身まかった夜、突然、公儀隠密の一人が逐電したとな」

声をひそめていった。

「その男は、吉宗公が徳川宗家の跡目を継ぐに至るいきさつを……つまり、裏の事情を知悉《ちしつ》しておった。それゆえ、公儀隠密は血まなこになってその男の行方を探しておるそうじゃ」

といって、藤馬は空になった猪口に酒を注ぎ、一気に喉に流しこんだ。

「おぬし……」

平八郎が突き刺すような目で見た。

「ただの浪人ではあるまい。何者だ?」

「言えば、わしも隠密のようなものよ。人のうわさで飯を食っておる。俗にいう下座見《げざみ》じゃ」

下座見とは、情報屋のことである。

「のう刀弥どの、風間新之助の情報は高く売れる。わしと手を組んでひと儲《もう》けする気はないか?」

それには応えず、

「いまの話、誰から聞いた?」

平八郎がするどく切り込む。

「蛇の道は蛇じゃ」

はぐらかすようにいって、藤馬は薄く嗤《わら》った。この男の真意が奈辺にあるのか、肚《はら》の底にどんな企みがあるのか、まったくつかみどころがない。端倪《たんげい》すべからざる人物である。

(そうか!)

一瞬、平八郎の脳裏に稲妻のようによぎるものがあった。

「あれは偶然ではあるまい」

「何のことだ？」

「御舟蔵の近くで四人の侍に襲われたときのことだ。おぬし、あのときからおれたちの動きを……」

見張っていたのではないかと、語気するどく詰問すると、藤馬はまた喉の奥でくっくくと嗤って、

「考えすぎじゃ。あれは本当に偶然だった。おぬしの連れが風間新之助とわかったのは、あの事件のあとじゃ」

「おぬしの話は信用できぬ」

「どう思おうがおぬしの勝手だが……、考えてもみろ。あのときからおぬしたちの動きを探っていたとすれば、わざわざおぬしに風間新之助の行方を訊いたりはせんじゃろ」

明快な理屈である。

「それより、わしと手を組む気があるのか、ないのか……返事を聞かせてくれ」

「あいにくだが……」

平八郎はぐびりと酒をあおって、

「おれは何も知らぬ。あの男とは酒場で知り合っただけだ。おれにはいっさい関わりがない」

「そうか」

藤馬は恬然《てんぜん》とうなずき、

「一攫《いっかく》千金の儲け話をみすみす断るとは……おぬし、欲のない男じゃのう」

また喉の奥でくっくくと嗤った。

「所用があるので、ここで失礼する」

卓の上に酒代をおいて立ち上がった。

「金はいらん。わしの奢りじゃ」

「おぬしに奢られるいわれはない。御免」

突っぱねるようにいって、平八郎は背を返した。それを渋い顔で見送り、

「食えぬ男じゃ」

藤馬が、ぼそりと独りごちた。


両国広小路の雑踏をぬけて神田川の堤に出た。途中、何度か背後をふり返ってみたが、藤馬が跟《つ》けてくる気配はなかった。

土手道を歩きながら、平八郎は肚の底で藤馬の言葉を何度も反芻《はんすう》していた。

「その男は、吉宗公が徳川宗家の跡目を継ぐに至るいきさつを……つまり、裏の事情を知悉しておった。それゆえ、公儀隠密は血まなこになってその男の行方を探しておるそうじ

や」

どこで入手した情報かわからぬが、それが事実だとすれば、新之助は嘘をついていたことになる。

ことは将軍吉宗に関わる重大な秘密である。その秘密が漏洩《ろうえい》するのを虞《おそ》れて、公儀隠密が新之助の口をふさごうとしているとすれば……、たしかに平仄《ひょうそく》は合う。

――それにしても……。

新之助が知悉しているという「裏の事情」とはいったい何なのか？

星野藤馬は、誰からその情報を入手したのか？

平八郎の胸中に次々に謎がわき立ってくる。

「旦那……」

ふいに声がした。『舟徳』の桟橋で徳次郎が手をふっている。かたわらで船頭の伝蔵と三次が猪牙舟の手入れをしている。

平八郎が足早に歩み寄ると、

「これから三次を旦那のところへやろうと思っていたところで――」

徳次郎が、額の汗を手の甲で拭《ぬぐ》いながらいった。

「何かあったのか？」

「新之助さんが江戸を逃《ふ》けやしたよ」

「なにッ」

「ひとりじゃ危ねえから、旦那が来るまで待ったほうがいいと引き止めたんですがね。何としても今日中に江戸を出たいといって、半刻ほど前に出ていきやした」

「どこへ行くといっていた？」

「それが……」

行き先を訊いても、先のことは江戸を出てから考える、としか答えなかったという。

「旦那にくれぐれもよろしく伝えてくれといっておりやした」

「そうか――」

半刻（一時間）前に『舟徳』を出たとすれば、すでに朱引《しゅびき》（江戸府内）は越えているだろう。

（無事に逃げおおせればよいが……）

平八郎の胸裡《きょうり》には、なぜか拭いきれぬ不安があった。

「久しぶりに一杯やりやしょうか」

徳次郎が平八郎を中にうながした。

第三章　名刀『天一《あまくに》』の謎

1

久しぶりに徳次郎たちと酒を酌みかわし、六ツ半（午後七時）ごろ、『舟徳』を出て帰途についた。

両国広小路の賑わいは、夜になってもいっこうに衰えをみせない。人出は、むしろ昼間より増して、祭りのように華やいだ喧騒《けんそう》が渦巻いている。軒行燈《のきあんどん》や提灯《ちょうちん》、雪洞《ぼんぼり》などの灯が無数に闇《やみ》にきらめき、あたりはさながら光の海である。

大川の川面も、涼船《すずみぶね》の明かりでびっしり埋めつくされている。

隅田川の船遊びは、三代将軍家光のころから盛んになったもので、江戸前期の歌人・戸田茂睡《もすい》は、その華やかな納涼風景をこう記している。

『暮時分になると、隅田川、牛島、金龍山、駒形、爰《ここ》かしこの下やしき、町や町やの茶屋やしきにかけたる船とも、水のおもても見えぬまでに漕出《こぎだ》せば、両国ばしの上御蔵前のあたりより下は三股《みつまた》をかぎり、深川口、新川口を真中にて、かけならべたる船共は、幾千万といふ数しらず』

そんな賑わいを尻目に、平八郎は両国橋をわたり、回向院の前を右に折れて竪川河岸《たてかわがし》に足をむけた。

一ツ目之橋のあたりまでくると、さすがに街の灯も往来の人影もまばらになる。

二ツ目之橋を過ぎたときである。

行く手の闇に、数人の人影が見えた。何やら甲高い声が聞こえてくる。

足早に歩み寄ってみると、職人態の男が三人、川岸に立って竪川の暗い川面をのぞき込んでいた。その背中ごしに、

「何事だ？」

声をかけると、一人が、

「土左衛門で……」

と川面を指さした。

轟々《ごうごう》と逆まく濁流に何かが浮いている。目をこらして見ると、それは男の水死体であった。衣服の一部が杭に引っかかり、その死体は濁流に翻弄《ほんろう》されて、あたかも生きているがごとく激しく浮き沈みしている。

ほどなく近くの木戸番の番太が、長柄の鳶口《とびぐち》をもって駆けつけてきた。三人の男たちが合力して、鳶口にひっかけた死体を引き揚げはじめた。

川っ淵にずるずると引き揚げられたずぶ濡れの死体を見た瞬間、

「あっ」

平八郎は、思わず息を飲んだ。

死体は、風間新之助であった。

平八郎を驚愕《きょうがく》させたのはそれだけではなかった。死体の頸《くび》がざっくりと斬り裂かれている。水死ではない。明らかに斬殺《ざんさつ》死体であった。

——まさか……。

息を飲んだまま、平八郎はその場に立ちつくした。

新之助が『舟徳』を出たのは、もう半日も前のことである。無事に江戸を出ていれば、いまごろは四宿《ししゅく》（品川・新宿・千住・板橋）のどこかで旅装を解いているころであった。

その新之助が斬殺死体となって、本所竪川に浮いていた——平八郎の漠然とした不安が、不幸にも的中してしまったのである。

下手人が「締戸番《しめとばん》」（お庭番）の手の者であることは明白だった。

「先のことは江戸を出てから考える」

新之助は徳次郎にそういい残して出ていったが、結局、江戸から一歩も出ぬうちに、自分がなぜ殺されなければならぬのか、その理由さえ知らぬまま「締戸番」の手で闇に葬られてしまったのである。

（哀れな……）

変わり果てた新之助の亡骸《なきがら》に手を合わせて、平八郎は踵《きびす》を返した。その瞬間である。まったく唐突に、

（罠《わな》！）

の一文字が脳裡《のうり》をよぎった。

《ききょうや・およう》と走り書きされた例の紙片である。

新之助がわざわざあんな走り書きを持ち歩く必要はない。持ち歩かなければならぬ理由も何もなかった。あれは平八郎を『桔梗屋』におびき出すための罠だったのである。

おそらく平八郎の留守中に、何者かが長屋に忍びこんで蒲団《ふとん》の間に押しこんでいったのであろう。蒲団には新之助の血痕《けっこん》が点々と付着していたが、あの紙片には一滴の血もついていなかった。それが何よりの証左である。

須臾《しゅゆ》の後。

亀沢町《かめざわちょう》の水茶屋『桔梗屋』の二階座敷に平八郎の姿があった。

「どうぞ」

なよやかな女の手が盃に酒を注いだ。

お葉である。

平八郎は注がれた酒を無言で口に運んだ。心なしか酒が苦い。その苦い酒を喉に流しこみながら、どう話を切り出したらよいものか思惟《しい》していた。

「どうなさったんですか?」

団扇《うちわ》で風を送りながら、お葉が訊いた。平八郎は黙っている。

「お待ちしてたんですよ」

「………」

「そのうちかならず、お見えになると思って……」

「だろうな……。それがお前たちの策だったのだ」

「策?……」

お葉の顔から笑みが消えた。「どういうことですか?」

「おれをこの店におびき出し、新之助の居所を探り出すのが、お前たちのねらいだった――」

「………」

お葉は能面のような表情で、じっと虚空《こくう》を見すえている。

「だが、もうその必要はなくなった」

「………」

「今しがた、新之助がここに来たはずだ」

「何のことやら、わたしには……」

口ごもりながら、お葉はさりげない素ぶりで髪に手をやった。一瞬迅《はや》く、平八郎がその手を抑えて簪《かんざし》をもぎ取り、お葉の躰《からだ》を引き寄せた。簪と見えたのは、先端が針のようにするどく尖《とが》った笄《こうがい》であった。

必死に身をくねらせて逃れようとするお葉を羽交い締めにして、平八郎は奪い取った笄の刃先をひたとお葉の喉元につきつけ、

「風間新之助を公儀隠密に売ったのは、お前だな」

「売った？……わたしが……風間さまを――」

「新之助は殺された」

平八郎が畳みこむようにいった。

「ええっ！」

お葉の顔が硬直した。何か言おうとしているのだが、驚愕で言葉が出ない。唇がわなわなと顫《ふる》えている。平八郎はお葉の躰を突き放し、昂《たかぶ》りを抑えるように酒をあおった。

「新之助さまが……殺された……」

お葉が、しぼり出すような声で低くつぶやいた。見ひらいた眼に涙があふれ、ほろりと

ひとしずく頬にこぼれ落ちた。

「お前が殺したも同然だ」

「ちがいます……それは、ちがいます！」

お葉が激しくかぶりを振る。

「………」

平八郎は、無言のまま酒を飲んでいる。飲みながらも、お葉への警戒心は解いていない。いつでも抜けるように朱鞘《しゅざや》の差料《さしりょう》は左の膝元に置いてあった。

お葉は、せりあげてくる嗚咽《おえつ》をこらえながら、

「新之助さまを殺したのは……、公儀隠密です」

聞きとれぬほど細い声でそういった。

「お前もその仲間か？」

「………」

応えを待つまでもなく、平八郎はお葉の正体を見抜いていた。締戸番（公儀隠密）配下の女忍び、つまり「くノ一」である。

「くノ一」とは忍びの隠語で女忍者を指す。「女」という文字を分解すると、〝く〟と〝ノ〟と〝一〟になるところから、そう呼ばれた——というのが定説になっているが、ほかに異説もある。

男には体孔が九つある。両耳、両眼、両鼻孔、口、臍《へそ》、肛門の九つである。女の体孔はそれより一つ多いところから、女忍者を「九の一」と呼んだ、という説である。

お葉がふいに立ち上がって襖《ふすま》をがらりと開けはなち、四囲《あたり》にするどい目を配った。立ち聞きを警戒したのである。不審な気配がないことを確認すると、ふたたび平八郎のかたわらに腰をおろし、

「お察しのとおり……」

声をひそめて、お葉はためらいがちに語りはじめた。

2

お葉は、紀州薬込役《くすりごめやく》十七家の筆頭・風間新右衛門（新之助の亡父）配下の「くノ一」だった。享保二年、組頭の新右衛門とともに出府して幕臣団に編入され、本所に屋敷を持つ大名や旗本の動静を監察する〝草〟として、二年前に亀沢町に配された。

「お組頭の風間新右衛門さまがお亡くなりになったあとは、跡目を継いだ新之助さまの下で働いておりました」

つまり新之助とお葉は主従の関係だったのである。

「それだけではあるまい」

平八郎がそういうと、お葉は「え？」とけげんそうな目で見返した。

「新之助は、お前に惚《ほ》れていた」

「………」

お葉の視線が泳いだ。図星をさされたのである。明らかに狼狽《ろうばい》の色が泛《う》かんでいる。

「それゆえ、危険を承知でお前に逢《あ》いにきた……。違うか？」

「………」

お葉は、戸惑うように目を伏せて、こくりとうなずいた。

忍び同士の色恋沙汰《ざた》は厳しく禁じられている。その厳しい掟《おきて》をやぶって、お葉と新之助は恋に堕《お》ちた。三年前のことである。

それ以来、二人は仲間の目を盗んで密会を重ね、重ねるたびに抜き差しならぬ深みにはまっていった。ところが……。

数日前のある夜、締戸番第二家の藪田《やぶた》定八がひそかにお葉のもとを訪れ、

「本日をもって風間家は絶家となった。今後、お前はわしの組下で働いてもらう」

突然の、そして一方的な宣告である。

「締戸番の役職名も『お庭番』と改められ、われらは上様直々の御用を仰せつかることに相なった。風間家に代わって、これからはわしがお庭番筆頭となり、お前たちを差配する。その第一の任務は、新之助の行方を探すことだ」

新之助が姿を現したら、すぐさま知らせよと言いおいて、藪田は立ち去った。

「そのとき初めて、新之助さまが出奔なさったことを知ったのです」

「数日前というと？」

「九日の夜だったと思います」

六月九日といえば、新之助が〈橋の者〉と斬り合って手傷を負い、命からがら平八郎の長屋に転がりこんできた夜である。

「もう一度訊く。今しがた、新之助がここへきたのだな？」

「はい」

「それで……？」

「一緒に江戸を出よう、何もかも棄てて二人で逃げようと――」

「承諾したのか？」

「はい……。四ツ（午後十時）に永代橋の船宿『浮舟《うきふね》』で落ち合うことにいたしました。そこから舟で品川に行くつもりでした」

駆け落ちの算段である。お葉の確約を得た新之助は、四半刻（三十分）もたたぬうちに逃げるように『桔梗屋』を出ていったという。

「いま思えば……」

そのときすでにお葉の身辺には公儀隠密（お庭番）の監視の目が光っていたのだろう。

新之助はその網にかかって命を落としたのである。

「まさか、そんなことになるとは……」

お葉の眼に、また涙があふれた。

「ついでにもう一つ聞かせてくれ。新之助は、なぜお庭番に命をねらわれたのだ？」

「……」

「お前なら、そのわけを知っているはずだ」

平八郎が問い詰めると、

「新之助さまは——」

お葉が意を決するように、

「浄円院さまのお子だったのです」

意外というより、それは驚愕すべき事実だった。

新之助は、紀州薬込役筆頭の風間新右衛門と将軍吉宗の生母・浄円院（お由利の方）との間に生まれた不義の子であったという。つまり、八代将軍吉宗の「異父弟」ということである。

「新之助がそう言ったのか！」

「はい……。お父上の新右衛門さまから直接聞かされた話だと申しておりました」

浄円院（お由利の方）は、紀伊藩主・徳川光貞《みつさだ》の湯殿《ゆどの》掛かりという卑《いや》しい身分の女であった。やがて光貞のお手がついて生まれた子が、のちの八代将軍吉宗である。幼名は頼方《よりかた》。紀州家の第三男子である。

それから十年後の元禄七年（一六九四）。お由利の方と君側護衛の薬込役・風間新右衛門がひそかに情を通じ、不義の子を生《な》した。

「その子が新之助さまなのです」

「…………」

平八郎は絶句した。あの新之助が八代将軍・吉宗の異父弟だったとは……。

「生前、新右衛門さまはつねづね申していたそうです。万一そのことが露顕したら厳しい処罰が下されるだろうと……」

この時代、一般庶民はいうにおよばず、武家社会における不義密通は天下の大罪とされていた。ましてや、お由利の方は藩公のお手がついた女である。ことが発覚したら極刑は免れまい。

ところが、なぜかその事実は表沙汰にならぬまま、闇に葬られてしまった。

お由利の方の親族たち――わけても弟の巨勢《こせ》十左衛門が、藩主光貞の寵妾《ちようしよう》となった姉と、その子・頼方（吉宗）を守るために、不義密通の事実をひた隠しにしつづけたからである。

そして、二十余年後。

紀州家第三子（頼方の上には三人の男子がいたが一人は早世した）の頼方は、徳川宗家を継いで八代将軍吉宗となり、光貞の寵妾から一躍将軍生母となったお由利の方（浄円院）は、二百五名の家臣団とともに紀州から江戸に召されて三の丸御殿に入り、弟の巨勢十左衛門は五千石を賜って、御側衆首座《おそばしゅう》に取り立てられた。

一方、風間新右衛門は、浄円院のお声がかりで公儀隠密「締戸番《しめとばん》」の支配役となり、桜田御用屋敷で職務に忙殺される日々を送っていた。

吉宗将軍就任という一大慶事によって、浄円院と新右衛門の過去は不問に付され、表面上はすべてが丸くおさまったかのように見えたが……。

しかし、新右衛門の心の底には、

——これで過去の罪が宥免《ゆうめん》されたとは思えぬ……。

巨勢一族に対する根強い不信と不安があった。

——いま無事でいられるのは、ひとえに浄円院さまの権勢のおかげだ。

彼女が健在でいるかぎり、何人たりとも新右衛門を処罰することはできぬだろう。

浄円院の存在は、新右衛門にとって一種の免罪符であり、風間家の命運をつなぎとめる命綱といえた。

だが、その命綱もいずれ切れるときがくる。新右衛門はそれを恐れて、

《浄円院さまご逝去の報に接したら、ただちに家を棄てて出奔せよ》

と息子の新之助に言い遺して息を引きとったのである。

新右衛門が没して一年後、風間家の命運をつなぎとめていた命綱がぷっつりと切れた。浄円院が死去したのである。

吉宗の叔父であり、側近中の側近である巨勢十左衛門は、その日を待っていたかのように、時をおかず桜田御用屋敷に「締戸番」十六家を招集し、新たに将軍直属の隠密組織「お庭番」を結成、江戸府内に新之助追捕《ついぶ》の探索網をしいたのである。

「しかし……」と平八郎が小首をかしげた。

「不義密通を犯した当の風間新右衛門は、一年前にこの世を去った。なのに、なぜ息子の新之助が命をねらわれなければならんのだ？」

当然の疑問である。お葉は困惑げに眉宇《びう》を寄せ、詳しいことはわかりませんがと前おきして、

「浄円院さまの過去を消すためではないでしょうか」

三十余年前の出来事とはいえ、将軍生母・浄円院の不義密通は、将軍家の威信にかかわる前代未聞の醜聞である。その事実を糊塗《こと》するために、不義の子として生まれた新之助をこの世から抹殺したのではなかろうか。

「何の罪もない新之助さまを……」

お葉は言葉をつまらせた。切れ長な眼にきらりと光るものがあった。哀しみと瞋恚《しんい》の涙である。同じ感情が平八郎の胸にも燃えたぎってきた。

「名君」の聞こえ高い将軍吉宗にとって、実母・浄円院の不義密通は、一族の栄華の裏に隠されたたった一つの汚点であったのだろう。それを払拭《ふっしょく》するために、同じ血を分けた異父弟・新之助を闇に屠《ほふ》ったのである。

「理不尽な話だ……」

「………」

お葉の肩がかすかに顫えている。

平八郎は、気をとりなおして訊いた。

「これからどうする?」

「………」

遠くを見るような虚ろな目で、お葉はしずかにかぶりをふった。

「このまま〝草〟をつづけるのか?」

「わたしは……、忍びの家に生まれ、忍びとして育てられた女です。お庭番の掟に逆らうことはできません」

「そうか」

うなずいて、平八郎は盃に残った酒を喉に流しこんだ。

「新之助を助けられなかったことには、悔いが残る……。だが、もともとおれには関わりのないことだ――」

「………」

「もう二度とお前に逢うこともあるまい」

差料をひろって立ち上がろうとすると、

「平八郎さま」

お葉が呼びとめた。

「いまの話は忘れてください。もし、このことがお庭番の耳に聞こえたら、平八郎さまにも……」

「わかっている。おれはただの素浪人だ。将軍家のいざこざには巻き込まれたくない。お前もおれに逢ったことは忘れるがいい」

いいおいて、足早に出ていった。

見送るお葉の眼に涙が泛かんでいる。

3

短檠《たんけい》のほの暗い光暈《こううん》の中に、お庭番十六家の組頭が、羅漢像《らかんぞう》のように黒々と影をつらねている。桜田御用屋敷の広間である。

「そうか。新之助を仕留めたか……」

巨勢十左衛門がおもむろに口をひらいた。

「で、『天二《あまくに》』は見つかったか?」

志津三郎兼氏《かねうじ》作の短刀のことである。

「それが……」

筆頭支配役の藪田定八が、剃刀《かみそり》のように鋭い眼に苦渋の色を泛かべた。

「見つからなんだか?」

「は……。組屋敷も隈《くま》なく調べましたが」

「さて」

十左衛門は、臼《うす》のように大きな顔をぐりっとひねり、弱ったのうと独りごちて、「誰ぞに手渡したやもしれぬ。新之助の足取りは調べてみたか」

「一つ、たしかなことは……」

四番組の明楽《あけら》樫右衛門が応える。

「あの晩、本所入江町の長屋に住まう、刀弥《とね》平八郎なる浪人者の部屋に転がりこんだところまでは、〝草〟の調べでわかっております」

それを受けて、九番組の村垣吉平が、

「その浪人者の長屋も、すみずみまで調べ申した」

平八郎の留守中に《ききょうや・およう》と走り書きされた例の紙片を、蒲団の間に押しこんでいったのは、村垣の配下の忍びである。その折りに家探しをさせたが、『天一』は見つからなかった。

村垣がそういうと、すかさず藪田が、

「そやつがどこぞに隠した、ということは考えられぬか？」

「むろん、手は打ってござる。その浪人者には、すでに〝草〟を張りつけ申した」

「ふむ」と十左衛門がうなずいて、「お葉はどうじゃ？」

藪田に目を向けた。

「あの女子《おなご》は新之助とねんごろの仲だったと聞くが……」

「お葉には厳しく言いふくめておきました。よもやとは存じますが、念のために今一度たしかめておきましょう」

「そうしてくれ」

うなずいて、十左衛門は一座を見回した。

「万一、あれが尾張方の手に渡るようなことがあれば、天下がくつがえるほどの大事になろう。よいな、草の根わけても『天一』を探し出すのじゃ」

「ははっ」

いっせいに叩頭《こうとう》し、風のように退出していった。ややあって、

「お聞きの通りでござる」

十左衛門が独り言のようにつぶやいた。

ふいに背後の襖がすっと開き、隣室の行燈《あんどん》の明かりの中にうっそりと黒影が立った。

「それにしても、難儀なことじゃ」

いいながら、影が十左衛門の前にどかりと腰をすえた。鼻梁《びりょう》が高く、顎《あご》がとがり、眼光炯々《けいけい》とするどい初老の武士である。

御側御用取次・加納近江守久通《かのうおうみのかみひさみち》。

紀州藩から幕臣団に編入された家臣の一人で、この年、一万石の知行《ちぎょう》を受けて大名に取り立てられた幕閣の重臣である。さしずめ将軍吉宗の秘書兼政策ブレーンといったところか……。

「姉上（浄円院）も罪なことをしてくれたものでござる」

といって、十左衛門が申しわけなさそうに目を伏せると、

「だがのう、巨勢《こせ》どの」

久通が慰撫《いぶ》するように、

「あの折りの浄円院さまは、すでにご臨終間近、夢とうつつのはざまをさまようがごときご容体であった……。果して、あのようなお言葉を信じてよいものかどうか――」

「しかし」

「いや、浄円院さまのお言葉をとやかく申すまえに、『天一』にまつわるあの話自体に、わしはいささかの疑念をいだいておる」

「と申されると？」

「あれは、風間新右衛門がおのれの保身のために浄円院さまに吹きこんだ作り話ではなかったかと――」

「作り話？」

十左衛門の眼がちらりと泳いだ。

この二人のやりとりには、余人には推し測れぬ深い謎がこめられている。

浄円院が、いまわの際に言いのこした言葉とは何か？

『天一』にまつわる話とは、いかなる内容か？

話を進める前に、まずこの謎について語らなければなるまい。

十四年前――すなわち正徳《しょうとく》二年（一七一二）四月夕刻。
江戸城内中奥、将軍御休息之間の寝所の夜具に、枯れ枝のように痩《や》せおとろえた初老の男が横たわっていた。顔からは血の気がうせて、すでに死相がただよっている。下段に居並ぶ重臣たちは平伏したまま身じろぎひとつしない。

燭台《しょくだい》の蠟燭《ろうそく》の灯りだけが、男の最期の命を灯すかのように、かぼそく揺れている。

やがて、脈をとっていた奥医者筆頭の御匕《おさじ》・片倉宗哲《かたくらそうてつ》が重々しく顔をあげ、

「お事切れにございまする」

低く、うめくようにいった。

六代将軍・徳川家宣《いえのぶ》が薨《こう》じたのである。

ただちに奥締《おくじ》まりとなり、将軍御台所《みだいどころ》（正室）・天英院《てんえいいん》以下、奥女中たちが家宣の遺体を拝し、香華をあげて二刻（四時間）ほどで奥締まりは解かれた。

それから半刻（一時間）後、御側用人の間部詮房《まなべあきふさ》、新井白石《あらいはくせき》、そして尾張吉通《よしみち》、紀伊吉宗、水戸綱條《つなえだ》の、いわゆる徳川御三家が将軍継嗣問題を協議するために、急遽《きゅうきょ》、表御殿の御用部屋に招集された。

六代将軍家宣の嫡子・鍋松《なべまつ》は、このときわずか四歳である。生前、家宣は、

「古来より幼君が立ったとき、天下騒動の火種となった例は少なくない」

と杞憂《きゆう》していたが――果たせるかな、鍋松の後見人の座をめぐって、御三家の筆頭・尾張家と紀伊家との対立が表面化した。

両者の対立は、やがて譜代大名や大奥勢力をも巻きこみ、泥沼の権力抗争へと発展していった。

江戸城のもう一つの権力といわれた大奥にも、二分する勢力があった。六代家宣の正

室・天英院と鍋松の生母である側室・月光院である。

天英院は紀伊吉宗のうしろ楯《だて》となり、月光院は尾張吉通を支持、女同士の熾烈《しれつ》な争いは、さながら代理戦争の様相を呈した。

こうした政争に決着をつけたのは、六代将軍家宣をして「一体分身」とまでいわしめ、その寵愛と信頼を一身にうけた政治顧問の新井白石であった。

「ご先代さまのご遺命は、鍋松さまに将軍職をゆずり、相伝の家臣に天下の政道をゆだねよ」

との白石の一言で、四歳の鍋松が「家継《いえつぐ》」と名を改め、七代将軍の座につくことになったのである。家継の後見人に指名された「相伝の家臣」とは、つまり白石自身のことであり、間部詮房のことである。

ここに白石のしたたかな計算があった。

幼君鍋松（家継）を七代将軍の座にすえ、これを傀儡《かいらい》として幕政の実権をにぎり、家宣亡きあとも引きつづき政権の座に居座る、というのが白石のねらいだったのである。

かくして、将軍継嗣問題をめぐる尾張と紀伊の政争はいったん収束した、かに見えたが……。

4

四年後の正徳六年（一七一六）四月。

生まれながらに病弱だった七代将軍家継が、わずか八歳にして黄泉《よみ》の客となり、ふたたび後継問題が浮上した。この時点で次期将軍の有力候補と目されていたのは、尾張吉通の横死、それにつづく吉通の嫡子・五郎太の怪死によって、その跡をついだ尾張継友《つぐとも》であった。

徳川御三家のうち一番家格の低い水戸綱條はすでに高齢でもあり、将軍職に野心はなく、事実上、尾張と紀州の争いとなったが、御三家筆頭の尾張六十二万石と紀伊五十五万石とでは、官位、格式、石高、どれをとっても、その差は歴然としている。

大方の予想が「尾張優位」にかたむくなかで、最終的に断を下したのは、六代将軍家宣の正室・天英院であった。

このときすでに、天英院の宿敵・月光院は腹心の部下・絵島の大スキャンダル（世にいう「絵島生島事件」）によってその権勢は失墜し、かわって朝廷最大の実力者、前関白《さきのかんぱく》・近衛基熙《このえもとひろ》を父にもつ天英院が、大奥の権力の座に返り咲いていた。

『一位様（天英院）方の女中は、都《す》べて威勢御座候《そうろう》由承り申し候』

幕府の儒官・室鳩巣《むろきゆうそう》がこう記しているように、大奥に絶大な権力を誇る天英院は、将軍選定の決定権をも掌握していたのである。ちなみに天英院は後年、吉宗に厚遇されて従一位に任じられ、「一位様」とも称された。


次期将軍は尾張か、紀州か。

天下が固唾《かたず》を飲んで見守るなか、ついに天英院の断が下された。

「八代将軍は紀伊殿」

――吉宗に軍配が上がったのである。紀州にとっては劇的な逆転勝利であり、尾張にとっては屈辱的な敗北であった。

その年の五月、吉宗は徳川宗家を継いで八代将軍となり、六月には元号も「享保」と改められた。ところが……。

翌年二月、新将軍誕生の慶賀ムードに水をさすような〝ある事件〟が、将軍吉宗や側近たちの知らぬところで、ひそやかに進行していた。

事件の発端となったのは、桜田御用屋敷の「締戸番」支配役・風間新右衛門のもとに届いた一通の手紙である。

その手紙には、

『文昭院《ぶんしょういん》様（六代将軍家宣）御真筆の御遺言状、某《それがし》の手許に御座候。五百両にて御買上戴《いただ》き度候事、右御願申上候。片倉宗哲』

としたためられてあった。差し出し人の片倉宗哲は、六代将軍家宣の臨終に立ち会った典薬頭《てんやくのかみ》である。

（文昭院さまのご遺言状が……！）

手紙を一読したとたん、新右衛門は顔色を失った。激しい衝撃を受けて、手紙を持つ手がぶるぶると顫えている。

紀州家の重臣のあいだで、六代将軍家宣の自筆の遺言状が存在するらしいとのうわさは以前から流れていた。

大番頭《おおばんがしら》・巨勢十左衛門の下命で、新右衛門ら「薬込役」（紀州隠密）がうわさの真偽を調査したが、それを裏付ける確証は何も見つからなかった。結局、「尾張が流した謀略宣伝」ということで、調査は打ち切られたのだが……。

（あのうわさ、まことであったか！）

片倉宗哲の手紙によると、その遺言状の内容は、概略、以下のようなものである。

『余に嫡子（鍋松）はあるが、歳はわずか四歳、あまりにも幼い。こうした時のために神祖（家康）が三家を立ておかれた。わが死後は嫡子・鍋松（家継）に将軍職をゆずり、三家筆頭の尾張殿に後見役として西の丸に入ってもらい、わが子に万一があらば尾張殿に天下の大統を嗣《つ》いでもらう』

七代家継のあとは、尾張に将軍家を嗣がせる。遺言状の中で、家宣はそう明言しているという。もしそれが事実だとすれば、紀州と尾張の立場は一気に逆転する。吉宗を推挙した天英院の裁定もくつがえされるだろう。

片倉宗哲はその遺言状を五百両で買えというのである。

新右衛門は、宗哲の手紙を持っていそぎ江戸城におもむき、三の丸御殿の浄円院をたずねた。できればこのことを表沙汰にせず、内々に処理したいと思ったからである。

浄円院は手紙を見て息を飲んだ。驚愕というより、半信半疑といった表情である。

「まさか、このようなものが……！」

「あながち虚言とは思えませぬ」

片倉宗哲は、六代将軍家宣がもっとも信頼をよせていた典薬頭、すなわち主治医である。命旦夕《めいたんせき》にせまった家宣が、その宗哲に遺言状を託したとしてもふしぎではあるまい。

「なれど……」

浄円院が疑問を呈した。

「なぜ宗哲は、そのご遺言状をご重役方に差し出さなかったのじゃ」

「いえ、差し出したはずでございます。したが……。新井白石どのがそれを拒んだのではなかろうかと――」

「白石どのが？……なぜじゃ。なにゆえ受け取らなかったのじゃ」

「これは手前の推量でございますが」

新右衛門が苦渋の表情でいう。

幼君・鍋松（家継）を擁立して、幕政の実権をおのが手ににぎらんと目論んでいた新井白石や間部詮房にとって、「尾張家を鍋松の後見役とせよ」としたためられた家宣の遺言状は、その目論見を根底からくつがえすものであった。

それゆえ白石は遺言状を受け取らず、その存在すら認めようとしなかったのではないか、と新右衛門は推測した。

「ちょうどそのころ、片倉宗哲は典薬頭のお役を解かれております」

つまり、罷免である。

「文昭院（家宣）さまのご遺言状とともに、宗哲自身も白石どのに切り捨てられたのでございましょう。何しろ、白石どのは『鬼』とよばれたほど、ご気性の激しい御仁でございましたから……。この手紙には、そんな白石どのへの、というより白石どのの専横を許した幕府への恨みがこもっているような気がいたします」

「その恨みを、宗哲は五百両の金子《きんす》で晴らそうとしているのか」

「御意にございます」

「…………」

浄円院は、ふと口をつぐんで新右衛門の顔を見すえた。黒い、大きな瞳がきらきらと耀やいている。新右衛門は、たじろぐように視線をそらした。

浄円院は、齢《よわい》五十一をかぞえる。目鼻立ちのととのった美貌《びぼう》は、いまなお衰えを見せず、年齢よりはるかに若く見えた。

二十三年前、新右衛門は、この浄円院（お由利の方）と道ならぬ恋に堕ち、一度だけ肌を合わせたことがある。そのときの淡い記憶が、走馬灯のように脳裏をよぎった。

「新之助は息災ですか」

浄円院が卒然と訊いた。二人の間に生まれた男児のことである。その子・新之助は二十四歳の青年になっていた。

「は、大禍なく……」

やや狼狽《ろうばい》しながら、新右衛門が応えた。

「あの子には、母親らしいことは何ひとつしてやれず……あまつさえ、母親と名乗ることすらも許されず、不憫《ふびん》な思いをさせています」

「……」

「くれぐれも新之助をよろしくお頼み申します」

「浄円院さま――」

「人の運命とはふしぎなものじゃ」

「……」

「同じお腹《なか》を痛めたもう一人の子（吉宗）は、いまや天下を治める武家の棟梁《とうりよう》……」

「………」

「新右衛門どの」

「は」

「上様も新之助同様、わらわの子に変わりはない。ひとりの母親として、わらわには上様をお護りする責務がある」

「………」

「宗哲のいい値どおり――」

と、手文庫から切り餅《もち》二十個（五百両）を取り出し、新右衛門の前に差し出した。

「これで文昭院さまのご遺言状を買い取ってきてくだされ」

「かしこまりました」

5

翌日の夕七ツ半（午後五時）、風間新右衛門は五百両の金子をもって、指定された鉄砲《てっぽう》州稲荷《いなり》の境内にむかった。

拝殿の陰から姿をあらわしたのは、かつて将軍家お抱えの典薬頭として栄華をきわめた男とは思えぬほど、尾羽打ち枯らした片倉宗哲であった。

「宗哲どの、か……」

新右衛門が誰何《すいか》した。

「いかにも」

「金は持ってきた。文昭院さまのご遺言状を渡してもらおう」

宗哲は、ふところから折り畳んだ遺言状を取り出した。金と引き換えにそれを受け取った新右衛門は、手早く披《ひら》いて文面に目を走らせた。

間違いなく文昭院（六代家宣）直筆の遺言状である。末尾に署名と花押《かおう》、朱印もある。

「たしかに……」

新右衛門が遺言状をふところに仕舞いこむと、

「では」

と一揖《いちゆう》して、宗哲が背を返した。

刹那《せつな》、新右衛門が抜く手も見せず刀を鞘走らせた。

「わッ」

悲鳴をあげて宗哲がのけぞった。袈裟《けさ》がけの一刀である。あたり一面に血しぶきをまき散らして、宗哲は丸太のように地面にころがった。

刀を鞘におさめると、新右衛門は金包みを拾いあげ、悶絶《もんぜつ》する宗哲に冷やかな一瞥《いちべつ》をくれて立ち去った。

それから半刻（一時間）後の酉《とり》の上刻（午後六時）。

江戸城三の丸御殿の奥書院に、風間新右衛門の姿があった。

浄円院は、遺言状に目を通すと、しずかに折り畳んで、

「これは、こなたが持っていてくだされ」

と新右衛門の前に押し返した。

「手前が……？」

「いざというときの切り札じゃ」

「切り札？……と申されますと？」

新右衛門がけげんに訊き返す。

それには応えず、浄円院は、ふと遠くを見るような眼差しで、

「わらわにとって……、あの出来事はもう遠い過去のことじゃ……。二十余年をへた今、ようやくあのときの悩み苦しみから解き放たれ、心やすらかな日々を送れるようになった……」

あの出来事とは、新右衛門との不義密通のことである。

「こなたも、さぞ同じ思いであろう」

「…………」

「なれど――」

と言葉を切って、一瞬の沈黙のあと、

「これで過去の罪が消えたとは思うておらぬ。宥《ゆる》されたとも思うてはおらぬ」

浄円院は暗澹《あんたん》と目を伏せた。

むろん、新右衛門にもその想いはある。浄円院の一族――別して、実弟の巨勢十左衛門の心底には、新右衛門にたいする根深い恨みと憎悪があるにちがいない。

「わらわにもしものことがあれば、こなたや新之助の身にも、きっと不幸がおとずれよう」

そのときのために、文昭院の遺言状は新右衛門が持っていたほうがよい。浄円院は、そういって遺言状にひと振りの短刀を添えた。

志津三郎兼氏の『天一《あまくに》』である。

赤銅斜子《しやくどうななこ》に金葵《あおい》の紋散らしの縁頭《ふちがしら》、目貫きは金無垢《きんむく》の三頭の狂い獅子《じし》、金の食出《はみだ》しの鍔《つば》に、金梨子地《きんなしじ》の葵の紋散らしの鞘《さや》、刀身は一尺五寸――神祖家康が久能山で紀州藩祖・頼宣《よりのぶ》に下賜されたという名刀である。

「これが……、こなたと新之助への、せめてもの償いです」

「ご厚情、痛みいります」

新右衛門は、うやうやしく『天一』を押しいただくと、おもむろに短刀の目釘《めくぎ》を抜き、柄《え》をはずして中心《なかご》に遺言状を巻きつけた。

「この御短刀は、文字どおり手前と伜《せがれ》・新之助の護り刀になりましょう」

と、ふたたび柄を差し込んでふところに収め、

「ありがたく頂戴《ちょうだい》つかまつります」

深々と叩頭して膝退《しったい》した。

――六代将軍・家宣の遺言状の秘密は、浄円院と風間新右衛門の手によって握りつぶされたのである。

それから、さらに九年の歳月をへた享保十一年六月九日、深夜。

江戸城三の丸御殿の寝所に、臨終間近の浄円院が横たわっていた。臥所《ふしど》のまわりには、将軍吉宗とその側近たち――御側御用取次・加納近江守久通や御側衆首座・巨勢十左衛門などが沈痛な面持ちで居並んでいる。

「母上！　気をたしかにお持ちなされ」

吉宗が声をかけると、

「あ、天一《あまくに》、天一を……護ってたもれ」

浄円院がうわごとのようにつぶやいた。

「天一とは？……」

十左衛門がけげんな目でのぞきこむ。

「東照権現さまから……拝領した御短刀……あ、あれを尾張に渡してはならぬ……文昭院さまのご遺言状……、尾張の手に渡れば……天下がくつがえる……」

混濁した意識のなかで、浄円院は途切れ途切れに謎めいた言葉を発し、最期に、

「か、風間新之助を……宥してやってたもれ……」

そう言いのこして、眠るがごとく静かに息を引き取った。四十三歳の吉宗は、幼児のように浄円院の亡骸《なきがら》にとりすがり、

「母上ッ……！」

六尺ゆたかな巨軀《きよく》を顫わせて慟哭《どうこく》した。そんな愁嘆場をよそに、加納久通と巨勢十左衛門は、ひっそりと別室にさがり、

「文昭院さまのご遺言状……。浄円院さまはたしかにそう申されたな、巨勢どの」

「尾張の手に渡してはならぬ、とも申された」

「いったい、どういうことじゃ。あのお言葉は――」

「つまり……」

文昭院（六代将軍家宣）の遺言状が、紀州藩祖・頼宣相伝の名刀『天一』に隠され、

「締戸番」支配役・風間新右衛門の手に渡ったのではなかろうか――浄円院が言いのこし

た言葉の断片から、十左衛門はそう読んだ。

「その新右衛門は一年前に身まかってござる。とすれば、『天一』は風間家の跡目をついだ伜の新之助の手に……」

「うむ」

険しい顔でうなずく久通に、万一それが尾張の手にわたれば紀州家の天下はくつがえる。ただちに「締戸番」を招集し、『天一』奪還の手配りを……、といって十左衛門はあわただしく退出した。

桜田御用屋敷に十六名の「締戸番」が招集され、新たに「お庭番」が結成されたのは、それから半刻後である。


じりっ……。

短檠の灯りがかすかに揺れる。

ほの暗いその灯りの中に、加納久通と巨勢十左衛門が対座している。

つい先ほど、「お庭番」筆頭の藪田定八から、風間新之助を仕留めたとの報告を受けたばかりである。しかし、肝心の『天一』はどこを探しても見つからないという。

久通は、やや懐疑的な表情で、

「あの折りの浄円院さまは、すでにご臨終間近、夢とうつつのはざまをさまようがごときご容体であった……。果して、あのようなお言葉を信じてよいものかどうか。いや、浄円院さまのお言葉をとやかく申すまえに、『天一』にまつわるあの話自体に、わしはいささかの疑念をいだいておる」

「と申されると？」

「あれは、風間新右衛門がおのれの保身のために浄円院さまに吹きこんだ作り話ではなかったかと――」

『天一』の存在、というより文昭院（六代将軍家宣）の遺言状そのものの存在に、否定的な見方を示した。

「しかし」

と、十左衛門は、それを打ち消すように手をふって、

「藩祖伝来の『天一』が姉上（浄円院）の手許から消えたのは動かぬ事実。それを探し出して文昭院さまのご遺言状の有無を確かめぬかぎり、探索を打ちやめるわけにはまいりますまい」

「うむ……」

ことの真相を知る浄円院と風間新右衛門、そしてその倅・新之助の三人は、すでにこの世を去っている。果して文昭院の遺言状は、本当に存在するのかどうか。それを隠したとされる『天一』は、どこにあるのか。

「まさに雲をつかむような話ではござるが、上様をお護りするためには……、いや、紀州家の天下を護るためには、どれほどの時をかけようともやりとげなければならぬ、これは我らの至上命題にございまする」

十左衛門が決然といいはなった。

第四章　影の跳梁《ちょうりょう》

1

刀弥《とね》平八郎は、通り旅籠町《はたごちょう》のあたりを歩いていた。

真夏の日盛りである。

塗笠《ぬりがさ》をかぶっていても頭が灼《や》きつくように暑く、そのうえ酒気をおびているせいか、顔中、滝のような汗である。

日本橋の呉服問屋『大嶋屋』のあるじ・清兵衛《せいべえ》に招かれて、堀江町の料理屋『花邑《はなむら》』で、馳走《ちそう》になっての帰りであった。

「過日はありがとうございました。先生のおかげで家人も奉公人も命びろいをいたしました」

凶賊・雲霧一味を撃退した謝礼に、清兵衛が一席もうけてくれたのである。

「いやいや、礼をいわれるほどのことではない。用心棒として当然のつとめを果たしただけだからな」

面《おも》はゆげに平八郎が謙遜《けんそん》していうと、

「これに懲りて、雲霧一味も二度と手前どもの店に手は出しますまい。先生には本当にお世話になりました。これはほんのお礼のしるしでございます」

金包みを差し出した。中身は小判二枚である。目の前には豪華な山海の珍味の膳部が並んでいる。

めったに口にすることのできぬ美酒佳肴《かこう》をふるまわれ、すっかり気をよくして帰途についたものの、

(待てよ)

平八郎は、はたとそのことに気づいた。

(おれは、もう用済みというわけか……)

別れぎわに大嶋屋清兵衛は、

「またご縁がございましたら、その節はよろしくお願い申しあげます」

といった。その言葉の意味がようやくわかったのである。「ご縁がございましたら」は、裏を返せば「これで、いったん縁を切らせていただきます」という意味にほかならない。

つまり、清兵衛は二度と雲霧一味の襲撃はないとみて、平八郎を解雇したのである。

（ま、仕方あるまい）

商人《あきんど》は現金なものだと、苦い笑みをきざんで足を速めた。と、そのとき、

「旦那……」

背後で声がした。ふり返ると、天秤《てんびん》棒をかついだ留吉が小走りに駆けよってくる。

「おう、留吉」

「長屋にもどるんですかい」

「ああ、お前さんは？」

「こう暑くちゃ商売になりやせん。昼寝でもしてるのがいちばんですよ、こんな日は」

手の甲で額の汗をぬぐい、

「あっしの部屋で一杯やりませんか？」

「そうだな……」

「売れ残りの蛸《たこ》があるんで、こいつを刺し身にしやしょう」

「それはいい」

二人は炎天の雑踏を避け、日陰の道をひろって帰路を急いだ。

「ところで、留吉」

歩きながら、平八郎がいった。

「へい？」

「用済みになっちまったぜ。『大嶋屋』の用心棒……」

「用済み？」

「あるじの清兵衛から体よく引導をわたされた」

「お払い箱ってわけですかい」

「まあな……、これまでの蓄えでしばらくは食いつなげる。すまんが留吉、その間に次の用心棒の口を探しておいてもらえぬか」

「それは、かまいやせんが……、けど」

といいかけて、留吉はふいに口をつぐんだ。平八郎が急に足をとめて、前方に鋭い目をすえたのである。

「旦那……？」

「留吉、下がれ」

前方の木立の陰から虚無僧《こむそう》が二人、うっそりと姿を現し、道をふさぐように立ちはだかった。一人は長身痩軀《そうく》、もう一人は小肥りの、達磨《だるま》のようにずんぐりした男である。

「離れていろ」

と留吉を押しやって、平八郎は刀の柄に手をかけた。

二人の虚無僧がゆっくり歩みよってくる。

「刀弥平八郎どの」

天蓋《てんがい》の中から、低い声がした。長身の虚無僧である。

「――だな？」

「いかにも……。おぬしたちは？」

「わけあって名は名乗れぬ。おぬし、風間新之助から短刀を預からなかったか？」

「短刀？」

「銘は志津三郎兼氏《かねうじ》、『天一《あまくに》』と申す名刀だ」

小肥りの虚無僧が応えた。

「その短刀がどうした？」

「持っているなら、ぜひゆずってもらいたい」

「あいにくだが――」

「ないとは言わせんぞ！」

小肥りの虚無僧が苛立《いらだ》つように怒声を張りあげた。

「おれには関わりがない。どいてくれ」

と歩を踏み出した瞬間、

「な、何しやがる！」

背後で留吉の叫声がした。ふり向くと、菅笠《すげがさ》の職人ふうの男が、留吉をはがい締めにして、喉もとに匕首《あいくち》を突きつけている。

「留吉！」

平八郎は反射的に刀の柄に手をやった。

「動くな！」

「素直に吐かぬと、そいつの命はないぞ」

長身の虚無僧が凄味《すごみ》をきかせていった。

「『天一』はどこにある？」

「くどい……。何度訊《き》かれても知らぬものは知らぬ」

「ならば、いたしかたあるまい」

「だ、旦那っ！」

留吉が必死に叫ぶ。

「やめろ。その男を放してやれ！」

平八郎の制止の声を無視して、長身の虚無僧が「殺《や》れ」と下知した。それを受けて、菅笠の男が高々と匕首をふりかざした。その瞬間、

「うわっ」

悲鳴をあげてのけぞったのは、菅笠の男だった。前のめりに倒れこんだその男の背中に手裏剣が突き刺さっている。

「な、何奴っ！」

二人の虚無僧が、おどろいて四囲《あたり》を見回した。

突然、付近の物陰から、数人の男たちがばらばらと飛び出してきた。紺の筒袖《つつそで》に紺の股《もも》引《ひ》き姿、背中に葛《つづら》を背負った行商人ふうの男たちである。その数、四人。予期せぬ敵の出現に一瞬たじろぎながら、

「お、おのれ！」

二人の虚無僧が抜刀して猛然と斬りこんだ。四人の男たちもいっせいに脇差《わきざし》を抜いて斬りかかった。この四人、「お庭番」組下の忍びたちである。

「留吉っ」

平八郎が、乱刃をかいくぐって留吉のもとに駆けより、

「いまだ、逃げろ」

うながして逃げ出そうとすると、行商人の一人がすかさず翻転し、二人の前に立ちふさがった。間髪をいれず、平八郎の刀が真横に奔《はし》った。肉を断つ鈍い音とともに、血しぶきが飛び散り、脾腹《ひばら》を裂かれた男がドッと仰向けに倒れた。その男の屍《しかばね》を踏み越えて、一目散に奔馳《ほんち》した。虚無僧もお庭番も二人を追おうとはしなかった。いや、追う余裕がなかった。当面の敵と戦うだけで、双方、必死だったのである。

七、八丁はなれた橘《たちばなちょう》町の竹林の中に、平八郎と留吉は身をひそめていた。二人とも水

をかぶったように汗まみれである。かすかだが竹林の中を風が吹き抜け、笹《ささ》の葉を涼しげに揺らしてゆく。

息を荒らげてうずくまっている留吉に、

「大丈夫か」

平八郎が心配そうに声をかけた。右肩にべっとりと血がにじんでいる。

「たいした傷じゃありやせん。それよりあの連中、いったい何者ですかね?」

「さあな……」

「あの虚無僧《ぼろんじ》ども、わけのわからねえことをぬかしやがって」

「短刀がどうのこうのといっていたな」

「へえ」

風間新之助から短刀を受け取ったはずだと虚無僧はいったが、平八郎にはまったく思い当たるふしがなかった。『天二《あまくに》』という名を聞いたのもはじめてである。

(何かの勘違いだろう)

気をとり直して立ちあがり、竹林のむこうに目をやった。追手の気配はない。

「あ、痛て、てて……」

留吉がふいに顔をゆがめた。傷口からだらだらと血が流れ出している。

「ひどい血だ」

平八郎はすばやく手拭《てぬぐ》いを裂いて、留吉の腕に巻きつけて、

「医者に行こう」

と抱え起こした。

この近くに顔見知りの医者がいる。

武田順庵《じゅんあん》――船宿『舟徳』の常連客で、平八郎も何度か一緒に酒を酌みかわしたことがある。

歳は四十三。腕のいい外科医だが、気が向かなければどんなに金を積まれても、棘《とげ》一本抜かぬという頑固者でもあった。『舟徳』の徳次郎もそうだが、なぜか平八郎はそうした偏屈な人間たちと妙にうまが合った。

2

両国米沢町の南西の角に、武田順庵の家はあった。医者の家とは思えぬ質素なたたずまいである。玄関の柱に『外科医・武田』と古ぼけた木札がぶら下がっている。

「外科」の呼称は、すでに室町時代からあったという。

『太平記』巻二五には、

「足利《あしかが》左兵衛督《さへえのすけ》、北方、相労《あいつかる》ル事有テ、和気《わけ》・丹波《たんば》両流ノ博士、本道（内科）・外科一代

ノ名医数十人被招請《まねかれこう》テ脈ヲ取ラセラレル」

と記されている。また『日本医学史要綱』には、

「外科の治は刀剪《とうせん》、針烙《やきばり》を主とするが故に、その事を賤悪汚穢《せんあくおわい》なりとして、医家すらこれを賤《いや》しむの風ありき」

この時代の外科医は本道（内科）にくらべて一段低く見られていたようである。

《外科と一所に立て行く蠅《はえ》》

これは、外科医が治療をおえて出て行くと、血なまぐさい臭いにさそわれて蠅も一緒に飛び立って行く、と侮蔑《ぶべつ》をこめて外科医を揶揄《やゆ》した作句である。

「ごめん」

玄関の引き戸をあけて中に入ると、奥から色の白い楚々《そそ》とした面立ちの中年女が出てきた。順庵の妻・妙《たえ》である。

「順庵先生はご在宅ですか」

「いえ……」

と妙はかぶりをふって、

「三日ほど前に出療治《でりょうじ》（往診）に出かけたまま、今日になってもまだ戻ってまいりませ

ん」

「三日前に……？」

「患者さんの容体が思わしくないのでしょう。そのまま泊まりこみで治療をつづけているのではないかと――」

「そうですか」

「お怪我をなすったんですか？」

妙が、平八郎の背後に立っている留吉に目をむけた。

「じつは、その……。この先で破落戸《ごろつき》どもに喧嘩《けんか》を売られまして」

斬り合いに巻き込まれて怪我をしたとは、さすがに言えなかった。

「応急の手当てでしたら、私が……」

控えめな口ぶりで妙がいった。

「それはありがたい。ぜひお願いします」

「どうぞ、おあがりください」

と妙が二人を奥の治療部屋に案内した。

さいわい、留吉の傷は浅傷《あさで》だった。傷口を焼酎《しょうちゅう》で消毒し、血止めの塗布薬をぬって白木綿の晒《さらし》をまく――妙は、手ぎわよく傷の手当てをすませると、

「半刻（一時間）もすれば、血は止まると思います。どうぞお大事に」

たおやかな微笑を泛《う》かべた。

「ありがとう存じます。順庵先生がおもどりになったら、よろしくお伝えください」

丁重に礼をいい、治療代を払って平八郎と留吉は順庵の家を出た。

「妙だな……」

歩きながら、平八郎がふと首をかしげた。

「何か？」

「順庵先生のことだ。出療治に出たまま、三日も家をあけるとは……」

「お内儀《かみ》さんも言ってたじゃありやせんか。患者の家に泊まりこんで治療をつづけてるんじゃねえかって」

「だとすれば誰か使いをよこすはずだ。梨《なし》のつぶてというのが、どうも腑《ふ》におちぬ。悪いことでも起きなければよいが」

「おっと、めったなことをいっちゃいけやせんや」

留吉が首をすくめて、

「悪いように考えると、物事ってのは悪いほうに進んじまいます。鶴亀、鶴亀……」

と、神官がお祓《はら》いをするような大仰な身ぶりで手をふった。とたん、

「い、痛てて……」

悲鳴を発して跳びあがった。負傷した腕をふったのである。

そのころ、芝神明・日陰町の古着屋『布袋屋《ほてい》』の奥の部屋では……。

初老の医者が患者の傷口の手当てをしていた。髭《ひげ》づらの古武士然とした風貌《ふうぼう》、くぼんだ目にやや疲労の色がみえるが、眼光はらんらんとするどい——武田順庵である。

傷の手当てをうけているのは、平八郎に右手首を叩き斬られた〝おさらば仙吉〟であった。縫合された傷口はすでに固まって、すりこぎ棒の尖端《せんたん》のように丸くなっている。

「どんな案配《あんばい》ですか、先生」

雲霧仁左衛門が順庵の背中ごしに声をかけた。

「半月もすれば、完全に治るだろう」

ぼそりといって、順庵が傷口に塗り薬をぬりはじめた。

「う、うう……」

仙吉が顔をゆがめて呻《うめ》く。

「まだ痛むか？」

木鼠《きねずみ》杢兵衛《もくべえ》が心配そうにのぞきこんだ。仙吉は身をもむように呻吟《しんぎん》して、

「い、痛むなんてもんじゃねえ。頭が割れそうだぜ……あ、痛てッ、先生、やんわりやっておくんなさいよ、やんわりと」

「もうじきおわる。我慢しろ」

薬を塗り、新しい晒を巻きおえると、「よし」とうなずいて、

「仁左衛門どの」

背を返して仁左衛門を見た。

「この三日間、わしは手をつくして治療をほどこした」

「ありがとう存じます」

「あとは自然に回復するのを待つだけだ。そろそろわしは帰らせてもらう」

「帰る？」

「ほかの患者が待っている。これ以上家をあけるわけにはいかん」

この三日間、順庵はほとんど不眠不休で仙吉の傷の治療にあたっていた。

喧嘩沙汰で手首を切られた、と仁左衛門はいいわけがましくいったが、怪我の原因などどうでもよかった。詮索《せんさく》もしなかった。一刻もはやく出血を止めなければ命にかかわる。そう思って懸命に傷の手当てをしてきたのである。

その甲斐《かい》あって、血は止まった。傷口の肉も固まりつつある。

「わしの仕事はおわった」

順庵は、塗り薬や治療器具を薬箱におさめて、のそりと立ち上がった。

「おっと、そうはいきやせんぜ」

やおら仁左衛門が両手を広げて立ちふさがった。「仙吉の傷が完璧《かんぺき》に治るまで、もうし

ばらく先生にはここにいてもらいやす」

「ことわる。治療はおわった。帰らせてくれ」

立ちはだかる仁左衛門を、

「どきなさい」

と押しのけて、がらりと襖を引きあけた瞬間、順庵は凍りついたように立ちすくんだ。

そこに匕首をかまえた山猫与七《やまねこよしち》が蛇のような目で仁王立ちしていた。

「そういうことなんだよ、先生」

仁左衛門が薄く嗤《わら》った。

「お、お前さんたち、いったい何者なんだ！」

「日向《ひなた》を歩けねえ人間さ」

「お尋ね者か？」

「まあな……、おれは雲霧仁左衛門よ」

「く、雲霧！」

「へへへ、おかしらに逆らわねえほうがいいぜ」

李兵衛が唇の端でひくひくと嗤った。

「わしを……、どうするつもりだ？」

「おとなしく言うことを聞けば、悪いようにはしねえさ」

「………」

「半月とはいわねえ。あと十日は仙吉の面倒をみてもらいてえんで」

「十日も家をあければ、家内が不審をいだく。番屋に訴え出るかもしれんぞ」

「そうならねえように、奥さん宛てに一筆したためてもらいやしょうか」

「手紙か」

「治療に手間どって、しばらく帰れねえと……」

横合いから、李兵衛が半紙と矢立てを突き出した。

「さあ」

と与七が匕首を突きつける。

不承不承受け取って、順庵は半紙に筆をはしらせた。

3

酉《とり》の下刻（午後七時）、平八郎は三日ぶりに『桔梗屋《ききょうや》』のお葉をたずねた。

「どういう風の吹きまわしですか」

酌をしながら、お葉が皮肉な笑みを泛かべていった。「おれはただの素浪人だ、もういざこざには巻き込まれたくないって、そういったのは平八郎さまなんですよ」

「お前に訊きたいことがあってな」

「どんなことですか」

「『天二《あまくに》』を知っているか？」

「あまくに？」

「志津三郎兼氏《かねうじ》の短刀だ。その短刀に何かいわく因縁があるらしい。お前なら知っているだろう」

「さあ……」

お葉の切れ長な眼がかすかに泳いだ。

「風間新之助から聞いたはずだ」

「いいえ、知りません。知っていることは先日すべてお話ししたはずです」

「とすると……」

思案顔で盃を口に運びながら、

「新之助は、お前にもその秘密を隠していたことになる」

「わたし、本当に知りません。『天二』なんて聞いたことも……」

平八郎は冷たく光る眼で見つめている。お葉の言葉を信じていない目つきである。

「でも、平八郎さまはなぜそれを……？」

「二日前に、謎の虚無僧に襲われた」

「虚無僧!」

「お庭番の手の者と見たが……違うか?」

「わたしに訊かれても困ります。お庭番の組下には、何十人何百人という忍びがいるんですから」

「教えてくれ。『天一』にはいったいどんな秘密が隠されているのだ?」

「ですから——」

「お前なら知ってるはずだ」

「どうしても信じてもらえないんですね」

「お前も……、お庭番の〝草〟だ。信じろというほうが無理だろう」

お葉が悲しげに目を伏せた。複雑な心の揺らぎをその目に湛《たた》えながら、

「でも……、平八郎さまの敵ではありません。それだけは信じてください」

というや、平八郎の胸に狂おしげにしなだれかかり、

「これが証《あかし》です」

平八郎の手をとって自分の胸にすべり込ませた。ゆたかな乳房の感触が手の平に伝わる。ふっくらと柔らかく、それでいて餅のように弾力のある豊満な乳房である。

「抱いて」

お葉は、片手で平八郎の首をかかえ込むようにして唇をかさねた。甘く、馥郁《ふくいく》たる香り

が平八郎の口中にひろがる。

そのまま二人は折り重なるように躰を横たえた。平八郎の手がお葉の襟もとを左右に押しひろげた。

白い胸元にこぼれ出た乳房をわしづかみにして、平八郎はむさぼるように口にふくんだ。かすかな喜悦の声をもらしながら、お葉は上体を弓なりにそらした。

平八郎の手がもどかしげにお葉の帯を解き、裳裾《もすそ》をはらう。むっちりと肉づきのよい太腿《ふともも》があらわになる。股間《こかん》に手をすべり込ませる。その部分にふさふさと秘毛が茂っている。絹のようにつややかな手ざわりである。

秘毛の奥にしっとりと濡《ぬ》れた肉ひだがあった。指先に小さな肉芽がふれた。お葉の躰《からだ》がぴくんと敏感に反応する。

平八郎は、指先でお葉の秘所を愛撫《あいぶ》しつつ、一方の手で下帯を解いた。一物は固く屹立《きつりつ》している。全身の熱い血がそこに流れこみ、激しく脈をうっている。

「は、はやく……」

うわ言のように口走りながら、お葉は平八郎のそれを指でつまんで、おのれの秘所にあてがった。怒張した肉根が露をふくんだ肉ひだを押しわけて、つるりと入った。

あっ。お葉が、喉の奥で小さな叫びを発した。

平八郎の腰が激しく律動する。

ずん、ずん……。躰の深部から突きあげてくる激烈な快感に、すすり泣くような喜悦の声をもらして、お葉はしだいにのぼりつめていく。

——平八郎さまの敵ではありません。

お葉はそういったが、平八郎はその言葉を信じていなかった。女は本能的に嘘をつく生きものだと思っている。

（だが……）

言葉と肉体《からだ》はべつである。女の肉体は嘘をつかぬ。いま平八郎の腕の中であられもなく狂悶《きょうもん》しているお葉の姿には一片の嘘いつわりもあるまい。そう思いながら責めつづけた。

「あっ、ああーっ」

お葉が、平八郎の首に両腕を蛇のようにからめ、悲鳴を発してのけぞった。

「だ、だめ……」

白眼をむいてお葉は昇天した。同時に平八郎も果てた。


寸刻後。

そこに平八郎の姿はなかった。

情事のあとの白々しい虚脱感と気だるい余韻にひたりながら、お葉はやるせなげに身づくろいをしていた。

と、ふいに隣室の襖《ふすま》がすっと開き、

「ふふふ……、たっぷり楽しませてもらったぜ」

低い、だみ声が流れてきた。隣室の敷居ぎわで、縦縞《たてじま》の茶の着物を着たお店者《たなもの》ふうの中年男が、ひとり盃をかたむけながら下卑た笑みを泛かべている。

奇相の男である。

両眼は針孔のように小さく、頬骨が張り、鼻は、俗にいう獅子鼻《ししばな》、唇が異常に厚い。一言でいえば狒狒《ひひ》のような面貌の男である。

「さすがだな、お葉――」

片手に銚子をぶら下げて隣室から出てくると、男はお葉の前にどかりと腰をおろした。

お庭番筆頭・藪田定八の配下・柘植《つげ》の玄蔵《げんぞう》である。

「やつは、またくるぞ」

「…………」

お葉はうつろに宙を見すえている。

「これに味をしめてな」

「――無駄なことです」

お葉がぽつりといった。

「無駄？」

「こんなことを何度くり返しても無駄です。あの人は何も知りません。知っていたら、わざわざ、わたしに訊きにきたりはしませんよ」

「いや……」と玄蔵は首をふって、「少なくとも、やつは『天一』の存在を知ってる。やつはそれを探ろうとしてる。『天一』に秘密が隠されていることも知ってる」

「………」

「事としだいによっては生かしておけぬ。……いいな、お葉。あの素浪人から片時も目を離すなよ」

といういや、いきなりお葉の胸の隆起をわしづかみにした。

「お前の手にかかれば、どんな男も骨抜きだ。ふふふ……」

その手を憮然《ぶぜん》とふり払って背を向けるお葉に、

「しっかりやるんだぜ」

いいおいて、玄蔵はひらりと部屋を出ていった。

行燈《あんどん》の淡い灯りに影を落とし、放心したように座りこんだまま、お葉はうつろな目をじっと宙にすえている。

4

両国橋の東詰、尾上町《おのえちょう》の路地を、平八郎は苛立つ想いをいだきながら歩いていた。

——お葉は本当に何も知らないのだろうか？

いや、知っていて隠しているのだ。それを打ち明けられぬもどかしさと苦悩が、お葉の肌を伝ってひしひしと感じられた。

——だが、あれも「くノ一」の手管《てくだ》だとしたら……？

お葉の本心が見えぬことに平八郎は苛立っていた。

尾上町は、竪川《たてかわ》の河口に位置する本所屈指の盛り場である。おびただしい灯りの中を、夕涼みの男女や嫖客《ひょうかく》の群れが絶え間なく行き交っている。

入江町の時の鐘が鳴りはじめた。五ツ（午後八時）の鐘である。そのとき、背後からポンと肩を叩く者がいた。けげんにふり返ってみると、長身巨軀の浪人者がふところ手でうっそりと立っていた。

星野藤馬《ほしのとうま》である。

「星野どの」

「おぬしとは、よくよく縁があるようじゃ。はっはは」

藤馬が大口をあけて笑った。その笑いがなんとなく空々しく思えたのは、平八郎の脳裏に一瞬、不審な思いがよぎったからである。

「おぬし、おれを跟《つ》けていたのか？」

「さあな」

藤馬は、とぼけ顔で、

「それより、ひさしぶりにどうじゃ？」

飲む手つきをした。

「おれは長屋に帰って寝る」

にべもなくいって背を返した。それを追って藤馬が、

「つれないことを申すな……じつは、折り入っておぬしに話があるんじゃ」

「…………」

無視するように平八郎は歩度を速めた。藤馬が追いすがって、

「『天一《あまくに》』の話だぞ」

平八郎の足が止まった。ゆっくりふり返る。

「どうだ、聞きたいか？」

「おぬし、なぜそれを……」

「歩きながら話そう」

藤馬が大股に歩き出した。今度は平八郎が追う番である。

「どんな話だ？」

「あわてるな……。話は、やつらをまいてからじゃ」

「え？」

「うしろを見ろ」

ふり向いて見ると、数間後方の人波のなかに二人連れの虚無僧の姿があった。背格好から見て、先日、平八郎を襲った虚無僧とはべつの男たちのようであった。

「あの虚無僧は……！」

「尾張の隠密じゃ」

「尾張！」

「行くぞ」

いうなり、藤馬は猛然と走り出した。その巨体からは想像もつかぬほど迅《はや》い足である。すかさず平八郎も走った。尾行の虚無僧たちがあわてて追おうとしたときには、もう二人の姿は雑踏にまぎれて消えていた。

星くずをちりばめたように、大川の川面には無数の涼船《すずみぶね》の灯りが耀映《きえい》している。賑々《にぎにぎ》しく絃歌《げんか》が流れ、女たちの嬌声《きょうせい》が飛び交い、物売りの小舟が水すましのようにめまぐるしく涼船のあいだを走りまわっている。そんな賑やかな川面を、ひっそりと遡行《そこう》してゆく一艘《そう》の屋根舟があった。

平八郎と藤馬をのせた舟である。

「お庭番に殺されたそうだな、あの侍」

酒を満たした猪口《ちょこ》を口に運びながら、藤馬が声をひそめて訊いた。「風間新之助という侍じゃ」

「地獄耳だな」

平八郎は苦笑を泛かべ、

「その件で、おれからも訊きたいことがある」

「なんじゃ?」

「あの男、吉宗公の異父弟《おとうと》と聞いたが、その話は本当か?」

「おそらくな」

「おれには、まだ信じられん。風間新之助の父親は一介の隠密だ。そんな男と上様ご生母・浄円院さまとが情を通じるとは……」

「ありえぬことではない。いや、あってもおかしくはあるまい」

「というと?」

「浄円院は紀州藩主の湯殿《ゆどの》掛かりをしておった婢女《はしため》じゃ。しかも、それ以前はどこで何をしておったか、出自さえわからん謎の女なのじゃ」

「謎の女？」

——それは事実である。

浄円院の出自は、史家の間でもいまだに謎とされている。一説には「紋子」といい、また一説には「ゆり」ともいった。

父親についても諸説があり、紀州家の家臣・巨勢《こせ》八左衛門利清《としきよ》であるという説や、近江《おうみ》の医者の娘が京都の洗濯屋・巨勢平助の養女となって、紀州家に屋敷奉公にあがったという説もある。

「とにかく、浄円院の過去は謎だらけじゃ。おぬしが考えているような高貴な女ではない。それに、当節は大奥の女中どもでさえ役者買いに走るご時世だからのう。紀州藩主の側妾《そばめ》が手近な男をつまみ食いしたとしても、ふしぎではあるまい」

いわれてみれば納得である。お葉の話はあながち嘘ではなかった。

「さて、そろそろ本題に移ろうか」

藤馬が猪口の酒をぐびりと飲みほして、

「ずばり訊くが——」

平八郎を射すくめた。

「おぬし、『天一』を持っているのか？」

「おっと、おぬしとわしは友だちじゃ。他人行儀はやめて、互いに呼び捨てにしよう。藤馬と呼んでくれ」

「では……、藤馬」

いいなおして、

「先日、謎の虚無僧から同じことを訊かれた。ひょっとして、おぬしもあの連中と同じ尾張方の……？」

「おいおい、訊いているのは、わしのほうだぞ。『天一』を持っているのか、いないのか。素直に応えてくれ」

「ない。おれは何も知らぬ」

「風間新之助から、そのことで何か聞かなかったのか？」

「何も──」

「そうか」

やや落胆するように、藤馬は視線を落とした。

「教えてくれ。志津三郎兼氏の『天一』に、いったいどんな秘密があるというのだ？」

「文昭院公（六代将軍家宣）直筆の遺言状が『天一』に隠されている──」

「文昭院公の遺言状！」

「星野どの」

「という噂《うわさ》じゃ。その遺言状には『八代将軍の座は、尾張家にゆずる』と書かれているらしい」

平八郎は思わず息を飲んだ。

万一、その遺言状がおおやけになれば、紀州吉宗を八代将軍に指名した天英院（家宣の正室）の裁定そのものが根底からくつがえることになる。

「それゆえ、尾張方も吉宗方も、血まなこになって『天一』の在りかを探しておるんじゃ」

「それでか――」

合点がいったという顔で、平八郎は深く首肯《しゅこう》した。

先日、平八郎と留吉を襲った二人の虚無僧は尾張方の隠密であり、そのとき突然斬り込んできた行商人ふうの四人の男は、公儀隠密「お庭番」配下の忍びの者たちだった。平八郎は、いまようやくそのことに気づいたのである。

「風間新之助が『天一』を持っていたというのは、たしかな事実か」

「ほぼ間違いあるまい」

「妙だな……」

平八郎が小首をかしげた。

「む？」

「新之助がおれの長屋にころがり込んできたとき……」

腰に大小は差していたが、短刀らしき物は身につけていなかった。確信はないが平八郎はそう記憶している。藤馬はそれを否定するように首をふった。

「一尺五寸の短刀だぞ。袴《はかま》の下、腰、背中、隠そうと思えば、躰のどこにでも隠せる」

「まあな」

うなずきながら、

「ところで……」

平八郎が思いなおすように訊いた。

「おぬし、なぜそれを知っている。どこでその情報《ねた》を手に入れた?」

「それは……」

藤馬がいいかけたとき、

「着きましたぜ」

船頭がグイと水棹《みさお》を差して桟橋に舟を着けた。山谷堀《さんやぼり》の船着場である。

5

「どこへ行く?」

土手道を歩きながら、平八郎がけげんそうに訊いた。

「吉原だ。おぬしに引き合わせたい御仁がいる」

「まさか、遊女ではあるまいな」

「望みとあらば、妓《おんな》を呼んでやってもよいぞ」

「望んではおらぬ」

「平八郎」

藤馬が気やすく呼び捨てにした。

「吉原《なか》は、はじめてか」

「ああ」

江戸に出てきて三年になるが、平八郎は一度も吉原に足を踏み入れたことはなかった。しがない用心棒ごときが遊べる場所ではないと、うわさに聞いていたし、高い金を払って女を抱きたいとも思わなかったからである。

「この土手道が吉原通いの『日本堤』だ。山谷堀から廓《くるわ》の入口の衣紋坂《えもんざか》までは八丁ほどある。それゆえ、俗に『土手八丁』とよばれておる」

飄然《ひょうぜん》と歩きながら、藤馬が説明する。

「やけに詳しいな」

「通いなれたる道じゃ。はっははは……」

藤馬は大口をあけて可々と笑った。

やがて、前方左手の闇《やみ》にほんのりと灯りが見えた。衣紋坂上の吉徳稲荷《よしとくいなり》の灯明である。吉徳稲荷の鳥居の向かい側には、高札場があり、その高札には、

『医師之外、何者によらず
乗物一切無用たるべし
附、鑓長刀《やりなぎなた》門内へ
堅く停止《ちょうじ》たるべきもの也《なり》』

と記されている。廓内に槍や薙刀《なぎなた》などの持ち込みを禁じる高札である。

衣紋坂を下って吉原遊廓《ゆうかく》の入口・大門《おおもん》までは、およそ五十間。これがいわゆる『五十間道』である。この道の両側には二十軒の編笠茶屋が立ち並んでいる。

藤馬は、ふいに一軒の編笠茶屋にずかずかと入って行き、ややあって編笠を二つ手にして出てきた。この茶屋で編笠を貸し出しているのである。

「これをかぶれ」

「編笠？」

「面を隠して廓に入るのが武士のたしなみなんじゃ。さ、かぶれ」

いわれるまま、平八郎は編笠をかぶって、藤馬のあとに従《つ》いた。

吉原遊廓は、幅二間の堀（俗に〝おはぐろどぶ〟という）と、忍び返しのついた高塀で囲繞《いにょう》された砦《とりで》のような町である。

この町の唯一の出入口が、武家の門構えを想わせる黒塗り板葺《いたぶ》きの冠木門《かぶきもん》、通称「大門」である。

大門を入った左側には面番所があり、町奉行所の隠密廻り同心が、門を出入りする者たちに厳しい監視の目を光らせている。

さらに右側には四郎兵衛会所があり、廓の監視人が女の出入りを見張っている。

吉原の大門は、男の出入りは自由だが、女は「大門切手」（通行証）がなければ、出入りを許されなかった。遊女の脱走を防ぐためである。

門の内側に一歩踏みこむと、雪洞《ぼんぼり》、提灯《ちょうちん》、掛け行燈《あんどん》、常夜燈など、まばゆいばかりの灯りがあふれ、さながら光の洪水である。

《闇の夜は　吉原ばかり　月夜かな》

大門から廓の突き当たり（水道尻《すいどうじり》）までの一直線の通りが「仲之町通り《なかのちょう》」、いわば吉原遊廓のメインストリートである。

三味の音、嬌声、哄笑《こうしょう》、脂粉の香り、着飾った遊女たち、嫖客《うかれお》の群れ――めくるめく夢幻の世界がそこにはあった。

きょろきょろと、ものめずらしげに見回している平八郎に、

「おい」

と藤馬が袖を引いて、

「みっともないぞ。きょろきょろするな」

「う、うむ……。まさに桃源郷だな、ここは――」

「気に入ったか」

「うわさには聞いていたが……、これほど華やかなところだとは思わなかった」

「一度足を踏み入れたら病みつきになる。男にとって、ここは魔窟じゃ」

「ところで」

平八郎が編笠を押しあげて、

「おれに引き合わせたい人物とは何者だ」

「もうじきわかる」

そういうと藤馬は、雑踏を縫うように歩をすすめ、江戸《え ど》町一丁目《ちょう》の、とある妓楼《ぎろう》の前で足をとめた。

「ここだ」

総籬《そうまがき》の大見世である。柿《かき》染めの暖簾《のれん》に白抜きで『すがた海老《えび》』の屋号が見える。

籬とは、妓楼の土間の横にある細い格子のことで、この格子が全面にあるものが総籬（大見世）、四分の一ほどあいているものが半籬（中見世）、半分ほどのものが惣半籬（小見世）とよばれ、籬の形によってそれぞれ格式が違った。

もちろん見世の格式、等級によって揚代《あげだい》も変わる。

「や、星野さま」

籬の前の床几《しょうぎ》（妓夫台《ぎゆうだい》）に腰をおろしていた若い者が、藤馬の姿を見てパッと立ち上がった。妓楼の客引き・妓夫である。

「お見えになっておりやす。さ、どうぞ、どうぞ」

中に入ると、奥から妓楼の内儀が飛んできて、

「星野さま、お待ちいたしておりました。どうぞ、お上がりくださいまし」

愛想たっぷりに二人を迎え出た。平八郎が雪駄をぬいで上がりかけると、内儀が、

「恐れいります。お差料《さしりょう》を……」

と手を差し出した。

「刀？」

「衣紋坂の高札を見なかったのか」

藤馬が咎《とが》めるようにいった。

「登楼するときには、内所に刀を預けるのが吉原の定法なのじゃ」

《正宗（刀）も階子の下でわたすなり》

番頭新造《ばんとうしんぞ》の案内で大階段をのぼり、二人は二階座敷に向かった。

番頭新造は、遊女の雑事や世話をする掛かりで、年季明けの三十すぎの女がこれをつとめている。色事の裏表をわきまえた大ベテランである。原則として客はとらない。

「星野さまがお見えになりました」

番頭新造が襖ごしに声をかけると、

「おう、通せ」

中から、歯切れのいい男の声がした。

藤馬と平八郎は神妙な面持ちで、襖を引きあけて座敷に入った。

中庭に面した十畳ほどの部屋である。

寺院ふうの火燈窓《かとうまど》、三つ足の燭台《しよくだい》が二つ、獅子嚙火鉢《ししがみ》のかたわらに、酒肴《しゆこう》をのせた蛸《たこ》足膳《あしぜん》の台の物がしつらえられ、その前で美麗な身ごしらえの武士が、花魁《おいらん》・嬉川《きせん》をはべらせて、ものしずかに酒を飲んでいる。

歳は三十そこそこであろうか。目許の涼しげな白晳《はくせき》の美男子である。

「若さま、お引き合わせいたします。この者が先日お話しいたしました刀弥《とね》平八郎と申す肥前浪人にございます」

「ふむ」

と、武士は飲みかけの朱盃を膳におき、

「わしは通春《みちはる》……、松平通春だ」

鈴のように玲瓏《れいろう》な声でそう名乗った。すさかず藤馬が、平伏している平八郎の耳許で、

「尾張の若さまじゃ」

「尾張……！」

思わず面をあげて、平八郎はその武士の顔を見た。

松平主計頭通春《かずえのかみみちはる》。

尾張六代藩主・継友《つぐとも》の異母弟である。

この通春こそが、のちに継友の跡をついで尾張七代藩主となり、八代将軍吉宗の改革政治に徹底的に反抗した異端児「尾張宗春《むねはる》」その人であった。

ついでにいえば、通春の前に威儀を正している得体の知れぬ浪人・星野藤馬は、後年、「宗春」の懐刀として四千石の年寄役に昇進し、尾張一の出頭人といわれた「星野織部《おりべ》」である。

——これは、いったいどういうことだ？

平八郎は愕然《がくぜん》と息を飲みながら、松平通春と藤馬の顔を交互に見やった。

「すまぬが……」

気づかわしげな目で、松平通春は、かたわらにしどけなく座っている花魁・嬉川に視線をむけた。

「しばらく、外してくれぬか」

「はい」

嬉川が婉然《えんぜん》とうなずいて出ていく。それを見送って、

「まずは、一杯」

通春は、手ずから朱盃に酒を満たして差し出した。

「頂戴《ちょうだい》つかまつります」

受け取って、うやうやしく飲む平八郎に、通春がたおやかな笑顔で、

「刀弥どの、と申したな？」

「は」

「そこもとの話は藤馬から聞いた。何やら面倒なことに巻き込まれて、公儀隠密『お庭番』につけ狙《ねら》われているとか」

「仰せのとおりにございます」

と応えながら、平八郎は内心、

（おれを狙っているのは、お庭番だけではない。尾張の隠密も、だ……）

そう思ったが、さすがに口には出さなかった。

「なぜ、手前が狙われるのか、さっぱり見当がつきませぬ」

「猜疑心《さいぎしん》の強い御仁だからのう。紀州侯は……」

「紀州侯？」

平八郎がけげんな目で訊き返すと、となりの藤馬が小声で、

「吉宗公のことよ。尾張家は吉宗公を徳川宗家のあるじとは認めておらんのじゃ」

（妙なことを……）

平八郎は眉宇《びう》をよせた。

紀州家に対する尾張家の感情的なわだかまりは理解できなくもない。だが、吉宗が八代将軍の座にいるのは厳然たる事実である。いまさらこの事実を否定するのはおかしい。というより稚気じみていて、滑稽《こっけい》ですらある。

そんな平八郎の胸中を見透かしたように、

「吉宗公は将軍の座を簒奪《さんだつ》したのだ」

通春はそういって軽侮の笑みを泛かべた。

「簒奪？」

平八郎が訊きかえす。

「つまり天下を盗んだということだ。御三家筆頭の尾張としては、盗人《ぬすびと》を武家の棟梁《とうりょう》として認めるわけにはまいらぬ」

「お言葉ではございますが」

平八郎が納得のいかぬ顔で切り込む。

「手前には負け犬の遠吠《ぼ》えとしか聞こえませぬ」

「な、何をいう。平八郎！」

藤馬が声を荒らげた。

「まあよい」

通春はおだやかな表情で制して、

「そこもとの胸裡《きょうり》にあることを忌憚《きたん》なく話してみよ」

「は……。手前が聞きおよんだところによりますと――」

それは通春や藤馬の感情を逆なでするような内容だった。だが、平八郎は臆することなく、淡々と語りはじめた。

第五章　尾張の異端児

1

平八郎が語ったのは、今から十年前の正徳六年（一七一六）四月、八代将軍が決定した当日の様子である。

七代将軍家継《いえつぐ》がわずか八歳で夭折《ようせつ》し、将軍後継問題が急浮上、果して次期（八代）将軍の座につくのは尾張か、紀伊か、天下の耳目がこの一点に集中していた。

その日、徳川御三家のうち、まっ先に江戸城に駆けつけたのは紀伊吉宗である。次に水戸の綱條《つなえだ》が馳《は》せ参じ、御三家筆頭の尾張継友《つぐとも》（通春《みちはる》の異母兄）が駆けつけたのは、それからかなりの時がたってからであった。

この遅れが、結果的に尾張の敗北につながったのである。

むろん、それ以前に、次期将軍選定の決定権をにぎる天英院《てんえいいん》（六代将軍家宣《いえのぶ》の未亡人）

へ、紀州藩から藩をあげての根回しがあったであろうことは想像にかたくない。

だが、一方の尾張藩はその間まったく下工作に動かず、あまつさえ将軍逝去という緊急事態に、遅れて参じるという大失態を演じたのである。

尾張継友が駆けつけたときには、すでに天英院の裁定が下り、八代将軍は紀伊吉宗に決していた。

尾張藩士・朝日文左衛門は、そのときの様子を『鸚鵡籠中記《おうむろうちゅうき》』にこう記している。

「二十九日、何の沙汰《さた》なし。晦日未《みそかひつじ》の刻（午後二時）、大樹（将軍）御不予危急とて、殿中さわぎ立つ。御城付より人走らせ、ただいま御登城あそばさる旨、御老中に申さる由、お駕籠《かご》いまだ回らず、やれ馬々と御意、ただちに御馬にめされて、乗りにて出御、お供きれぎれにて走り行く。この御出のあわただしさを江戸中、あるいはよしという。または散々の評判もあり……」

と。

また、こんな笑い話も巷間《こうかん》ひそやかにささやかれた。

尾張藩主・継友が江戸城に駆けつける途中、鍛冶屋が打ち鳴らす槌《つち》の音が「テンカトッタ、テンカトッタ」と聞こえ、継友はしごく上機嫌になった。ところが、帰り道に同じ鍛冶屋の前を通りかかったら、焼けた鉄を水につける音が「キシュウ、キシュウ（紀州）」と聞こえたというのである。

天下獲りの期待を無残に裏切られた尾張藩の家臣や領民たちの落胆は、やがて怒りに変わっていった。
《尾張には　能なし猿があつまりて　見ざる聞かざる　天下とらざる》
江戸表の失態を悪しざまにののしる者さえいたのである。
――これがつまり、平八郎のいう「尾張負け犬説」の根拠である。

「たしかに……」

通春の顔からは笑みが消え、白皙《はくせき》の顔貌《がんぼう》がさらに蒼白《あおじろ》くなっている。

「そこもとの申すとおり、あれは尾張の失態であった……。その責任はひとえに暗愚なわが兄・継友にある」

「責任を転嫁なさるおつもりですか」

平八郎が切り返した。口調はあくまでもおだやかだが、言葉自体は突き刺すように辛辣《しんらつ》である。

「いや、兄を責めるつもりは毛頭ない。責められるべきはむしろ、御三家筆頭、尾張六十二万石の命運を、その暗愚な兄にゆだねなければならぬ事態をひき起こした紀伊の吉宗公なのだ」

「と申されますと？」

「話はさらにさかのぼるが、文昭院さま（六代将軍家宣）ご病臥《びょうが》のおり……」

幼君・家継（七代将軍）の先行きを案じた家宣が、家継の後見役を尾張の吉通《よしみち》（四代藩主）に頼み、家継に万一があったさいは、八代将軍の座を吉通にゆずる、と名指しで遺命をのこした（と伝えられているが、確証は何もない。その事実を新井白石《あらいはくせき》がにぎりつぶしたからである）。

しかし、六代家宣が尾張びいきであったことは周知の事実であり、尾張吉通が次期将軍の最有力候補であったことに変わりはなかった。

「ところが、文昭院さま御逝去の翌年七月、その吉通は江戸藩邸で横死してしまった。ときに二十五歳。あまりにも突然の、あまりにも若すぎる死であった」

「横死？」

「わかるか？　その意味が」

横合いから、藤馬が口をはさんだ。

「紀州藩の隠密『薬込役《くすりごめやく》』に毒を盛られたのじゃ」

（毒……！）

瞬間、平八郎の脳裏にいつぞやの出来事が、稲妻のように鮮烈によぎった。風間新之助とともに柳橋の『舟徳』にむかう途中、得体のしれぬ四人の侍に襲われたときのことである。

その侍たちは「斑猫毒《はんみょうどく》」を袋鐺《ふくろこじり》に仕込んだ刀で、平八郎たちに斬りかかってきた。かれらが公儀隠密「お庭番」筆頭・藪田《やぶた》定八の配下であり、その前身が紀州隠密の「密殺部隊」であることは、新之助の話からもすでに明らかである。そう考えると、藤馬の毒殺説もあながち虚説とは思えない。

「しかも」

通春がつづける。

「吉通の跡をついで五代藩主となった嫡子・五郎太も、吉通の死の四十九日後にわずか三歳でこの世を去った……。つまり尾張藩はひと月余の間に二人の藩主を失ったことになる。そして六代藩主となったのが、当初からその器量を疑われていた今の藩侯継友、すなわち私の異母兄であった――」

凝然《ぎょうぜん》と通春の顔を見つめる平八郎に、藤馬は頤《おとがい》の張った顔をさらに四角ばらせて、

「これをただの偶然と思うか」

「では……？」

「いうにはおよばぬ。吉宗公は忍びを使って尾張藩主を二人も毒殺したのじゃ」

尾張四代藩主・吉通の怪死については、幕府の儒員・室鳩巣《むろきゅうそう》も、

「正徳三年七月二十六日夜、尾張中納言殿ご逝去に候《そうろう》……（中略）人の不審もこれあり候、万一、かの母氏方よりご近習《きんじゅう》ご家老中のとがめ懸かり候はば、ご僉議《せんぎ》なども起こり

申すべきやと申す沙汰に候」

と『兼山秘策《けんざんひさく》』に記している。

次期将軍の有力候補が突然、しかも二十五歳の若さで怪死したのである。「人の不審もこれあり」と鳩巣が疑惑を指摘したのも当然のことといえよう。

藤馬が、こみあげてくる怒りを嚙《か》みくだくように、

「これは決して吉宗公をためにする讒言《ざんげん》ではない。事実なのじゃ」

このとき、平八郎の脳裡《のうり》に卒然として一つの疑問がわき立った。

「家中の方々は、なぜそれに気づかなかったのだ?」

「ん」

藤馬が虚をつかれたような表情になった。

「そのような猛毒を藩侯お付きの毒味役や奥医者が見逃すわけはあるまい」

この指摘は正しかった。斑猫や附子《ぶし》(トリカブト)、河豚《ふぐ》などの猛毒を盛られたものはその場で激しく苦悶《くもん》し、血を吐き、瞬時に死にいたり、その遺体には毒死特有の死斑をのこす。これほど明瞭《めいりよう》に「殺し」の痕跡《こんせき》を残したのでは「密殺」にはなるまい。

「ましてや、御三家筆頭・尾張家のご当主が二人も毒を盛られて死んだとなれば、公儀が黙ってはおるまい。それこそ藪を突っついて蛇を出すようなものだ」

「問題はそれなんじゃ」

痛いところを突かれたという感じで、藤馬が顔をゆがめた。

「おそらく、紀州の『薬込役』は特殊な毒を用いたのだろう」

「特殊な毒？」

「殺しの痕跡をいっさい残さぬような、特殊な毒じゃ」

「というと？」

「それがわかれば苦労はせん」

藤馬が吐き棄てるようにいった。

「いずれにせよ」

通春がゆったりと言葉をはさむ。

「巷間伝えられているとおり、尾張に抜かりがあったのは事実だ。なれど尾張の敗北の裏には紀州家の陋劣《ろうれつ》な策謀があったこともまた事実……。そこもとに、それをわかってもらいたいと思うてな」

返答に窮して沈黙する平八郎へ、藤馬が、

「天下盗りのためには、おのれの身内も闇《やみ》に屠《ほふ》るような男なんじゃ、吉宗公は」

「おのれの身内も？」

うなずいて、藤馬が語る……。

2

吉宗が、紀州藩の湯殿《ゆどの》掛かり・お由利《ゆり》の方と、二代藩主・光貞《みつさだ》とのあいだに生まれた庶流の第三男子であることは、前に述べたとおりである。

何よりも「血筋」が重んじられる大名家では、正室の長男が家督相続の第一順位者であり、次男は「お控え様」とよばれて世継ぎの予備としての扱いをうけたが、三男以下に生まれた者は他家に養子にいくか、生涯、「部屋住み」で終わるかの二つの選択肢しかなかった。

部屋住みというのは、俗ないい方をすれば「飼い殺し」である。

紀州家の三男として、しかも身分の賤《いや》しい婢女《はしため》の子としてこの世に生をうけた吉宗は、生まれながらにして生涯「飼い殺し」の運命にあった。

元禄九年（一六九六）。

十三歳になった吉宗が江戸に出府した折り、青山の紀州藩邸ではじめて五代将軍・綱吉《つなよし》に拝謁した。

紀州家の長男・綱教《つなのり》が将軍・綱吉の息女鶴姫を室に迎えていた縁もあり、綱吉はたびたび紀州藩邸に来臨していたのである。

綱吉は、吉宗を一目見るなり、いたくお気に召し、

「大名に取り立ててつかわす」

いきなり、大盤振る舞いをしたという。

天下の悪法「生類あわれみの令」で衆庶を苦しめ、腐敗堕落の元凶といわれた偏執狂の独裁将軍・綱吉が、紀州家部屋住みの、それも十三歳の少年吉宗に異常な関心をよせたのは、それなりの理由があった。

吉宗は、このころから体も大きく、並みはずれた膂力《りょりょく》のもちぬしで、相撲好きの父・光貞に命じられて、家臣たちとよく相撲をとらされたという。

星野藤馬は、そのときの様子を、

「おそらく常憲院《じょうけんいん》様（五代将軍綱吉）ご臨邸のおりに、吉宗と家臣たちとの相撲が上覧に供されたのやもしれぬ」

と推測する。

綱吉は土俵上の吉宗の姿を見るなり、

「おう、見事な肉体《からだ》じゃ……」

と目を細めて褒めそやしたという。綱吉には、じつは衆道《しゅどう》の気もあったのである。

「衆道」とは、いまでいうホモセクシュアルのことである。

十三歳の少年とはいえ、このときの吉宗はすでに六尺ゆたかな偉丈夫であった。筋骨

隆々たる裸身に下帯ひとつで、家臣たちを豪快に土俵に叩き伏せるその姿は、男色の綱吉にとって鳥肌がたつほどまばゆく映ったに違いない。

ともあれ、部屋住みの三男坊・吉宗は、衆道好みの綱吉の特段の恩寵《おんちょう》によって、二人の異母兄たちに列して越前丹生郡《にうごおり》三万石の大名になった。

星野藤馬の言を藉《か》りれば、まさにこのとき、吉宗とその側近（巨勢《こせ》一族）たちによる天下盗りの謀略が開始されたのである。

宝永二年（一七〇五）五月。

老齢のために隠居した光貞に代わり、紀伊三代藩主となった長兄・綱教が嫡子をもうけぬまま四十一歳で他界した。

その年の八月、先代光貞も八十歳で死没し、さらに翌月、綱教の跡をついだ次兄の頼職《よりもと》も二十六歳の若さでこの世を去った。

紀州家にとっては相次ぐ不幸であり、その不幸によって思いがけず吉宗に藩主の座がめぐってきたのである。文字どおり「棚ぼた式」の僥倖《ぎょうこう》であった。

しかし、ここで見落としてならないのは、宝永二年という年に集中して、それも、わずか四か月の間に紀州家の当主が三人も相次いで死亡したという事実である。

五月。三代藩主綱教、死去。享年四十一。

八月。二代藩主光貞、死去。享年八十。

九月。四代藩主頼職、死去。享年二十六。

つまり、紀州家はひと夏の間に三つの葬儀を出したことになる。

そして、その年の十月、「部屋住み」の庶子吉宗が紀州五十五万石の五代藩主となったのである。ときに吉宗、二十二歳であった。

ここまで語りおえた藤馬が、一息おいて、

「話が出来すぎてるとは思わぬか？」

「その三人も密殺されたというわけか」

「確証はない……、ないが、わしはそう看ておる。偶然は三度びも起これば、もう偶然とはいえんからのう」

「…………」

「刀弥《とね》どの」

通春が、涼やかな目を平八郎にむけ、

「吉宗公は、忍びを使って父君や兄君を弑《しい》し、さらには政敵の尾張侯をふたりも闇に屠《ほふ》って天下を簒奪《さんだつ》した……。わたしは、その吉宗公の手から天下を取り戻そうと心に決めたのだ」

「…………」

「そのためには何としても文昭院さま（六代将軍家宣）のご遺言状を手に入れなければな

らぬ」

言葉の端々に決然たる意思をこめて通春がいった。それを受けて、藤馬が、

「おぬしにもその仕事を手伝ってもらいたいと思うてな」

「藤馬……」

平八郎は、急に憮然《ぶぜん》となって、

「先日、おれは尾張の隠密に襲われた。例の虚無僧どもだ。いまとなってわかったが、結局、おぬしも同じ穴のむじなではないか」

「いや、それは違う」

通春が、打ち消すように手をふった。

「藤馬は尾張藩とはいっさい関わりがない。わたしが個人的に雇った密偵なのだ」

「それはまた異なことを申される……」

平八郎が、皮肉な笑みを泛《う》かべた。

腹は違うが、松平通春は尾張六代藩主・継友のれっきとした弟である。通春がどう強弁しようと、

（尾張藩とはいっさい関わりがない）

では理屈もすじも通らぬ。強弁というより、明らかにこれは詭弁《きべん》である。

「ま、聞いてくれ。平八郎」

藤馬が抑えつけるようにいう。

「藩主継友公と通春さまとは、物の考え方が違う。継友公が隠密をはなってあれこれと策動しているのは、過去の怨《うら》みを晴らそうとしているだけのことなのじゃ」

「それは通春さまとて同じことだろう」

「いや」

と通春が首をふった。

「わたしには怨念《おんねん》や憎悪はまったくない。尾張と紀伊の確執は遠い過去のことだ。怨みというより、わたしはむしろ、吉宗公の政道につよい不満を持っている」

吉宗の厳しい緊縮政策――世にいう「改革政治」は、衆庶民草《しゅうしょたみくさ》を苦しめる秕政《ひせい》にほかならぬ。

巷《ちまた》には未曾有《みぞう》の不景気風が吹き荒れ、わけても江戸の人口の約六割を占める武士階級の窮状は目をおおうばかりで、この数年、旗本や御家人に支払う切米《きりまい》は滞り、そのしわ寄せが出入りの商人たちへの累積の借金となって、巷の不景気風にさらに拍車をかけている。

こうした悪政を正すためにも、『天一《あまくに》』に隠された文昭院（六代将軍家宣）の遺言状を手に入れ、吉宗を将軍の座から追い落とさなければならぬ。それが通春のねらいであり、志でもあった。

「平八郎」

藤馬が、朱盃の酒をなめながら、

「わしらは私利私欲のために動いておるのではない。これは世直しなんじゃ。おぬしとて、いまのご政道には不満があるじゃろ。どうだ？　一肌ぬぐ気はないか」

「断る」

「ん……」

「おれは侍の世界に嫌気がさして禄を棄てた男だ。尾張だろうが、紀州だろうが、おれには関わりがない。これ以上妙なことに巻き込まれるのは真っ平だ」

これが平八郎の偽らざる心情であり、二人への答えであった。

不快そうに眉間《みけん》にしわをきざむ藤馬を無視するように、平八郎は居ずまいを正して通春に向き直り、

「ご無礼つかまつりました。ごめん」

一礼して立ち上がった。突然、がらりと隣室の襖《ふすま》が左右に開けはなたれ、屈強の侍が三人、殺気立った形相で敷居ぎわに立ちはだかった。と見た瞬間、

「控えよ！」

通春のするどい声が飛んだ。

「刀弥どのは、客人だ。控えよ」

「はっ」

三人の侍は、はじけるように引き下がり、ぴしゃりと襖が閉まった。茫然《ぼうぜん》と佇立《ちょりつ》している平八郎に、

「失礼いたした」

と通春は折り目正しく頭を下げて、

「刀弥どのを市中までお送りしなさい」

藤馬に命じた。

3

「それにしても、酔狂な御仁だな」

闇に塗りこめられた衣紋坂《えもんざか》をのぼりながら、かたわらを歩く藤馬に平八郎がぼそりと話しかけた。松平通春のことである。

「護衛つきの廓《くるわ》遊びとは……」

「通春さまも、公儀隠密『お庭番』にお命を狙われておる。そのための備えじゃ」

「お庭番に?」

「廓の中にもいるらしい。女郎や妓夫《ぎゆう》に身をやつしたお庭番の〝草〟がな」

「ならば、吉原などに足を踏みいれなければよかろう。みずから危険に身をさらすような

ものではないか」

「通春さまは吉原が好きなのじゃ。吉原の自由でのびやかな気風が……。庶流の気楽さというか、とにかく何事にもおおらかなお方でのう、通春さまは――」

「庶流？　というと……。通春公も妾腹《しょうふく》の子か」

「ああ、吉宗公と同じ『お控えさま』よ」

通春の父・尾張三代藩主・綱誠《つななり》は無類の漁色家で、閨房《けいぼう》に十数人の側妾をおき、嫡子庶子あわせて三十九人の子をもうけたという。

その三十四番目、男児としては二十番目の子が通春であった。

紀州家の三男に生まれた吉宗より、はるかに格の低い庶子であり、通春もまた生涯「部屋住み」で終わる運命の男だったのである。そんな気楽さからか、十八歳で江戸に出てきてからは、もっぱら吉原に入り浸りの日々を送っていた。

「部屋住み」の身とはいえ、徳川御三家筆頭、尾張家の庶子ともなれば金には困らぬ。

通春がひいきにした花魁《おいらん》は『上総屋《かずさや》』の阿国《おくに》、『三浦屋』の初菊《はつぎく》、そして先刻の『すがた海老《えび》』の嬉川《きせん》など、吉原でも最上級の遊女ばかりであった。

「藤馬」

平八郎がふと足をとめて、

「本当のことをいってくれ。おぬし、何者なのだ。本当に尾張藩とは関わりがないのか？」

一瞬、ためらうように顎《あご》をなで、

「――正直に言おう」

藤馬が、ぼそぼそと語りはじめた。

「わしは……、肥後のさる藩を致仕したあと、剣の修行のために諸国流浪の旅に出た」

そして数年後、尾張に流れついて町道場を転々としたあと、知遇を得て柳生厳延《やぎゅうよしのぶ》の門に入った。厳延は尾張柳生の祖・柳生兵庫利厳《ひょうごとしよし》の道統を継ぐ四代である。

「すると、おぬしは尾張柳生の……？」

「門下だ。その二年後に剣の腕を買われて、尾張藩『お土居下衆《どいしたしゅう》』に召し抱えられた」

お土居下衆――正しくは、御土居下御側組同心《おどいしたおそばくみどうしん》という。

名古屋城が築城されたとき、三の丸の東北隅に小高い土居がきずかれ、大坂の陣に敗れたときに備えて藩主脱出用の「鶉口《うずらぐち》」がつくられた。後年、その土居下の森の中に、異能の武士集団がひっそりと住みつくようになった。

彼ら謎の武士団に課せられた任務は、

『お城危急の際、お城裏の階段より空濠《からぼり》に下りて、桟橋《さんばし》よりお濠《ほり》をわたり、お深井《ふけ》の御庭に出て鶉口より沼沢地をわたり清水にいたり、片山蔵王北より大曽根にいたりて、さらに勝川（春日井市）より沓掛《くつかけ》を経て、木曽に落ちるべし』

すなわち、緊急非常時に藩主を護衛して尾張領の木曽へ逃れよ、との一子相伝の秘密任務を負っていたのである。

いつ訪れるかわからぬ危急存亡のときに備えて、他の藩士との交流もいっさいなく、お土居下の森の中で、ただひたすら武技の訓練と肉体の鍛練に明けくれる異能の武士集団、それが「お土居下衆」である。

「あれは三年ほど前だったか……」

藤馬が述懐する。

「通春さまが尾張にご帰国なさった折り、お忍びでお土居下を訪ねてまいってな。親しく酒を酌みかわしながら、あれこれ話し合っているうちに、わしはすっかり通春さまに心服してしもうた。この人のためなら命を捧げてもよいと、……つまり男惚《ぼ》れじゃ」

「…………」

平八郎は黙って聞いている。いつの間にか衣紋坂をのぼって、日本堤《にほんづつみ》を歩いていた。

「で……」

藤馬が、ぼそぼそと語りつづける。

「藩においとまを願って江戸に下向し、通春さまの密偵になったのじゃ。じつを言うとな、さっきの護衛の侍たちも、わしが引き抜いてきたお土居下衆なんじゃ」

「どうりであの殺気、ただ者ではないと思った。連中も尾張柳生の使い手か？」

「………」

藤馬が急に沈黙した。

「どうした？」

「臭う」

「え」

「鉄《かね》の臭いじゃ」

というなり、藤馬は刀の鯉口《こいぐち》を切った。同時に前方の闇が音もなく動いた。平八郎も抜刀して闇に目をこらした。行く手に忽然《こつぜん》と人影がわき立った。その数三人。

「お庭番か」

平八郎が低く問うた。

「おそらくな。大門《おおもん》を出たときから背中に尾行の気配があった。気をつけろ。うしろにもいるぞ」

ふり向くと、背後にも三つの黒影があった。いずれも黒覆面に搗色《かちいろ》の着物、同色の袴《はかま》を股立《ももだ》ちにした侍である。

「来るぞ！」

藤馬が叫ぶのと、前後の六つの黒影が地を蹴《け》って斬りかかってくるのと、ほとんど同時

であった。藤馬がくるりと背を返して、背後から斬りかかってきた一人を、

「おいとしぼうッ！」

例の掛け声とともに、刀ごと打ち返して斬り倒した。恐るべき剛剣である。この刀法は、敵が打ち込んでくると同時に、石火の迅《はや》さで合わせ打つ、尾張新陰流の秘伝「合撃《がっし》打ち」である。

一方、平八郎は、前から斬り込んできた一人の刀尖を横に跳んでかわし、もう一人の刀を下からはね上げ、さらに返す刀でその侍を袈裟《けさ》がけに斬り降ろして、すかさず右半身にかまえて三人目の斬撃にそなえた。「まろばしの剣」の車《しゃ》（斜）の構えである。

「おいとしぼうッ！」

藤馬の掛け声とともに、また一人、喉をえぐられて土手道にころがった。その間に、平八郎も前の敵を一人、真っ向唐竹割りに斬り伏せている。

またたく間に四人が斃《たお》され、残る敵は前後に一人ずつ、つまり一対一の対峙《たいじ》になった。

平八郎と藤馬は刀を地摺《じず》りの青眼にかまえ、相対する敵にじりじりと迫る。

「退け」一人が怯《おび》えるように低く叫ぶと、転瞬、身をひるがえして二人は逃げ散った。

「おぬしの剣も柳生か？」

藤馬が刀の血しずくをふり払いながら卒然と訊いた。

「見ていたのか」

「ちらりとな」

「鍋島新陰流だ」

「うわさには聞いていたが、鍋島柳生の『まろばしの剣』を見たのは初めてじゃ」

感服するような顔つきでいった。

平八郎もじつは、斬り合いのさなかに藤馬の剣を見ていた。前にも一度、御舟蔵《おふなぐら》の近くでお庭番の襲撃を受けたとき、助っ人に入った藤馬の剣を見ているのだが、あのときは、あまりにも一瞬のことだったので刀技も流派もわからなかった。いま、はじめて藤馬の剣が、

（尾張柳生・合撃打ち）

であることを知ったのである。

藤馬が刀を鞘《さや》におさめながら、

「ふふふ、おぬしを敵にまわしたら怖いのう」

お世辞とも本音ともつかぬ口ぶりでそういうと、大股に歩き出した。それを足早に追って、平八郎も言いかえした。

「お互いにな」

芝口《しばぐち》を流れる汐留川《しおどめがわ》の河口に『三角屋敷』と呼ばれる町屋がある。「屋敷」といっても家の名ではない。地名である。土地の形が三角形をしているので、そう呼ばれるようになったとか……。

この土地が町屋になったのは、二年前の享保九年（一七二四）である。それ以前は幕府の御用地で、木材や薪《たきぎ》の積み置き場になっていた。

その『三角屋敷』の近くの長屋に、定浚人足《じょうざらい》の甚兵衛《じんべえ》という男が住んでいる。

定浚人足——正式には「浮芥定浚請負《うきあくたじょうざらいうけおい》」という。幕府から特別の許可をもらって、お濠《ほり》や掘割に浮いたごみを集めて永代浦の埋め立て地に運ぶ、河川の清掃業者である。

4

東の空が白々と明るみはじめた明け七ツ半（午前五時）ごろ、身支度をととのえて長屋を出た甚兵衛は、汐留橋の袂《たもと》近くの桟橋から川舟を押し出して、川面に浮遊するごみを集めはじめた。

川を遡行《そこう》して芝口橋にさしかかったときである。南側の岸辺の杭に、何やら大きな浮遊物がひっかかっているのが見えた。

舟を近づけて長柄の鳶口《とびぐち》で引き寄せて見ると、それは古着のような布で包みこまれ、荒縄でぐるぐる巻きにされた不審な物体であった。

甚兵衛は、さらに舟縁《ふなべり》に引きよせて、鎌《かま》で荒縄を断ち切った。その瞬間、

「げっ！」

奇声を発して腰をぬかした。

布包みの隙間《すきま》から人間の腕が飛び出したのである。


この数日、一滴の雨もふらず、うだるような酷暑がつづいていた。

人家の密集した本所入江町の、さらに奥まった路地のどんづまりにある「おけら長屋」は、ふだんでも風通しが悪く、その上、やや低地になっているので水はけもすこぶる悪い。

炎暑と湿気で部屋の中は、さながら蒸し風呂である。さすがに耐えかねた平八郎は、逃げるように長屋を出て、柳橋の船宿『舟徳』に足を向けた。

「いらっしゃいま……あら、平八郎さま」

迎え出たのは、お袖だった。あるじの徳次郎や舟子の伝蔵たちの姿はない。

「出かけてるのか？　みんな」

「ええ、仕事です。何か？」

「いや、べつに……、長屋にいると暑くてたまらんので、涼みにきた」

「そうですか。じゃ、お二階へどうぞ」

お袖は満面に笑みを泛かべて、平八郎を二階座敷に案内し、神田川に面した障子窓を開け放った。とたんに涼しげな川風がさわさわと吹き込んでくる。

「いい風だ。極楽、極楽……」

「お酒にします？」

「ああ、冷やで二、三本たのむ」

「かしこまりました」

お袖がトントンと段梯子《だんばしご》をおりていった。

窓ぎわにごろりと横になる。汗ばんだ肌に川風が心地よい。何を考えるでもなく、ぼんやり宙を見すえていると、ふいに……、まったく唐突に、お葉の顔が瞼《まぶた》をよぎった。

平八郎の躰《からだ》にしなやかな裸身をからませて、狂おしげにあえいでいるお葉の顔である。

切れ長な眼、黒い眸子《ひとみ》、長い睫毛《まつげ》、紅く濡《ぬ》れた花びらのような唇。その一つひとつが、鮮明に瞼の裏によみがえる。

平八郎の胸にわけもなく熱いものが込みあげてきた。

がばっ、とはね起きた。

（なぜだ……）

平八郎は狼狽《ろうばい》した。胸の奥にかすかな疼痛《とうつう》があった。かつて経験したことのない心のうずきである。なぜそんな気持ちになったのか、自分でもわからなかった。

「お待ちどおさま」

お袖が、徳利と小鉢をのせた盆を持って入ってきた。平八郎は無言で徳利をつかみとると、そのまま口移しに喉に流しこんだ。

「どうなすったんですか？」

「………」

「そんな怖い顔を……」

いいかけて、お袖は急に口をつぐんだ。平八郎がお袖の手をとって、荒々しく引きよせたのである。

「平八郎さま……」

されるがままに、お袖は平八郎の胸に躰を投げ出した。

平八郎は、着物の前を押しひろげて下帯をゆるめ、ゆるんだ下帯の間から一物をつかみ出すなり、やおらお袖の髷《まげ》をつかんで股間に顔を押しつけた。その行為が何を意味するのか、お袖にはわかっていた。顔に押しつけられた一物を指でつまんで口にくわえた。くわえながら指先でふぐりを愛撫《あいぶ》する。口の中の肉根がしだいに硬直してくる。

お袖のやわらかい舌が肉根の先端にねっとりとからみつく。屹立《きつりつ》したそれが口の中でさらに膨張してゆく。歯を立てず、唇をすぼめてそれをしごく。徐々に強く、徐々に激しく……。

うっ。

ふいに平八郎が小さくうめいた。躰の芯《しん》を電撃のような快感がつきぬけ、はじけるように欲情が噴出した。お袖の口中に熱い粘液が充満する。鼻孔に、ほのかな栗の花の香りがまとわりつく。

平八郎が放出したものをごくりと喉の奥に流しこむと、一物の先端をぬぐうように舐《な》めまわしながら、

「あたしも……欲しい……」

お袖は甘えるようにつぶやいた。

平八郎は、手ばやくお袖の帯を解いた。はらりと着物がすべり落ちる。腰の物も剝《は》ぐ。恥じらうようにお袖が身をくねらせた。一糸まとわぬ全裸である。抜けるように白い肌、ゆたかな乳房、股間に黒々と茂る秘毛……。

平八郎は片手で乳房をもみしだき、もう一方の手を股間にすべり込ませ、秘毛におおわれた恥丘を撫《な》でおろす。茂みの奥の花芯がしっとりと濡れそぼっている。

あ、ああ……。お袖が切なげにあえぐ。あえぎながら平八郎の一物を指でしごく。萎《な》えかけた肉根がふたたび怒張する。

平八郎はお袖の脇の下に両手をさし込んで抱え起こし、膝に乗せる。垂直にそそり立った一物が肉ひだをかき分けて、ずぶりと突き刺さる。

ああっ……！

お袖の口から悲鳴に近い喜悦の声がもれる。狂ったように髪をふり乱し、激しく腰をふる。平八郎はお袖の尻をつかんで上下に揺さぶりながら、たわわな乳房に顔を押し当てて乳首を吸う。

お袖の上体が弓なりにそり返る。平八郎がかるく乳首を嚙《か》む。

「ひッ」

声にならぬ叫びをあげてお袖がのけぞる。一気にのぼりつめてゆく。やがて四肢をひくひくと痙攣《けいれん》させて絶頂に達し、同時に平八郎のものをしぼり込むように締めあげる。

ううっ……。

平八郎は二度目の欲情を放出した。結合したまま二人は畳の上に横臥《おうが》した。

と、そのとき、階下で物音がした。お袖はパッとはね起きて、脱ぎ散らした着物をすばやく身にまとい、

「ゆっくりしていってくださいね」

といいおいて、段梯子を下りていった。

平八郎が身づくろいを終えると同時に、段梯子をのぼってくる足音がして、あるじの徳次郎がのっそりと入ってきた。心なしか表情が強張っている。

「えらいことになりやしたよ」

どかりと座りこむなり、徳次郎が沈痛な面持ちでいった。

「どうした？」

「順庵《じゅんあん》先生が殺されやした」

「なにっ」

「船頭仲間の話によると……」

今朝方、芝口『三角屋敷』の定浚人足・甚兵衛が、汐留川で数枚の古着にくるまれた不審な包みを見つけ、舟をよせて調べて見たら、中から男の死体が出てきた。

通報をうけた北町奉行所の役人が現場に駆けつけて検分したところ、死体は両国米沢町の外科医・武田順庵と判明したのである。

「ほ、本当か、それは！」

「北町の役人が順庵先生の家に飛んで、お内儀《かみ》さんに仏さんの面《おもて》改《あらた》めをさせたところ、順庵先生に間違いねえと」

「信じられん……。しかし、なぜ、汐留川などに――」

「出療治《でりようじ》の帰りに、辻斬りか追剝《おいはぎ》にでも襲われたのかもしれやせん。ここんところを……」

と自分の首に手をあてて、

「ざっくり斬られていたそうで」

「…………」

平八郎は絶句したまま考え込んだ。

先日、留吉の怪我の治療のために順庵の家を訪ねたとき、妻の妙《たえ》は、

「三日前に出療治に出かけたまま、今日になってもまだ戻ってまいりません」

といった。

あれからすでに四日たっている。その間、一度も家に戻らなかったとすれば、順庵は七日間も家を空けていたことになる。

(仮にそうだとすると……)

辻斬りや追剝の仕業ではあるまい。

「徳さん、こいつはただの殺しではないぞ」

「といいやすと?」

「おれの勘だ……。とにかく、順庵先生のお内儀《かみ》さんに会って、くわしい話を聞いてくる」

平八郎は差料《さしりょう》をひろって腰をあげた。

応対に出た順庵の妻・妙は、四日前に会ったときより少しやつれた感じで、だが気丈にも涙ひとつ見せず、しっかりした口調で、

「おっしゃる通り、あれから一度も戻ってまいりませんでした」

「出療治に出たまま七日間も梨のつぶてだったというわけですか？」

「いえ、一昨日、主人から手紙が……」

「手紙？」

「患者さんの治療に手間取っている。しばらく帰れないが、心配しないでくれ、と」

「その患者の家は？」

「いいえ、何も……」

「妙だな。お内儀《かみ》さんに心配をかけまいとするなら、居場所ぐらいは書いてくるはずだが」

「私も不審に思いまして、昨日、御番所に探索願いを出したばかりなのですが、まさかこんなことになろうとは……」

妙は声をつまらせた。

「順庵先生を迎えにきたのは、どんな男でした？」

「身なりは職人さんのような……、二十五、六の背の高い人でした」

むろん妙は知る由もないが、その男は雲霧仁左衛門の手下・山猫与七《やまねこよしち》だったのである。

「ほかに何か気づいたことはありませんか？」

「そういえば……」

その男は、表に駕籠を待たせてあるから急いでくれ、といったそうである。

「駕籠、か……。時刻は？」

「たしか明け六ツ（午前六時）ごろだったと思います」

「そうですか……」

武田順庵とは『舟徳』で何度か酒を酌みかわした仲である。些事《さじ》にこだわらぬ豪胆な性格だが、弱者にはやさしい心づかいを見せる、情に厚い篤実《とくじつ》な男でもあった。平八郎は順庵の人柄と生きざまに敬意の念をいだいていた。その順庵が無残に殺されたのである。しかも出療治先で……。

人命を救う医者が、救った相手に殺される。これほどの没義道《もぎどう》、これほどの残虐はあるまい。

（許せぬ）

肚《はら》の底から怒りがたぎってくる。

「お力落としのないように……」

悲しみを胸に秘めながら懸命に気丈をよそおう妙に、ひとこと慰めの言葉をかけて、平八郎は外に出た。

5

徳次郎の話と、たったいま順庵の妻・妙から聞き出した話で、少なくとも三つの事実が明らかになった。

一つは、順庵の死体が何枚もの古着でくるまれていたこと。もう一つは順庵を駕籠で迎えにきた男がいたこと。歳は二十五、六、長身の男だったと妙はいった。そしてもう一つ、男が迎えにきた時刻が明け六ツ（午前六時）だったこと。

——この三つの事実をたぐっていけば、下手人につながるに違いない。

平八郎はそう確信した。

じりじりと照りつける灼熱《しやくねつ》の陽差しをあびながら両国広小路の雑踏をぬけて、平八郎は両国橋を渡って本所に足をむけた。

そろそろ留吉が商いをおえて長屋にもどってくるころである。その留吉に「探索」の手伝いを頼むつもりだった。棒手振《ぼてふ》りという商売柄、留吉の行動半径はひろく、あちこちに顔も利く。聞き込みにはうってつけの男である。

「おけら長屋」の木戸をくぐると、果たせるかな、留吉が井戸端で商売道具の盤台を洗っていた。

「やあ旦那、お出かけでしたか」

留吉が目ざとく声をかけてきた。

「外は暑くてかなわん」

額の汗を手の甲でぬぐいつつ、平八郎は井戸端に歩みよった。拭《ぬぐ》うそばから汗がしたたり落ちる。

「水でもかぶりますかい」

留吉がいった。冗談ではなく、しごく生真面目な顔で桶《おけ》に水をくんで差し出したので、むげに突き返すわけにもいかず、平八郎はその水で顔をざぶざぶと洗った。

洗いながら、

「悪い知らせだ」

留吉がけげんそうに見るのへ、

「順庵先生、殺されたぜ」

「ええっ！」

留吉が目をむいた。

「今朝方、汐留川に死体が浮いたそうだ」

「な、なんで、また……！」

「そいつを調べようと思っている。お前さんにも手伝ってもらいたい」

「そりゃかまいやせんが……。何をすればいいんですかい？」

「まず、米沢町の駕籠屋をあたってくれ。七日前の明け六ツごろ、駕籠を頼みにきた男がいたかどうか。いたとすれば、その客をどこまで運んだか――」

「へい。おやすい御用で」


二日後の午下り――潸々《さんさん》と雨がふっている。

烟《けむ》るような雨である。

平八郎は、腰高障子を開けて気がかりな目で灰色の空を見あげた。

（夕方までにはやむだろう）

そう思って、塗笠《ぬりがさ》ひとつで長屋を出たものの、尾張町にさしかかったあたりで、傘を持ってこなかったことを悔やむ羽目になった。

雨足が急に強まったのである。

あわてて商家の軒先に駆け込み、しばらく雨宿りをしてみたが、雨は一向にやみそうもなく、それどころかますます強まってくる。

（さて、どうしたものか……）

と思案にくれていると、横合いからすっと紫紺の蛇の目傘がさし出されて、

「どうぞ」

女の声に、思わずふり向くと、片手に傘をもち、一方の手で着物の褄《つま》をとったお葉が、ふりしきる雨の中に婉然《えんぜん》と立っていた。

「お葉……」

「よろしかったら、どうぞ」

きれいに髪を結い、鶯《うぐいすいろ》色の小紋を着たお葉は、そのまま浮世絵からぬけ出てきたようなあでやかな姿であった。

物の怪でも見るような目つきで、

「おれを跟《つ》けてきたのか」

尖《とが》った声でそういうと、

「髪結いの帰りです」

お葉はさらりとかわした。

「髪結い？　わざわざ尾張町までか」

「行きつけの店があるんです。本所に戻るんでしたら、どうぞ」

「いや……」

「やみませんよ、この雨は」

「そのようだな……折角だから、そのへんの傘屋まで送ってもらおうか」

躰をかがめて蛇の目傘の下にもぐり込み、お葉に寄りそうようにして歩き出した。

「これから、どちらへ？」

歩きながら、お葉が訊いた。

「野暮用があって、芝口三丁目まで行くところだ」

「そう……」

うなずくお葉のうなじから、脂粉の香りと甘い髪油の匂いがふわりとたゆたい、平八郎の鼻孔をくすぐった。

「今日は、お店休んだんです」

お葉がぽつりといった。一瞬、平八郎にはその意味が理解できなかった。が、すぐに察しがついた。お葉は言外に誘っているのである。

（ひょっとしたら……）

警戒心がよぎったが、一方で、これが罠《わな》だとしたらいったいどんな仕掛けがあるのだろう？　と妙な好奇心もわいてきた。

（掛かってみるか）

そう思って水を向けた。

「おれの野暮用は半刻（一時間）ほどで終わる。そのあとなら付き合ってやってもいいぜ」

お葉がにっこり微笑《わら》った。

「木挽町《こびきちょう》五丁目に『卯月《うげつ》』という小料理屋があります。先にいって、そこでお待ちしています」

「わかった……」

半丁ほど歩くと、尾張町二丁目の角に荒物屋があった。そこで平八郎は東大黒《あずまだいこく》（番傘の俗称）を買い求め、お葉と別れた。


汐留川にかかる芝口橋をわたり、ひたすら南をさして歩きつづける。

雨はやや小降りになっている。

この道は、金杉橋を経由して品川にいたる東海道である。ふだんは旅人や飛脚や行商人、荷駄を積んだ牛馬などがひっきりなしに行きかう賑やかな街道だが、さすがに雨天のこの日は人影もまばらだ。

やがて芝口三丁目にさしかかる。

九日前の早暁、武田順庵はこのあたりで駕籠をおりたという。これは留吉が両国吉川町の『駕籠政』で聞き込んできた情報である。

芝口三丁目という場所と、順庵の死体を包んだ数枚の古着――平八郎は、この二つから、古着屋の町として名高い「日陰町《ひかげちょう》」に目をつけて、

（下手人は日陰町の古着屋か、古着の商いに関わりのある者にちがいない）

そう推断した。

芝口三丁目の南はずれの角を右に折れると、道幅二間（約三・六メートル）の狭い小路が、表通り（東海道）に平行して南北に細長くつづいている。この道が、

《日の照らぬ処が芝の辺にあり》

といわれる日陰町である。

小路の東側には、間口一間ほどの小店がひしめくように軒をつらねていた。店というより掘っ建て小屋に近い。今風にいえばバラックである。

それらの小店の中には怪しげな古武具店や、安物の伽羅油《きゃらゆ》などを商う店もあるが、そのほとんどは古着屋である。

晴天の日でも陽があたらぬというこの小路は、ふりしきる雨の中でいっそう薄暗く、じめじめと陰気なたたずまいを見せている。

客の姿はまったくない。

どの店もすでに戸を閉ざし、あたりは廃墟《はいきょ》のようにひっそりと静まり返っている。

一丁ほど歩いて、やっと一軒だけ店を開けている古着屋を見つけた。天井や壁にずらりとぶら下がった古着の下で、初老の男が所在なげに煙管《きせる》をくゆらせている。

「少々、訊《たず》ねたいことがあるのだが」

声をかけると、男は煙管の火をポンと土間に落とし、うろんな目で平八郎を見あげた。

「このへんの古着屋で、怪我人が出たという話は聞かなかったか？」

「さて……」

男は小首をひねり、

「そういえば、『布袋屋《ほていや》』の若い衆のひとりが右手に晒《さらし》を巻いていたが——」

「右手に？」

「手首のあたりさ」

「『布袋屋』というのはどこだ？」

「ここから七、八軒先だ。けど……」

男が無愛想に応えるのを、最後まで聞かずに平八郎は歩き出していた。男はチッと舌打ちして、煙管にきざみ煙草をつめながら、

「もう店は閉めちまったさ」

ぼそりと独りごちた。


平八郎は『布袋屋』の前に立った。

板戸が閉まっている。叩いても中から応答はなかった。見ると、板戸の裾《すそ》が釘付けにされている。

刀の鞘の栗形《くりがた》から笄《こうがい》をはずし、かがみこんで釘をひき抜いた。すぐに板戸は外れた。

中から黴《かび》の臭いや汗くさい男の臭い、腐臭などが入りまじった嫌な臭いが流れてくる。天井からずらりとぶら下がった古着の波をかきわけて、奥の部屋に踏みこむ。

家具調度類は何もなかった。什器《じゅうき》や夜具もない。ただの空部屋である。部屋のすみに乱雑に積まれたごみの山だけが、ここに人が住んでいたことを証《あか》す唯一の痕跡だった。

そのごみの山の中に、血のついた晒が無造作に丸めて捨ててあった。付着した血痕の量から見て、怪我人はかなりの出血をしていたらしい。

「若い衆のひとりが、右手首に晒をまいていた」

さっきの古着屋の親爺《おやじ》はそういった。

もはや疑う余地は寸毫《すんごう》もない。怪我をした〝若い衆〟は、平八郎に右手首を斬り落とされた雲霧一味の手下にちがいなかった。

あの事件の翌朝、武田順庵は出療治に出たままぷっつり消息を断った。怪我人の手当をさせるために一味が順庵を連れ去り、そのままこの部屋に監禁したのだろう。やがて、怪我人の傷は治癒した。だが、一味は順庵を解放しなかった。奉行所に通報されるのをおそれたからである。そして……。

一昨日の朝、汐留川に順庵の無残な死体が浮いた。

日陰町の『布袋屋』から汐留川まではおよそ三丁（約三百三十メートル）、順庵の死体を古着に包みこみ、家具や蒲団などと一緒に大八車で運び出せば怪しまれるおそれはない。

一味は順庵の死体を汐留川に放りこみ、その足で姿をくらまし、江戸のどこかにまた新たな根城をかまえたのであろう。

（もっと早く気づいていれば……）

少なくとも、順庵の妻・妙からその話を聞いたときに動いていれば、順庵を無事に救出することが出来たかもしれぬ。

そう思うと、悔やんでも悔やみきれぬ悔恨が、するどい痛みとなって平八郎の胸にこみあげてきた。

第六章　吉宗暗殺

1

木挽町《こびきちょう》五丁目の小料理屋『卯月《うげつ》』は、うなぎの寝床のように細長い、十人も入れば一杯になるような小さな店である。

その店の片すみで、お葉はぼんやりと盃をかたむけていた。客はお葉のほかに職人ふうの男がふたりだけである。

小肥りの女将《おかみ》が黙々と立ち働いている。小女や板前の姿はなく、女将がひとりで店を切り盛りしているらしい。

石町の暮れ六ツ（午後六時）の鐘が鳴りはじめたとき、ちょうど二本目の銚子が空いた。

「おれの野暮用は半刻（一時間）ほどで終わる」

平八郎はそういったが、その半刻はとうにすぎていた。

もう一本頼もうかと逡巡《しゅんじゅん》しながら、

（来ないかもしれない）

お葉はふとそう思った。

平八郎が自分に不信感を持っていることは、痛いほどわかっている。持たれても仕方がないと思う。今の自分の立場を考えればむしろ当然のことかもしれない、とも思う。

悪女のたとえに、

《外面菩薩《ぼさつ》　内面夜叉《やしゃ》》

という言葉がある。

お葉も二つの顔をもつ女である。一つは「くノ一」の顔であり、もう一つは、ごくふつうの「女」のそれであった。こうして平八郎を待ちつづけているいまも、お葉の心の中ではふたりの女がせめぎ合い、葛藤《かっとう》していた。どちらが本当の自分の姿なのか、お葉自身にもわからなかった。

六ツの鐘が鳴り終わって、しばらくたってから……。

がらり。格子戸の開く音に、思わずお葉はふり返った。平八郎が番傘の雨雫《しずく》をふり払いながら入ってきた。お葉は自分でも驚くほど胸の高鳴りを覚えた。

「遅くなって、すまん」

ぼそっといって、平八郎はお葉の前に腰をおろした。

「まだ降ってます？　雨」

「だいぶ小ぶりになってきた。四半刻もすればやむだろう」

「あ、お酒……」

空の銚子に気づいて、女将に酒を二本注文した。

「なぜ店を休んだのだ？」

平八郎が訊《き》いた。

「なんとなく……」

お葉はあいまいに応えて、あいまいに微笑《わら》った。「ただ、なんとなく、今日は気が向かなかったんです」

「お葉――」

平八郎がお葉の顔を射すくめた。突き刺すような鋭いその眼差しに、お葉は思わずたじろいだ。

「本当のことをいってくれ」

「何のことですか？」

「これも『くノ一』の仕事なのか？」

「………」

お葉は狼狽《ろうばい》した。どう応えたらよいものか戸惑っていた。柘植《つげ》の玄蔵《げんぞう》から片時も目を離すなといわれたのは事実である。だからこうして平八郎のそばにいること自体「仕事」といえば「仕事」なのである。しかし、それだけでは割り切れない何かがお葉の心の中にあった。

返事をためらっていると、

「お酒、お持ちしました。冷やでよろしいんですね」

女将が酒を運んできた。ほっと安堵《あんど》する思いで、

「どうぞ」

酒をついで平八郎にさし出した。

「まあ、いいだろう」

平八郎は、気を取り直すようにぐびりとあおり、

「どのみち、おれには関わりのないことだ」

「一つ、お願いがあります」

「なんだ？」

「『天一《あまくに》』のことはもう忘れてください」

「手を引けということか？」

「これ以上、深入りすると……きっと」

「きっと……何だ？」

「殺されます」

「…………」

「新之助さまのように……」

「なるほど」

と、うなずいて、

「そのことで、訊きたいことがある」

平八郎は話を切り換えた。

「風間新之助が『天一』を持って組屋敷を出奔したというのは、本当のことなのか？」

「そう聞いています」

「だとすれば……、おれに預けるより、まずお前にそれを手渡すはずだ」

「…………」

「新之助とお前は恋仲だった。お前にだけは心をゆるしていた。それゆえ誰にも打ち明けなかった出生の秘密を、お前にだけは打ち明けた——」

「…………」

「新之助が『天一』を持っていたとすれば、誰よりも信頼のおけるお前に手渡すのが筋であろう」

お庭番の仲間にも厳しくそれを追及されたが、本当に受け取ったおぼえがない。お葉はきっぱりそう言って首をふった。

「なぜだ？　なぜお前に渡さなかったのだ？」

応えずに、お葉は目を伏せている。

「その理由は一つしかあるまい。新之助はお前を信じていなかったのだ。惚《ほ》れてはいたが信じてはいなかった。なぜなら、お前に女としての誠がなかったからだ」

胸をえぐるような直截《ちょくさい》な言葉だった。

俚言《りげん》に「女郎にまことなし」という。誠のない女は売女《ばいた》だといわんばかりの残酷な言葉である。だが、お葉は黙っていた。図星を差されたからである。反論の余地はなかった。

平八郎が看破したとおり、お葉は風間新之助といつわりの恋を演じていたのである。いや演じさせられていたのである。新之助の動静を公儀隠密「締戸番」の監視下におくための、それはかりそめの恋にすぎなかった。

「新之助はおまえの心底を見抜いていたのだ……」

見抜きながら、おのれの心をあざむき、お葉が「演じる」かりそめの恋にのめり込んでいったのだろう。将軍吉宗の異父弟という、重くつらい運命《さだめ》から逃れるために……。

「おっしゃるとおり、わたしは――」

いいかけたお葉へ、

「いまさらそれを責めるつもりはない。おれがいいたいのは……」

酒をぐびりとほして、

「そもそも新之助は『天一』など持っていなかったということだ」

「え……、では、どこに？」

「わからん」

「…………」

「わからんが、『天一』はお前の手にもないし、おれの手にもない。これだけはたしかだ」

「…………」

「もう腹の探り合いはやめよう……。とにかく、おれには関わりのないことだ。お庭番の頭《かしら》にそう伝えてくれ」

突き放すようにいって、

「勘定をたのむ」

奥の女将に声をかけて、腰をあげた。


雨はやんでいた。

雲の切れ間から、欠け細った弦月がたよりなげに顔をのぞかせている。雨上がりの夜風がほろ酔いの肌を心地よくねぶってゆく。

『卯月』を出てから、平八郎もお葉もまったくの無言だった。お互いに会話のきっかけをつかもうと肚《はら》のなかで言葉をさぐっているのだが、それが見つからないもどかしさを感じつつ、ふたりはぎこちない沈黙をつづけていた。

「では……」と切り出したのは、お葉だった。「今夜かぎりで、もうお逢《あ》いできない、と……」

「もうおれには用がないはずだ」

「…………」

「逢う口実があるまい」

「でも……、逢いたい」

それがわたしの口実です、と声をうるませてお葉はいった。

「お葉――」

平八郎がいきなりお葉の手を引いた。

不意をつかれてよろめくお葉を引きずるように路地の暗がりに連れ込み、平八郎は荒々しく口を吸った。吸いながら、お葉の躰《からだ》をかかえあげて天水桶《おけ》に座らせ、着物の裾《すそ》を左右にはらった。白くむっちりした太股《ふともも》がむき出しになる。

平八郎の手が股間《こかん》にすべりこむ。そしてゆっくり恥丘をなでおろす。秘毛の奥の肉ひだが指先にふれる。そこはもうしとどに濡れていた。

お葉は身をよじらせて、平八郎の下腹に手をのばした。下帯の中の一物が熱く屹立《きつりつ》している。それをつまみ出すと、お葉はしなやかな指使いでしごきはじめた。

平八郎がやおらお葉の両足首をつかんで高々と持ち上げた。はずみでお葉の上体が大きくのけぞり、V字型に開かれた両脚の付け根の、露にぬれた淡紅色の花芯《かしん》があらわにさらけ出された。

人けのない路地の暗がりとはいえ、天水桶の上でこんな恥ずかしい姿をさらすのは、やはりためらいもあり、抵抗もあった。

「あ、だめ……」

と、あらがうお葉を無視して、平八郎は怒張した一物をゆっくり花芯に挿しこんだ。

「あッ、ああ……!」

喉の奥からこみあげてくる声を必死にこらえつつ、

「あ、いい!……すごい、すごい——」

無意識にお葉は口走っていた。

2

雨で濡れた路面に、淡い月明かりが返照して蒼白《あおじろ》く耀やいている。

三十間堀の掘割通りを、平八郎とお葉は寄り添うように歩いていた。

風がやんで、少し蒸し暑い。

歩きながらふとお葉が平八郎の肩にもたれかかった。着物の上から火照《ほて》った肌のぬくもりが伝わってくる。情事の余韻であろう。

「熱いな」

「え」

「躰が熱い」

「あ……、ごめんなさい」

恥じらうような笑みを泛《う》かべ、お葉はあわてて躰をはなした。

そのときである。

「うわッ」

突然、男の悲鳴が四辺の静寂を切り裂いた。平八郎は反射的にお葉をかばって、闇《やみ》に目をこらした。

前方に黒影がよぎった。四、五人の影である。入り乱れた足音とともに、影たちはこっちに向かってまっしぐらに走ってくる。

平八郎は刀の柄に手をかけて、走り寄ってくる影にじっと目をすえた。

商人ふうの男が必死の形相で走ってくる。そのあとを黒覆面、黒の軽衫袴《かるさんばかま》の侍が四人、抜き身をひっ下げて猛然と追ってくる。

「お、お助けくださいッ！」

ころがるように駆けよってきた男が、いきなり平八郎の胸にとりすがった。手傷を負っているらしく、男の躰は血まみれである。

「どうした？」

「お、押し込みです！」

「なに」と目を転じた瞬間、追ってきた黒覆面たちが、ざざっと足をとめ、

「貴様は……！」

長身の侍が野太い声を発した。その声を聞いて平八郎は一瞬、（おや？）と思った。どこかで聞いたような……、いや、たしかに聞き覚えのある声であった。

「その男を引き渡せ！」

別の一人が威嚇するように叫んだ。蟹《かに》のように四角ばった体軀《たいく》の侍である。

「そうはいかん」

平八郎は、血まみれの男をかばって立ちふさがり、刀を引きぬいて右半身にかまえた。刀尖《とうせん》をだらりと下げた車（斜）のかまえである。

「邪魔立てすると、貴様も！」

〝蟹〟が猛然と斬りこんできた。転瞬、平八郎の躰が目にもとまらぬ迅《はや》さでクルッと一回転した。鍋島新陰流「まろばしの殺人剣《せつにんけん》」である。

胴を横一文字に斬り裂かれた〝蟹〟は、血潮を噴き散らして地面にころがった。度肝を抜かれて後ずさる二人に、長身の侍が苛立《いらだ》つように、

「そやつはほっておけ、行くぞ！」

下知するや、侍たちは算を乱して奔馳《ほんち》した。

「あ、ありがとうございました。おかげで助かりました。ありがとうございます」

血まみれの男がやにわに土下座して、地面に額をこすりつけんばかりに叩頭《こうとう》した。

「送っていこう。店はどこだ？」

平八郎が訊いた。

「この先の『和泉屋《いずみや》』という質屋でございます。申し遅れましたが、手前は『和泉屋』の番頭、久兵衛と申します」

「怪我は大丈夫ですか？」

お葉が心配そうに訊くと、「はい」とうなずいて、久兵衛はよろよろと立ち上がった。

三十間堀町二丁目の北の角に、質屋『和泉屋』はあった。高板塀をめぐらせた広い敷地内に二階建ての母屋と土蔵が二棟ある。京橋一といわれる質屋だけあって、さすがに豪壮な構えの家作である。

久兵衛に案内されて座敷に一歩足を踏み入れた瞬間、平八郎とお葉は思わず瞠目《どうもく》した。襖《ふすま》や障子が蹴破《けやぶ》られ、部屋の中は嵐が吹きぬけたように荒らされている。文字どおりの

落花狼藉《ろうぜき》である。

「旦那さま！」

久兵衛が奥座敷の襖をがらりと引きあけた。部屋の奥の暗がりに人影が三つ、いも虫のようにころがっている。麻ひもで両手両足を縛られたあるじの庄左衛門とおつな夫婦、それに手代の定吉である。

部屋にとび込むなり、平八郎は刀を引きぬいて三人のいましめを断ち切った。

恐怖覚めやらぬ顔で躰をぶるぶると慄《ふる》わせている庄左衛門夫婦に、久兵衛が事情を説明し、

「ご浪人さまのおかげで賊は逃げ散りました。もう安心でございます」

「ありがとう存じます」

安堵の色を泛かべ、丁重に頭を下げる庄左衛門に、平八郎が、

「あの侍ども、ただの押し込みには見えなかったが……」

「はい。襖を蹴破って座敷に踏み込んでくるなり、『天一《あまくに》』はどこにあると妙なことを申しまして」

「『天一』？」

平八郎とお葉は思わず顔を見交わした。

「なんでも由緒ある短刀のことだそうですが、手前どもの店には『天一』などという短刀

はございません、わたしがそう応えますと……」

恐怖がこみあげてきて、庄左衛門は言葉をつまらせた。頰がひくひくと引きつっている。

代わって番頭の久兵衛が、

「いきなり旦那さまやお内儀《かみ》さん、それに手代の定吉をしばりあげ、手当たりしだいに部屋の中を捜しまわったあげく、手前に刀を突きつけて、土蔵の鍵《かぎ》をあけろと……」

侍たちが土蔵の中の質草を物色している隙に裏木戸から逃げ出そうとすると、気づいた侍が斬りかかってきた。肩に一太刀をあびたものの、かろうじて二の太刀をかわし、肩口に傷を負いながら久兵衛は必死に追手をふり切って逃げ出した。そこへ平八郎とお葉が通りかかったのである。

「結局、やつらは何も盗らずに逃げたというわけか」

「いえ、質草の短刀を数振り……。いずれも無銘の安物ばかりでございますが」

「………」

平八郎は腕組みをして考えこんだ。

四人の侍の目的は『天一』である。

だが、なぜ『和泉屋』をねらったのか、その根拠が皆目わからない。しかも、奇妙なことに四人は無銘の短刀を数振り奪って逃げたという。その中に『天一』があるとでも思ったのだろうか。

謎はまだある。四人の侍は、果して『天一』に隠された秘密を知っていたのだろうか？ ただ単に、天下三品《さんぼん》の名刀といわれる『天一』を奪って、金に換えようと目論んだだけのことなのか？

思案する平八郎の耳元で、

「あの連中は、お庭番の手の者ではありません」

お葉がそっとささやいた。

（そうか……）

平八郎の脳裡《のうり》にひらめくものがあった。先刻の侍の野太い声である。どこかで聞いたような声だと思ったが、あれはいつぞやの虚無僧《こむそう》の声である。

「おぬし、風間新之助から短刀を預からなかったか？」と虚無僧は天蓋《てんがい》の中から低く野太い声でそういった。先刻の侍の声は、たしかにあの声であった。とすれば、

（尾張の隠密……！）

ということになる。

「どうかしましたか？」

けげんそうにのぞきこむお葉に、

「いや」と首をふって、茫然《ぼうぜん》自失のていで座り込んでいる庄左衛門に、

「賊の一人はおれが斬った。番屋に届け出るがいい」

いいおいて、平八郎は背を返した。

3

灼熱《しゃくねつ》の陽差しが照りつけている。

炎天下のうだるような暑さにもかかわらず、両国広小路は相変わらずの賑わいである。

よしず張りのそば屋に人が群がり、居酒屋の店頭には焼き魚のけむりが臭いたち、一杯機嫌の職人たちが押し鮨《ずし》の屋台の床几《しょうぎ》でおだをあげ、軒をつらねた休み茶屋の縁台では、茶酌み女がてんてこ舞いで客に茶の接待をしている。

そんな喧騒《けんそう》と雑踏の中に、塗笠《ぬりがさ》をかぶった平八郎の姿があった。何かを探すような素振りで、四囲《あたり》を見まわしている。

——ここへくれば、星野藤馬《ほしのとうま》に逢えるかもしれぬ。

そう思って、昼餉《ひるげ》のあとにぶらりと足を運んだのである。藤馬に訊きたいことがあった。昨夜の侍たちが「尾張の隠密」だとすれば、藤馬はすでにその件に関して何か情報を手に入れているにちがいない。

茶屋や掛け店を一軒一軒のぞいて歩いていると、果たせるかな、元柳橋ちかくの居酒屋の店先で、盛切《もっきり》をなめている藤馬の姿があった。

「藤馬」

声をかけると、藤馬が首をひねってふり向いた。

「よう、そろそろ現れるころだろうと思ったぜ。ま、座れ」

椅子代わりの空き樽《だる》を差し出した。それに腰をおろし、

「なぜ、そう思った？」

「何度も同じことをいわせるな。わしの耳は地獄耳じゃ。はっはは」

藤馬は大口をあけて笑った。

「やはり知っていたか……」

「おぬしも飲むか」

「いや」

「じゃ、行こう」

卓に酒代をおいて、藤馬が立ち上がった。

「どこへ行く？」

「仕事じゃ」

「おぬしに訊きたいことがある」

「急いでる。話は船の中で聞こう」

「船？」

「おぬしも付き合え」

「ちょっと待て。その前に……」

「いやならやめろ。無理には誘わん」

というや、藤馬は鼻唄を口ずさみながら大股に歩き出した。ふてぶてしいほど人を喰った態度である。平八郎は憮然《ぶぜん》と眉をひそめつつ、昨夜の事件の真相を聞きたい一心で、渋々あとに従《つ》いた。

藤馬が向かったのは日本橋小網町《こあみちょう》の行徳河岸《ぎょうとくがし》だった。

その名が示すとおり、この河岸から下総《しもふさ》の行徳に向かう船が出ている。

中世紀末ごろから、下総の行徳地方では製塩が盛んに行われていた。これに目をつけた徳川家康は、行徳地方を幕府の直轄地として塩田の開発に力を注いだ。その塩田で作られた「行徳塩」は、幕府の御用塩として高瀬船（行徳船という）で運ばれ、日本橋川の行徳河岸で陸揚げされたのである。

元禄中期――すなわち今から二十五、六年前ごろ、「行徳塩」は赤穂塩《あこうじお》や斉田塩《さいたしお》などの良質な塩に押されて衰退の一途をたどり、近頃、この行徳船を利用するのは、もっぱら成《なり》田詣《たもう》での人々ばかりであった。

八代将軍吉宗のきびしい節倹政治と娯楽遊興の規制によって、江戸庶民の最大の楽しみであった「お伊勢参り」もいまや高嶺《たかね》の花、代わって人気になったのが成田詣でである。

江戸を出発して、途中二泊、現地で一泊。三泊四日の旅程で往復できる成田詣では、江戸庶民の手軽な物見遊山として人気を博していた。

行徳船の船上は、そうした成田詣での人々で、足の踏み場もないほど混雑していた。

藤馬と平八郎は、艫《とも》の積み荷の間に空いた場所を見つけて、腰をおろした。

「まさか、成田詣でに行くつもりではあるまいな」

「それほど信心深い男に見えるか」

「じゃ、どこへ行くのだ？」

「そのうちわかる」

というなり、藤馬は積み荷の間にごろりと躰を横たえて、たちまち大いびきをかきはじめた。

（喰えぬ男だ……）

苦笑を泛かべ、平八郎も積み荷にもたれて、しずかに目を閉じた。

ほどなく船は桟橋をはなれ、日本橋川を下って大川に出た。陽差しが灼《や》きつくように暑く、じっとしていても顔から汗がしたたり落ちてくる。その汗を川面を吹きわたってくる風が心地よくぬぐってくれる。

いつの間にか、平八郎もとろとろとまどろんでいた。

船は、大川を遡行《そこう》し、永代橋をくぐって本所の小名木川《おなぎがわ》に入った。小名木川から中川を経由して行徳に向かう、およそ三里八丁の船旅である。

どれほど眠っただろうか。

「お客さん、着きましたぜ」

舟子の声で、平八郎と藤馬は目を醒《さ》ました。成田詣での客たちがぞろぞろと船を下りて、桟橋を渡っている。

藤馬と平八郎は、あわてて立ち上がり、下船の客の列にならんだ。

成田詣での客たちは、ここ（行徳）からさらに陸路で三里ほど先の舟橋宿に向かう。遊《ゆう》廓《かく》が軒をつらねる舟橋宿は、成田詣での男たちのもう一つの楽しみでもあり、往路復路とも必ずここで一泊して旅の恥をかき棄てたという。

藤馬と平八郎は、成田詣での客たちと離れ、江戸川沿いを北に向かって歩をすすめた。

「ゆうべの一件だが……」

歩きながら、ようやく藤馬が口をひらいた。昨夜の押し込みの一件である。

「あれは尾張の隠密どもの仕業じゃ」

「やはり、そうか……。しかし、なぜ『和泉屋』を？」

「聞くところによると、風間新之助は金に困って『天一』を質屋に入れたらしい」

「質屋に！」

この時代、手元不如意の浪人者が腰の物を質草にして金を借りるのは日常茶飯事であった。

《剣一が質屋を出ると無刀なり》

一本差しの浪人が質屋を出てくると無腰になっている光景を詠んだ川柳である。

「おそらく新之助は『天二』に隠された秘密を知らなかったのだろう」

知っていたら、たとえどんなに金に困っても質屋に入れたりはすまい、と藤馬はいった。

もっともな理屈である。

4

新之助の父・風間新右衛門は、『天二《あまくに》』に隠された秘密を打ち明けぬまま他界した。『天二』には天下がひっくり返るような秘密が隠されている。その秘密が明らかになれば将軍家と尾張家の紛争の火種になる。

新右衛門はその争いに息子の新之助を巻き込ませたくなかったのである。それゆえ『天二』の秘密をおのが胸におさめたまま、あの世に旅立った……。

将軍生母・浄円院の不義の子としてこの世に生を受けた新之助への、それがせめてもの親心だったのであろう。

新之助が『天二』の存在に気づいたのは、父親が亡くなって数か月たってからだった。

新右衛門の遺品の中から、由緒ありげな名刀『天一』を見つけた新之助は、それを父の形見と思ってしばらくは大切に保管していた。ところが……。

お葉に逢いたい一心で、本所の水茶屋『桔梗屋《ききょう》』に足しげく通ううちに、やがて手持ちの金を使い果し、せっぱつまったあげく、『天一』を質屋に入れてしまったのである。そのとき借り受けた金はわずか十両であった。

玄人《くろうと》に鑑定《めきき》をさせれば、二百両は下るまいという天下三品の名刀なのだが、新之助はその価値を知らなかった。おそらく請け出せる範囲内の金額で質入れしたのだろう。

これに味をしめた新之助は、その後も何度か『天一』を質屋に出し入れするようになった。しかも何軒かの質屋に――。その一軒が、京橋の『和泉屋』だったのである。尾張の隠密たちが『和泉屋』に押し入ったさい、あるじの庄左衛門は、

「わたしどもの店には『天一』などという短刀はございません」

そう応えたが、実際、庄左衛門は『天一』の名さえ知らなかったのである。

「尾張の隠密どもは、早とちりしたんじゃろ」

不精《ぶしょう》髭《ひげ》の生えた顎《あご》をぞろりと撫《な》でて、藤馬がそういった。

「早とちり？」

「新之助が最後に『天一』を質入れした店は『和泉屋』ではない。べつの質屋じゃ」

「そういい切れるだけの根拠があるのか」

「ある」

藤馬は、にやりと笑った。

「やつらが『和泉屋』から盗み出した数振りの短刀の中に、『天一』はなかった」

「そ、それは本当か！」

「わしの耳は地獄耳じゃ」

藤馬はまたにやりと笑った。

「では、本物の『天一』はどこにある？」

「わからん……。いまごろ、尾張の隠密も公儀お庭番も、血まなこになって、ほかの質屋を当たっておるだろう」

「…………」

「ところで、平八郎」

藤馬がふと真顔になって、

「おぬし、侍同士の争いに巻き込まれるのは真っ平だと大見得を切っておきながら、なぜこんなことに首を突っこむんじゃ？」

「それは……」

一瞬、いいよどみ、

「たかが短刀ひと振りのために、何の罪もない町の者たちが巻き添えを食わされる。それが許せんのだ」

「ふふふ、青いな」

藤馬が一笑に付した。

「世の中、きれいごとだけじゃ生きていけんぞ」

「なんとでも言え。おれの性分だ。許せぬものは許せぬ」

直情的な正義感というか、平八郎のその性分が最初に爆発したのは、父の仇・吉岡忠右衛門を叩き斬ったときであった。人を斬ったのもそのときが初めてである。恐怖感はなかった。おのれの身を捨てても殺す。頭の中にはその一念しかなかった。

あとになって冷静に考えてみると、

《一死をもって不義を正す》

父の壮絶な死にざまがそれを教えてくれたような気がする。それこそが真の意味の「葉隠武士道」ではないかと、そう思うようになった。

「とにかく許せぬものは許せんのだ」

おのれにいい聞かせるように、平八郎はまた同じ言葉を吐いた。

「おぬしは、いい人間じゃ。だが……、つまらん」

「では、訊こう。おぬしは何がおもしろくて生きている」

「そうだな……」

藤馬はぞろりと顎を撫でて、

「酒、女、食い物、金――」

「それに出世も、か？」

「む」

「松平通春《みちはる》にとり入って出世を図る。それもおもしろいか？」

「おれを怒らせる気か」

藤馬が足をとめて、平八郎の顔をつねになく険しい目で射すくめた。本当に怒った顔である。平八郎は、とりあわずにすたすたと歩いてゆく。

「わしは、通春さまに心服しておるんじゃ！」

藤馬の怒鳴り声を背中に聞きながら、平八郎はかまわず歩きつづける。藤馬が足早にそれを追って、

「出世のためではないっ！」

ふいに平八郎がふり返った。

「気をつけろ」

「ん！」

「足もとに馬糞《まぐそ》がある」

「わっ」

　藤馬が思わず跳びあがった。

　松戸の数丁手前の野道を、ふたりは歩いていた。視界一面に緑の草原が広がり、行く手にはなだらかな丘陵が幾重にもうねっている。

　平八郎がふと塗笠《ぬりがさ》のふちを押しあげて、

「教えてくれ。いったい、どこへ行くつもりだ？」

「小金原《こがねはら》じゃ」

「小金原？」

「そろそろ見えてくるころだが……」

　と手をかざして、

「おう、あれじゃ。あれじゃ」

　藤馬が指をさした。前方のひときわ小高い丘陵のすそ野に点々と黒いものが群がっている。人の群れのようである。

「急ごう」

　藤馬が歩度を速めた。

　半丁もいくと、点々と群がっていた黒いものの姿がはっきりと見てとれた。竹矢来《たけやらい》に鈴なりになった群衆である。装りから見て、近郷近在から集まった百姓らしい。

地鳴りのような喚声とともに、鉦太鼓《かねたいこ》を打ち鳴らす音が間遠《まどお》に聞こえてくる。

「何だ？　あれは……」

それには応えず、

「おぬし、吉宗公の顔を見たことがあるか？」

逆に、藤馬が訊いた。将軍吉宗を「上さま」とか「公方さま」とよばず、あくまでも藤馬は「吉宗公」とよんだ。

「こんな機会でもなければ吉宗公の顔は拝めん。さ、急げ」

うながすや、藤馬は足早に歩き出した。ほとんど小走り状態である。


広大無辺の緑の大草原である。あちこちに灌木《かんぼく》の茂みやこんもりと繁茂した森が浮島のように点在している。

将軍家の狩場、小金原である。

宏大《こうだい》な狩場を涯《は》てもなく延々と囲繞《いにょう》する竹矢来には、近在近郷から見物にきた村人や百姓たちが鈴なりになっている。

「巻狩《まきが》りか……」

人波を縫うように歩きながら、平八郎がつぶやいた。

「これだけの巻狩りは、めったに見ることができんぞ。あっちへ行こう」

藤馬が顎をしゃくって平八郎をうながし、見物人の群れからやや離れた斜面の草むらに腰をおろした。

上総《かずさ》下総地方は、古くから将軍家の鷹《たか》場として整備された土地である。

舟橋から千葉、東金《とうがね》までの一直線の道、いわゆる「御成《おなり》街道」は、鷹狩り好きの徳川家康が東金の鷹場に行くために造らせた新道である。二代秀忠の時代までは東金での鷹狩りが盛んに行われていたが、三代家光以降はほとんど東金を訪れていない。

吉宗は、将軍就任と同時に五代綱吉の「生類憐《あわれみ》の令」で一時廃止されていた鷹狩りを復活させ、先代将軍家継の喪が明けるや、とりつかれたように鷹狩りに熱中した。

当初は将軍家の御座船《ござぶね》『麒麟丸《きりんまる》』を大川に浮かべて船上から鵜《う》や鷭《ばん》を撃ったりしていたのだが、やがて亀井戸あたりにも足をのばし、大がかりな鷹狩りをひんぱんに行うようになった。

《上のお好きなもの、鷹狩りと下の難儀》
「享保の改革」のきびしい緊縮政策で、巷《ちまた》に不景気風が吹き荒れるさなか、大勢の家臣団をひきつれて鷹狩りにうつつをぬかす将軍に、江戸市民から非難の声があがるのは当然のことである。

だが、そうした下々の怨嗟《えんさ》の声にはいっさい耳を貸さず、吉宗はこの日も多数の家臣団をひきつれて、小金原で巻狩りを楽しんでいたのである。

5

はるか彼方の小高い丘の上に、葵《あおい》の紋の陣幕が張りめぐらされ、幾条もの馬印《うまじるし》吹貫《ふきぬき》が風にたなびいている。巻狩りの陣営である。

陣営の周囲には、狩り装束の騎射や徒士《かち》、勢子《せこ》などが丘を埋め尽くさんばかりに蝟集《いしゅう》している。

史料によると、この日の大巻狩りに動員された家臣の数は二千七百余名、勢子として徴発された近隣の村人百姓は十六万八千人にのぼったという。将軍家の巻狩りとしては、まさに前代未聞、史上空前の規模であった。

「すごい数だな」

平八郎が驚嘆の声を発した。と突然、

ドドーン！

号砲が鳴りひびき、それを合図に騎射や徒士、勢子たちがいっせいに大地を蹴って走り出した。地ひびきが轟《とどろ》き、竜巻のように砂塵《さじん》が舞い上がる。

十六万八千人の勢子が打ち鳴らす鉦太鼓の大音響、怒濤《どとう》のごとく大草原を駆けめぐる騎射侍、鉄砲方が撃ちはなつ銃声、徒士組の吶喊《とっかん》、雄叫《おたけ》び。手負いの野獣のおめき、霧のように立ち込める硝煙、土煙、血の臭い……。

「こいつはただの巻狩りじゃねえ！」

藤馬が素《す》っ頓狂《とんきょう》な声をあげた。

「戦稽古《いくさげいこ》じゃ」

なるほど、いわれてみればそんな気がしないでもない。たかが「巻狩り」にこれほどの人数を動員するのは、どう見ても不自然である。いや異常といっていい。

草原を駆けめぐる騎馬侍や徒士たちの顔にも「狩り」を楽しむ余裕は感じられず、狩場全体が戦場《いくさば》のように殺気立った雰囲気につつまれている。

藤馬が指摘したように、もし、これが戦稽古だとすれば、その仮想敵はおそらく尾張であろう。

――万一、『天一』が尾張方の手に渡るようなことがあれば、戦は現実のものとなるかもしれぬ。

平八郎はうそ寒い想いで狩場をながめていた。

「おい、吉宗公のお出ましだぞ」

藤馬の声に視線を転じると、陣営が設営された丘から、騎馬が数騎、一団となって疾駆してくるのが見えた。

騎馬団の陣頭は、網代笠《あじろがさ》に弓小手、行縢《はばき》をつけた目付たちである。そのうしろに、紫の紗《しゃ》を張った綾藺笠《あやいがさ》をかぶり、天鵞絨《びろおど》の羽織を風にひるがえし、栗毛の駿馬《しゅんめ》〈わたり〉にまたがって、馬上ゆたかに疾駆してくる吉宗の姿があった。

「派手な行粧《ぎょうそう》だな」

「いい気なものよ。下々に奢侈贅沢《しゃしぜいたく》の禁制をおしつけておきながら、あの装りは何じゃ、あの装りは――」

藤馬が苦々しげに吐き棄てた。

平八郎は無言のまま、吉宗の姿を目で追っている。

愛馬〈わたり〉の手綱を巧みにくりながら、片手に銃を持った吉宗が必死に獲物を追走している。六尺ゆたかな巨軀《きょく》、色黒のあばた面、野夫然としたその風貌《ふうぼう》は、平八郎が頭に想い描いていた吉宗像とは、およそかけ離れていた。

疾駆する〈わたり〉の数間先に、死に物狂いで逃げる手負いの猪《いのしし》の姿があった。

ダーン！

銃声とともに猪がもんどり打って転がった。が、すぐに起き上がり、必死に灌木《かんぼく》の茂みに逃げ込んだ。

吉宗がビシッと〈わたり〉に一鞭《むち》いれて獲物を追おうとしたとたん、突然、茂みの手前で〈わたり〉が脚をすくませて棹立《さおだ》ちになった。あわや落馬か、と見えた瞬間、吉宗はひらりと馬からとび下り、手負いの猪を追って茂みの中に走り込んだ。

おそるべき俊足である。

灌木の茂みを縫って、疾風のごとく走るその姿は、野獣のように猛々しい。

余談ながら……。

吉宗は、手負いの猪に躍りかかって力ずくでねじ伏せると、駆けつけた近習《きんじゅう》に、

「少々息が切れた。どれほど走ったであろうか」

「十八丁あまり（約二キロ）かと存じまする」

「わずか十八丁か。神君家康公は二十五丁を駆けられて、息ひとつ切らさなかったと聞いておる。余などまだまだ権現さまの足元にもおよばぬ」

さらりと言ってのけたという。吉宗の一面を語る逸話だが、いささか眉唾《まゆつば》である。

それはさておき……。

猪をねじ伏せた吉宗は、銃の台尻で一撃のもとにこれを殴り殺し、そこへ馳《は》せ参じた騎射侍たちに、

「獲物を運べ」

と命じた。

駆けつけた狩り装束の武士団の中に、巨勢《こせ》十左衛門や藪田《やぶた》定八以下、「お庭番」十六家の組頭たちの姿があった。これは吉宗の身辺警護である。

徒士組の数人の侍が、仕留められた猪の四肢を持ってずるずると引きずってゆく。ちなみに、この日の巻狩りで仕留められた獲物は、猪十二頭、狼《おおかみ》一頭、鹿四百五十頭だったという。

「上様の御馬をもて！」

巨勢十左衛門が命じると、

「はっ」

轡《くつわ》取《と》りの足軽が〈わたり〉の手綱を曳《ひ》いて、小走りに駆けつけてきた。

異変が起きたのはそのときだった。

周囲を取り巻いていた勢子のひとりが、背中の菰包《こもづつ》みから銃を取り出すや、いきなり吉宗に銃口を向けたのである。

巨勢十左衛門が目ざとく気づいて、

「上様ッ！」

叫ぶのと、銃口が火を噴くのとほとんど同時であった。銃弾は吉宗の肩口をかすめ、よけたはずみで吉宗は草むらに転倒した。間髪をいれず、護衛の武士たちが吉宗を抱え起こす。

「く、曲者ッ、逃がすな！」

十左衛門が叫んだ。

藪田定八以下「お庭番」十六家の組頭たちが、瞬息、身をひるがえして勢子姿の曲者を追う。四方から騎射侍や徒士組の侍たちが駆けつけてきて、曲者を包囲した。

この変事は、数丁離れた竹矢来の外の藤馬と平八郎の目にもはっきりと見てとれた。見物の群衆の間から地鳴りのようなどよめきが起きた。

曲者を取り囲んだ武士たちは、それぞれ鉄砲や弓、刀をかまえて、じりじりと包囲網を縮めてゆく。

「殺すな。手捕りにせい！」

十左衛門が下知した。

刹那《せつな》、曲者は背中に隠しもった小刀を抜きはなち、

「無念ッ！」

一言、吐き棄てるなり、ぐさっと脾腹《ひばら》に突き立て、横一文字に腹をかき切ってその場に突っ伏した。

「しまった！」

藪田定八が駆けより、曲者の襟首をつかんで引き起こした。すでに心の臓は止まっている。「お庭番」四家の明楽《あけら》樫右衛門が曲者の頰かぶりを引きむいた。

二十五、六の侍《さむらい》髷《まげ》の男である。顎にうっすらと不精髭が浮いているが、きりっとした精悍《せいかん》な面立ちをしている。身性《みじょう》正しい武士であることは一目瞭然《りょうぜん》であった。

十左衛門が、いまいましげに男の顔をのぞき込み、

「尾張の隠密に相違あるまい……。藪田、亡骸《むくろ》を桜田御用屋敷に持ち帰り、塩漬けにしておけ」

「はっ」

藪田の配下が曲者の死骸《しがい》を引きずって走り去った。

「行こう」

藤馬が背を返そうとすると、

「待て」

平八郎が呼びとめた。

「おぬし、知っているのか？　あの男」

「まあな……」

「尾張の隠密か？」

藤馬は首をふった。

「安西数馬《あんざいかずま》、尾張藩主・継友《つぐとも》公の小姓《こしょう》だ。……いや、小姓だった」

「だった？」

「二カ月前に、脱藩逐電したと聞いたが……、まさか、あの男が吉宗公の命をねらうとは、無謀にもほどがある。馬鹿なやつめ！」

唾棄《だき》するようにいうと、思案顔で立ちつくしている平八郎を尻目に、藤馬はずんずんと大股に歩き出した。

平八郎があわてて追おうとすると、かたわらを通りかかった百姓ふうの男にドンと肩がぶつかった。

「あ、すまん」

ぺこりと頭を下げて、小走りに藤馬のあとを追った。このとき、男の眼に剣呑《けんのん》な光がよぎったことに平八郎は気づいていない。

第七章　別式女《べっしきめ》

1

藤馬と平八郎は、行徳《ぎょうとく》に向かって山道を歩いていた。

道の両側には、樹木がうっそうと立ちならび、生い茂った木々の葉が陽差しを閉ざし、あたかも緑の隧道《すいどう》をゆくがごときおもむきである。

「藤馬」

先を歩く藤馬に、平八郎が声をかけた。背中をむけたまま、藤馬が、

「なんじゃ？」

と訊《き》き返す。

「おぬし、知っていたんだな」

藤馬が足をとめて振りむいた。

「――何を？」

「安西数馬《あんざいかずま》という男のことだ。あの男が大巻狩りの勢子《せこ》にまぎれ込んで吉宗公の命をねらうことを、おぬし、知っていたのではないか」

「………」

「わざわざ小金原《こがねはら》まで足を運んだのは、それを見届けるためだった。……違うか？」

「その通りだ」

「松平通春《みちはる》さまの命令か？」

「まあな……」

うなずいて、藤馬はふたたび歩き出した。

「あれは数馬が独断でやったことではない。藩主・継友《つぐとも》公の差し金じゃ」

「継友公の……？」

尾張六代藩主・継友――八代将軍の最有力候補といわれた四代・吉通《よしみち》とその嫡男・五郎太の謎の連続死によって、尾張六代藩主となり、図らずも紀州の吉宗と八代将軍の座を争うことになった人物である。その結果はすでに述べたように屈辱的な敗北であった。

尾張の敗北が決したその夜。

したたかに酔った継友は、主だった重臣たちを藩邸に招集し、狂ったように怒鳴り散らした。敗軍の将が兵（重臣）に責任を転嫁したのである。誰の目にも見苦しく映ったにちがいない。

このとき、附家老《つけがろう》の成瀬隼人正《なるせはやとのしよう》が、

「もとより勝ち目のない勝負でございました」

と、開き直ったという。暗に継友の力量を非難したのである。

元来、継友は気の弱い暗愚な男で、将軍の座はおろか尾張藩主としても、その器量を疑問視する向きが少なくなかった。

成瀬の一言は、継友の屈辱感に油をそそいだ。それがやがて将軍吉宗への烈しい憎悪、敵愾心《てきがいしん》となって燃えはじめたのである。

松平通春は、異母兄・継友が、「吉宗、憎し」の一念から軽挙妄動に奔《はし》るのではないかと、常々危惧《きぐ》していた。

藤馬が語をつぐ。

「継友公付きの安西数馬が脱藩したと聞いたときから、通春公はそれを案じておられたのだが……、案の定じゃ。将軍暗殺の密命を下したのは、継友公に相違ない」

「とすると、このあと面倒なことになるぞ。吉宗公がこのまま黙っているとは思えぬ」

平八郎のその予感は、このあと不幸にも的中することになる。

四年後の享保十五年十一月。

継友が三十四歳の若さで急逝するのである。またしても怪死である。死因は表向き

「麻疹《はしか》」となっているが、尾張藩内では「吉宗公の忌諱《きい》にふれて暗殺された」とのうわさが公然とささやかれた。

継友には跡をつぐ嫡子がいなかったために、異母弟の松平通春が七代藩主の座につき、尾張宗春《むねはる》と名をあらためることになるのだが、仮に継友の死が「お庭番」による報復テロであったとすれば、皮肉にも、安西数馬の吉宗暗殺未遂事件が、無名の通春を歴史の表舞台に押し出すきっかけになったといえよう。

山を一つ越えて、ふたたびゆるやかな登りの山道にさしかかったとき、前方から奇妙な一団がやってきた。

六人の男たちである。いずれも破れ菅笠《すげがさ》をかぶり、埃《ほこり》まみれの浅葱色《あさぎいろ》の筒袖に鼠色《ねずみいろ》の股引き、紺の脛巾《はばき》という姿である。

手に手に薪雑棒《まきざつぽう》のようなものを持ち、ある者は手鞠《てまり》を小器用にあやつり、ある者は八つ玉を手の平でもてあそび、またある者は輪鼓《わづつみ》を打ち鳴らし、踊るような剽《ひょう》げた所作でだらだらと山道を下ってくる。

旅の放下師《ほうかし》の一団である。

放下は「ほうげ」ともいい、禅宗ではいっさいの邪念を棄てて無我の境地になることをいう。が、ここでいう「放下」とは、室町中期ごろからあらわれた無一物、無産階級の大道芸人を意味する。

はじめは放下僧と称して僧体であったが、のちに俗人体で演じるようになった。元禄期ごろから小屋掛けの芸能集団ができ、やがて町の辻々に立って散楽や曲芸、手品などを演じて銭を乞う辻放下がうまれた。

そうした連中が、遊行《ゆぎょう》の徒として諸国を旅するようになったのが「放下師」である。

「平八郎」

ふいに藤馬が低く声をかけた。

「なんだ」

「気をつけろ。やつら、ただの放下師ではないぞ」

「忍びか……！」

「おそらくな」

藤馬が見抜いたとおり、六人の男たちは「お庭番」九家・村垣吉平の組下の忍びたちであった。

ちなみに、紀州流忍法の伝書『正忍記《しょうにんき》』には、忍びの技「七方出《しちほうしゅつ》」（変装術）について、こう記されている。

七方出の事と云。

一、こむ僧　是《これ》はあみ笠をきる法なり。

一、出　家　　男女是を近づけるゆえなり。
一、山　伏　　男女是を近づける。刀脇指《わきざし》をさすなり。
一、商　人　　人の能《よ》く近づけるものなり。
一、放下師　　是も人の近づけるものなり。
一、さるがく　前に同じ。
一、つねの形　其《そ》の品によりて、是を作るなり。
右のごとくに、形を出立に能く其の形に似たるもの有り。おのれの得たる所を学んで、心静かに忍ぶべし。


つまり、「放下師」は典型的な七方出（変装術）の一つだったのである。

「来るぞ！」

藤馬が叫ぶと同時に、六人の放下師たちがいっせいに抜刀した。薪雑棒と見えたのは仕込み刀であった。たったいま剽げた仕種《しぐさ》でだらだらと歩いていた放下師たちが、まるで野猿の群れのように敏捷《びんしょう》な身のこなしで山道を駆け下りてくる。

「藤馬、おぬしは右の三人だ。おれは左の三人をやる」

「承知！」

平八郎と藤馬は左右に跳んだ。平八郎は右足を一歩引いて半身にかまえ、刀をだらりと下げた。「まろばしの剣」の車《しゃ》（斜）のかまえである。

一方、藤馬は刀を上段にかまえ、仁王立ちに立った。

土けむりを蹴《け》たてて六人の放下師が猛然と斬りこんできた。

刹那、平八郎の躰が右廻りに一回転した。だらりと下げた刀が躰を軸にして水平に円を描く。瞬息一閃、目にも止まらぬ回転技である。

キーン！

鋭い金属音とともに火花が散り、放下師の一人の刀がはじけ飛んだ。

「おいとしぼうッ！」

例の掛け声を発して、藤馬が刀をふり下ろす。尾張柳生「合撃打ち《がっし》」である。敵は一歩跳び下がり、かろうじて切っ先をかわした。

「結構やるな、この連中」

藤馬が平八郎の耳もとでささやいた。

いつぞやの「斑猫《はんみょう》」の毒剣を使ったあの忍びたちとは、明らかに別系の忍びであった。

六人の動きには一分の無駄もなく、太刀ゆきも圧倒的に強く、迅《はや》い。

しかも仕込み刀の一突き一振りにすさまじいまでの殺気がこめられている。かなり実戦を積んだ武闘集団である。二人は知らなかったが、彼らの剣は関口新心流であった。

新心流とは、開祖・関口柔心氏心《じゅうしんうじむね》が相模《さがみ》の林崎甚助から「神夢想林崎流」居合の伝を受け、三浦与次右衛門から組み打ちの法を習い、さらに長崎で中国拳法《けんぽう》や捕縛術を学び、それらに独自の工夫を加えて、居合と柔術を組み合わせて開いた一流である。

寛永十六年（一六三九）、関口柔心は本多家を脱藩して、紀州徳川家につかえ、七十四歳で没したが、その奥義は脈々と紀州家に相伝されてきた。「お庭番」九家・村垣吉平もそれを受けついだ一人である。

2

ふいに六人の放下師たちが奇妙な陣形をとりはじめた。三人が横並びになり、その背後にべつの三人が横一列に並んだのである。つまり、三人・三人の二重横隊である。

「なんじゃ、あれは？」

「何か仕掛けがあるはずだ。うかつに斬り込むなよ」

と平八郎が制するのも聞かず、

「ええい、面倒じゃ！」

藤馬が、力まかせに刀をふり回して斬りこんだ。

と――次の瞬間、前列の三人の姿が忽然《こつぜん》と視界から消えた。残っているのは、後列の三人だけである。

「ん！」

「藤馬、うしろだ！」

平八郎が叫んだ。ふり返って見ると、前列にいた三人の放下師がうしろに立っていた。藤馬が斬り込むと同時に、二人の頭上を跳び越えて背後に回ったのである。この瞬間に形勢は一気に不利になった。平八郎と藤馬は、前後からの挟撃にそなえて、背中合わせに刀をかまえた。

この構えではしかし、「まろばし」の回転技は使えない。やむなく二人は青眼に刀をかまえて前後の敵に向かい合った。

しゃっ！

放下師たちが波状の攻撃を仕掛けてきた。だが、やみくもに間境をふみ越えてこない。彼らの攻撃の特異さがそこにあった。来ると思うと退き、退くと思うと来る。相手の神経をいらだたせ、体力を消耗させる「ゆさぶり戦法」である。

さすがに平八郎の顎《あご》があがってきた。藤馬も苦しげに呼吸《いき》を荒らげている。

「このままでは勝ち目がない。三十六計を決め込むか」

小声でささやき、平八郎はちらりと右手の樹林に目をやった。

(逃げるぞ)

と言っているのである。

「うむ」

藤馬がうなずく。間合いを見計らって、ふたりは一目散に右手の樹林に駆け込んだ。六人の放下師たちが、すかさず翻転して追走する。

背丈ほどの雑草や灌木《かんぼく》をかき分けて、平八郎と藤馬は必死に走った。数間後方に放下師たちの影がせまってくる。

樹海は深く、昏《くら》い。方角も見定まらぬまま、平八郎と藤馬は樹間をぬって無我夢中で走った。放下師たちの影が執拗《しつよう》に追ってくる。

どれほど走っただろうか。突然、巨大な鉈《なた》で断ち切ったように樹海が途切れ、前方に視界がひらけた。ようやく樹海を抜けた……、と安堵《あんど》したとたん、

「あっ」

先を走っていた平八郎が、小さな叫びをあげて足を止めた。

「どうした？」

「崖《がけ》だ！」

「なにッ！」

平八郎が立っている草地の半間ほど先は、目もくらむような断崖《だんがい》であった。高さ二丈（約六メートル）はあろうか。垂直に切りたった岩壁の下は、逆巻く水流である。

「川か！」

思わず二人は背後をふり返った。放下師たちの影がぐんぐん迫ってくる。

「どうする？」

藤馬が心細げに平八郎の顔をのぞき込む。

「やるしかあるまい」

「飛び込むのか？」

「一か八か、だ」

「どっちが一で、どっちが八じゃ？」

「助かるほうが一だ」

「そんな無茶な……！」

「じゃ、好きなようにしろ」

突き放すようにいうと、平八郎は敢然と地を蹴って宙に身を躍らせた。

「平八郎！」

藤馬は啞然《あぜん》と立ちつくし、

「見かけによらず糞《くそ》度胸のあるやつじゃ」

呆《あき》れたようにつぶやく。

平八郎の姿が木の葉のようにゆれながら、崖下に落ちてゆく。と、そのとき、ザザッと背後の茂みが揺れて、六人の放下師たちが樹海からとび出してきた。藤馬との距離は二間ほどに迫っている。絶体絶命、跳ぶも地獄、残るも地獄である。

「南無ッ！」

ぎゅっと目を閉じて、藤馬も宙に身を躍らせた。

寸秒後。

崖下で水柱が立った。無数の水泡がわき立ち、やがてぽっかりと藤馬の顔が水面に浮かんだ。すぐそばに平八郎の顔もある。逆巻く湍流《たんりゅう》に翻弄《ほんろう》されながら、二人の姿は木の葉のようにおし流されていった。

この川は利根川の支流で、国府台《こくふだい》から行徳を経由して海にそそぐ、新利根川（江戸川）だった。


色濃く闇をにじませた大川の川面に、蛍火のように点々と小さな灯影《ほかげ》が耀映《きえい》している。屋根船の明かりである。

開けはなった障子窓から、大川の夜景をながめながら、藤馬と平八郎は酒を酌みかわしていた。

そこは深川清洲町《きよすちょう》の大川端の小粋《こいき》な仕舞屋《しもたや》の一室である。

「ふふふ、わしらにもまだ運があったようじゃのう。たった一分の運に助けられて死中に活を得た」

藤馬が猪口《ちょこ》を口に運びながら、ふくみ笑いを泛かべた。

「まったくだ。あの川が江戸川だったとはな……。まさに怪我の功名だ」

「おかげで楽に行徳までたどりつけたってわけじゃ。ま、無事を祝して乾杯」

ふたりは猪口を合わせて一気にあおる。

「ところで」

平八郎がけげんそうに部屋の中を見回し、

「ここは、おぬしの家か？」

「いや、情婦《おんな》の家じゃ」

「おんな？」

「小萩《こはぎ》といってな。以前はどこぞの武家で屋敷奉公をしておったらしい。町で見初めてわしが囲った」

「ほう。すると、この家は……？」

「わしが借りてやったのじゃ……。おう、戻ってきたか」

藤馬がふり返った。

軽やかな駒下駄の音とともに、玄関の引き戸ががらりと開いて、湯桶《おけ》をかかえた女が入ってきた。

二十四、五の、やや細身の女である。屋敷奉公をしていたというだけあって、きりっとした品のある顔立ちをしている。
「あら、いらしてたんですか」

「湯屋へ行っておったのか」

「ええ」

「わしの友人、刀弥《とね》平八郎どのじゃ」

平八郎が会釈する。

「むさ苦しいところですが、どうぞごゆるりと……」

そういって、小萩は勝手に去った。そのうしろ姿をちらりと見やって、

「どうじゃ？　ええ女じゃろ」

藤馬が顎をなでつつ、にやりと笑った。

「ところで藤馬」

平八郎が猪口に酒をついで、

「さっきの放下師だが……、あれもやはり『お庭番』の組下か」

「間違いあるまい」

「しかし、なぜ、おれたちを――」

「ねらいは、このわしじゃ」

「連中は、わしが通春さまの密命を受けて動いていることを知っておる。目障りなのじゃ。わしのような素浪人にちょろちょろされてはのう」

「おぬし？」

「ややこしい話だな」

「何が？」

「将軍家と尾張家は不倶戴天《ふぐたいてん》の敵同士だ。ところが、その尾張藩内にも藩主・継友公と弟の松平通春公と二つの勢力がある」

その三者が複雑にからみ合っている状況が、平八郎にはよく理解できなかった。

「安西数馬の一件でもわかるように、継友公は短慮で盆暗な御仁じゃ。吉宗公をおびやかすほどの器量はない……。ここだけの話だがな」

藤馬が急に声をひそめた。

「吉宗公がいちばん恐れているのは、通春公なのじゃ」

「しかし、通春公は部屋住みの身だ。将軍が恐れるほどの力はあるまい」

「今はない。だが、いずれ通春公が政事の表舞台に立つ日がくる。……必ずくる。吉宗はそれを恐れておるんじゃ」

とうとう将軍を呼び捨てにした。

3

藤馬が通春に肩入れをするのは当然のことである。だが、それはあながちひいき目だけではなかった。いみじくも藤馬が言ったとおり、吉宗を脅かすだけの才幹と器量、そして部屋住みの身から尾張藩主の座へとのぼりつめるほどの強運を、松平通春はこのころから身に備えていたのである。

これはずっと後年の話になるが、尾張七代藩主の座についた通春（宗春）は、吉宗の緊縮政策に徹底的に逆らって、自由で享楽的な開放政策を施行し、その結果、名古屋の城下町は異常な活況にわきかえり、

《名古屋の繁華で京（興）が覚めた》

といわれるほど繁栄した。これに対して、吉宗はヒステリックなまでに執拗な政治的圧力を加え、やがて通春（宗春）を隠居・謹慎に追い込むのである。このとき吉宗は「宗春（通春）の罪は終生許すな」と側近に命じ、通春の死後もなお謹慎処分を解かず、その墓に金網をかけたという。

「いずれにせよ」

平八郎が気のない顔で相槌《あいづち》をうちながら、

「おれには関わりのない話だ」

「いや、おぬしはもう関わってしまった。現に『お庭番』に襲われたではないか」

「ねらわれたのは、おぬしだぞ。おれは巻き添えを食っただけだ」

「敵は、そう思ってはおらぬ」

「あ?」

「わしと手を組んで通春公についた、と思っておるはずじゃ」

「とすれば、迷惑な話だな」

「ふふふ……、どうだ? このさい、わしと手を組んで『天一《あまくに》』捜しをやってみる気はないか?」

「くどいな、おぬしも」

「『天一』が手に入れば、将軍家と尾張家の争いに決着がつく。天下が丸くおさまる。言ってみれば、これは世直しなのじゃ」

「藤馬……」

「わかった、わかった。はっはは……」

高笑いしながら、藤馬は手を振って、

「では、こうしよう。『天一』を捜し出したら、百両払う……」

「百両?」

「というのはどうじゃ？　用心棒より金になるぞ。悪い話ではあるまい」

「考えておこう」

そっけなくいって、平八郎は猪口の酒を飲みほした。そこへ小萩が、

「なにもおかまいできませんが」

野菜の煮つけと漬物の小鉢を盆にのせて入ってきた。その挙措《きよそ》・物腰にも屋敷勤めで身についた奥ゆかしさがにじみ出ている。

「どうぞ」

と酒をつぐ小萩に、

「いや、わたしはそろそろ……」

丁重に断り、引きとめる藤馬を無視して平八郎は腰をあげた。

「わしに用があるときは、ここを訪ねてきてくれ」

立ち去る平八郎の背に一言投げかけて、藤馬はぐびりと猪口の酒を喉に流し込んだ。

「藤馬さまでも手に負えませんか、あの男……」

酌をしながら、小萩が意味ありげな笑みを泛かべた。

「なかなかの難物じゃ」

藤馬が苦笑する。

「あの男には欲がない……。つまり、攻めどころがないということじゃ」

「わたしでも、駄目ですか？」

小萩がささやくようにいった。黒目がちの大きな眼に何やら妖《あや》しい光が宿っている。

「さて、それはどうかのう」

といいつつ、藤馬はやおら小萩の躰《からだ》を引きよせた。あらがう素振りも見せず、小萩はしんなりと藤馬の胸に躰をあずけた。

「そなたの、この肉体《からだ》なら……」

小萩の襟元を押しひろげる。細身の躰にしては意外なほどゆたかな乳房が、はじけるようにこぼれ出た。藤馬は片手で酒をなめながら、もう一方の手で小萩の乳首をつまんだ。あんっ。小萩が小さく叫んで身をよじった。薄紅色に染まった乳首がツンと立っている。

空になった猪口を盆におき、藤馬はおのれの着物の裾をはらって下帯をゆるめ、もどかしげに一物をつまみ出した。黒々と艶《つや》をおびた大きな一物である。巨根といっていい。すでに硬直している。

小萩は躰をくの字に折り曲げて、それを口にふくむ。が、大きすぎて口におさまらない。一度引きぬいて、そそり立った一物の裏を舌で愛撫《あいぶ》する。愛撫しながら、しなやかに指を使ってふぐりを揉《も》む。

「う、おッ、うおーッ」

藤馬がけたたましい声を発して上体をのけぞらせる。

「い、いかん！」

あわてて小萩の躰を引き起こし、ぐるっと反転させるや、腰に両手を回して四つん這《ば》いにさせ、着物の裾をめくり上げる。引き締まった白い尻があらわになる。股の付け根に手をすべり込ませ、下からつるりと撫《な》であげる。茂みが露をふくんでいる。いきり立った一物を指でひとしごきして、うしろからずぶりと挿しこむ。

「あっ、ああ……」

あえぎながら、小萩は狂ったように尻をふる。硬直した肉根の先端が烈しく秘所の壁を衝く。

「だ、だめ……もう、だめ……」

小萩が哀願するようにかぶりをふる。峻《しゅん》烈《れつ》な快感が躰の芯《しん》を突きぬける。

「わ、わしもじゃ！」

叫ぶと同時に、小萩の中で熱い粘液が炸裂《さくれつ》した。そのまま二人は折り重なるように畳の上に突っ伏した。二人とも犬のように息を荒らげている。

汗に濡《ぬ》れた小萩の頰に、乱れた髪が張りついている。それをやさしげに手で拭《ぬぐ》って、藤馬はゆっくり躰を起こした。

と、勝手口のほうでコトリと、ほとんど聞きとれぬほどのかすかな物音がした。藤馬はしかし、それを聞き逃さなかった。

「小萩……」

小萩も気づいていた。パッと立ち上がり、簞笥《たんす》の抽斗《ひきだし》から小太刀を取り出して鞘《さや》をはらった。藤馬がすばやく行燈《あんどん》の灯を吹き消す。

転瞬、部屋の中は漆黒の闇に塗り込められた。ふたりは部屋のすみの闇だまりに身を沈め、息を殺して気配をうかがった。

と、突然、襖《ふすま》が引きあけられ、ヒュッと何かが闇をよぎった。と同時に白銀の閃光《せんこう》を発して炸裂した。奇妙なことに炸裂音はなかった。衝撃波もない。ただ目のくらむような閃光が部屋一面に飛び散っただけである。

藤馬と小萩が顔をそむけた瞬間、二つの黒影が矢のように飛びこんできた。間髪をいれず、藤馬が上段にふりかぶった刀を叩き下ろした。

「おいとしぼうッ」

掛け声とともにガツッと骨を砕く鈍い音がひびいた。小萩も畳を蹴って跳躍し、逆手に持った小太刀で、もう一つの影を斜め下から薙《な》ぎあげていた。瞬息の逆袈裟《ぎやくけさ》である。視界はふたたび闇にもどっていた。

「仕留めたか?」

静穏な闇の中で藤馬の声がした。

「はい。ただいま明かりを……」

小萩が、手さぐりで火打ち石を切り、行燈に灯を入れた。

ポッと照らし出された部屋の中に、無残な二つの死体がころがっていた。畳はおびただしい血の海である。あちこちに白い脳漿《のうしょう》が飛び散っている。一人は頭蓋骨《ずがいこつ》を叩き割られ、もう一人は頸動脈《けいどうみゃく》を断ち切られている。いずれも職人体の男であった。

「お庭番……?」

死体を見下ろしながら、小萩が凝然《ぎょうぜん》とつぶやいた。

「しつこい奴らじゃ」

「でも、なぜここを?」

「以前から目をつけておったのかもしれんな。いずれにせよ……」

藤馬が刀を鞘におさめて、小萩に向きおなった。

「もう、ここには住めぬ。そなたは一度屋敷に戻ったほうがよい」

屋敷とは、四谷の尾張藩中屋敷のことである。その中屋敷に松平通春が住んでいた。

小萩は通春に近侍する「別式女《べっしきめ》」だったのである。

この時代、諸大名の屋敷に、武芸に秀でた勇ましい女がいた。大小を差し、装りも男ふうに半袴《はんばかま》をはいていた。それが「別式女」、あるいは「刀腰女《とうようめ》」「帯剣女《たいけんめ》」などと呼ばれる女たちである。『婦女勇義伝』によると、尾張藩には六人の別式女がいたという。その一人が小萩であった。

「さ、早く」

藤馬にうながされ、小萩は裳裾《もすそ》をひるがえして出ていった。

藤馬は、あらためて部屋の中を見回した。片すみに小さな蠟燭《ろうそく》が二本ころがっていた。

斬り込む直前に忍びが投げ込んだ蠟燭である。その周囲に芥子粒《けしつぶ》ほどの銀色の球体が無数に散らばっている。

かがみ込んで、そのひと粒をつまみ上げた藤馬の顔が驚愕《きょうがく》にゆがんだ。

(ミズガネか……!)

水銀である。白銀色の閃光の正体はこれだった。

4

翌払暁《ふつぎょう》。

東の空がほんのりと明るんでいる。

市谷の尾張藩上屋敷は、白い朝霧につつまれてひっそりと静まり返っている。両開きの門扉は固く閉ざされ、寂として物音ひとつしない。

大名屋敷の門が開くのは、特別の早立ちをのぞいて、通常は三十六見附の開門とほぼ同時刻の明け六ツ（午前六時）である。

やがて……、
六ツの鐘が鳴りはじめた。市谷八幡《いちがやはちまん》の時の鐘である。それを合図に尾張藩邸の重々しい門扉が、ギギイときしみ音をたてて開き、中から門番が一人、竹箒《たけぼうき》を持って出てきた。

昨夜は宿直《とのい》の番だったらしく、眠たそうに目をしばたたかせて出てきたその門番が、

（おや？）

と足をとめて、けげんそうに門前を見やった。門の正面に高さ一尺ほどの円筒状のものがポツンと置いてある。歩み寄って見ると、それは油紙で蓋《ふた》をした漬物樽《つけものだる》であった。

（出入りの商人が漬物でも置いていったか……）

と、油紙の蓋を外して中をのぞき込んだ瞬間、

「ぎゃッ！」

門番は驚声を発して腰をぬかした。

漬物樽の中身は、塩漬けにされた男の生首《なまくび》であった。

その生首が、昨日の大巻狩りで吉宗暗殺を謀《はか》った、元尾張藩小姓・安西数馬の首とわかるまでに、そう時はかからなかった。たちまち藩邸内は蜂《はち》の巣をつついたような騒ぎになった。目付から報告を受けた藩主・継友は、額に青すじを立て、

「おのれ、吉宗め……」

ぎりぎりと歯がみして怒り狂ったという。

トントントン……。

腰高障子を叩く音で、平八郎は目を醒《さ》ました。きのうの疲れのせいか、明け六ツの鐘も聞こえぬほど深い眠りについていた。

トントン……とまた戸を叩く音がした。蒲団《ふとん》からむっくり起き上がって三和土《たたき》におり、しんばり棒を外して戸を開ける。

お葉が立っていた。

「お葉……」

「ごめんなさい。こんな朝はやく」

「どうした？」

「ぜひ、お耳に入れておきたいことが」

お葉の深刻な顔を見て、平八郎はすばやく中にうながし、腰高障子を閉めてしんばり棒をかました。

「で、話というのは？」

「きのう、下総《しもうさ》小金原のお狩場で上様が曲者に撃たれるという事件が起きました」

むろん平八郎は知っている。だが黙っていた。

「その曲者の生首が、今朝方、尾州《びしゅう》さまのお屋敷に届けられたそうです」

「ほう……」

　平八郎は意外そうにうなずいた。尾張家に対していずれ何らかの報復手段がとられるであろうことは予測していたが、狙撃者《そげき》の首を届けるという陰湿な手を使うとは思いもよらなかった。

　ふと平八郎の胸裡《きょうり》に別の疑問がよぎった。

「なぜ、それをわざわざおれに報せにきたのだ？」

「お話ししたかったのは、そのことではありません」

「………」

「きのうの事件を尾張の隠密が二人、ひそかに偵察にきていたそうです」

「尾張の隠密？」

「その一人が平八郎さまではないかと」

　平八郎の顔が険しく曇った。

「だれがそう言った？」

「お組頭から、それを確かめろと申しつかりました」

「もし……、そうだと言ったら、どうなる？」

「殺されます」

「お葉──」

平八郎がするどくお葉の顔を射すくめた。

「………」

「たしかに、その一人はおれだ」

お葉が瞠目《どうもく》した。

「だが、おれは尾張の隠密ではない。狙撃事件とも関わりはない。たまたま別の用事があってあの場に居合わせただけだ。それだけは信じてくれ」

「わたしは……信じます。でも」

「お前の仲間は信じまいな」

「………」

「よかろう。おれは逃げも隠れもせん。『お庭番』が命をとりにきたら、闘うだけだ」

「平八郎さま──」

「茶をいれよう」

土間に下りて、竈《かまど》に粗朶《そだ》をくべて火をつけた。めらめらと炎が立つ。すばやく薪《たきぎ》をほうり込む。

「それより『天一《あまくに》』の件はどうなった?」

「市中の質屋を虱《しらみ》つぶしに当たっているそうです。もちろん『お庭番』だけではありません。尾張の隠密も躍起になって……」

　薪に火がついた。水瓶《みずがめ》の水を薬罐《やかん》にそそぎ竈にかけて、部屋にあがる。

「お葉、おれも『天一』捜しに一枚加わることにしたぞ」

「え」

「いま、そう決意した。『天一』を手に入れれば、『お庭番』も尾張もおれに指一本触れることはできまい。それに……」

「それに？」

　訊き返すお葉の顔がぐらっと傾いた。平八郎がいきなりお葉の躰を引き寄せたのである。抱きすくめて唇を吸う。やわらかい舌がからみついてくる。それを押し返して、うなじに唇を這わせながら、

「お前を『お庭番』の束縛から解き放つこともできる」

　お葉の耳もとでささやくようにいった。

「平八郎さま……」

「『天一』を切り札に使えば、欲しいものは何でも手に入るのだ……。ようやくおれにも欲が出てきたぞ」

　お葉を抱いたまま畳におし伏せた。倒れた拍子にお葉のふところからコロリと何かがころがり落ちた。あわてて拾いあげようとするお葉の手を押さえて、

「何だ？　これは」

素早く手にとって見た。蛤《はまぐり》の貝殻《かいがら》である。貝の口のまわりは松脂《まつやに》で固められている。

お葉は無言のままかすかに肩を顫《ふる》わせている。明らかに動揺していた。

平八郎は、かまわず爪先で松脂を剝《は》がし、貝の蓋をあけた。手のひらにポロッと銀色の液体がころがった。〝こぼれた〟のではなく、まぎれもなくそれは〝ころがった〟のである。しかも、その液体は手のひらで銀色の小さな球体に変化していた。

「これは何だ？」

「ミズガネ、です」

消え入るような細い声でお葉が応えた。

「ミズガネ？」

水銀である。金属とも液体ともつかぬこの不思議な物質を、平八郎ははじめて見た。

「何に使うのだ？」

「貝の裏をごらんください」

貝を裏返して見ると、

『咎無而死』

の四文字がきざんである。

「咎《とが》無くて死す……？」

「忍びの心得です。『罪咎《つみとが》もなく死ぬ』のが忍びの者の運命《さだめ》だと、小さいころからそう言い聞かされてきました」

5

忍びの心得には、

《間諜《かんちょう》は多く死を以《もっ》て、自らを期するものなり》

との一条がある。

死をもって任務に服する――みずからを厳しく律するための忍びの掟、あるいは死生観ともいえるその心得を「いろは歌」の隠し文字で表したのが『咎無而死』である。

「いろは歌」は忍びの呪文《じゅもん》であり、忍歌であり、数字であり、暗号でもあった。いろは四十七文字（のちに『ん』が加えられて四十八文字になった）には「諸業無常、是生滅法、生滅々已、寂滅為楽」の涅槃《ねはん》経《きょう》の偈《げ》の意が織りこめられており、各文字には、

以・呂・波　耳・本・反

と声点《しょうてん》（アクセント）が打たれ、韻律をふんで唱えられた。

紀州忍者は、この四十七文字に火、水、木、金、土の五元素と「人」「身」の文字を「偏」として組み合わせ、「作り」に色を表す赤、黒、青、黄などの文字を組み合わせた特

殊な文字を暗号として使っていた。いわゆる「忍び〝いろは〟」である。

「いろは歌」を次のように七字区切りにして並べ、

いろはにほへと、
ちりぬるをわか、
よたれそつねな、
らむうゐのおく、
やまけふこえて、
あさきゆめみし、
ゑひもせす

各行のいちばん下の文字（傍点）を右から読むと「と・か・な・く・て・し・す」となる。すなわち「咎無而死」（咎《とが》なくて死す）である。

ミズガネ（水銀）にはさまざまな用途があった。一つは、長時間の忍びこみ（潜入）のさいの不眠薬である。ミズガネを臍《へそ》の穴に流しこんで紙で張りつけておくと、三昼夜は眠らずにすんだという。

もう一つは「義経火《よしつねび》」と称する目くらましの術――藤馬と小萩を急襲したあの白銀の閃

光である。蠟燭《ろうそく》の芯をぬいてその穴にミズガネを入れ、火をつけて激しく振ると、炎とミズガネが反応して鋭い閃光を発する。蠟燭がない場合は、貝の口に塗られた松脂（硫黄《いおう》が練りこまれている）に火をつけて、これを敵に投擲《とうてき》するのである。

そしてもう一つは、万一敵に捕《ほ》拿《だ》されたときの服用薬である。ミズガネを飲めばたちまち咽喉《のど》がつぶれて声を失い、いかなる過酷な拷問を受けても自白ができなくなり、やがて死にいたる。「自白回避薬」兼「自害薬」といったところであろう。

「つまり、これは毒薬なのだな？」

手のひらの銀色の球体を見つめながら、平八郎が険しい顔で訊いた。

お葉が小さくうなずいた。用途を聞かずともわかっていた。お葉がミズガネを身につけてきた目的は一つしかない。平八郎「密殺」である。おそらく忍びの頭《かしら》から命じられてきたのであろう。

（そうか……！）

平八郎の脳裡にまったく別の思念がかすめた。

――吉宗とその側近たちは、このミズガネを使って、紀州藩の三人の当主を弑《しい》し、政敵・尾張吉通《よしみち》（四代藩主）と嫡子の五郎太（五代藩主）を闇《やみ》に屠ったのではなかろうか？

斑猫《はんみょう》や附子《ぶし》（トリカブト）、河豚《ふぐ》毒といった即効性の猛毒を使えば、毒殺の痕跡《こんせき》が歴然と残るが、ミズガネを食物に混入させれば、その痕跡をいっさい残さずに死にいたらしめることができるのでは……？

一瞬のひらめきだったが、平八郎のその推論は正しかった。ミズガネには神経系統に作用する特殊な毒性がある。臍の穴に入れると眠気が覚め、服用すると咽喉がつぶれて声が出なくなり、やがて死にいたるというミズガネの「作用」は正しく水銀中毒症状である。

「いつからこんなものを？」

身につけていたのだと、平八郎は咎めるような口調で詰問した。

「新之助さまが亡くなられて、藪田さまの配下に組み込まれたときです。忍び頭の玄蔵さまから手渡されました」

「おれに一服盛るつもりだったんだな？」

「………」

一瞬の沈黙のあと、お葉はいきなり平八郎の手からミズガネをすくい取り、口にふくもうとした。が、それより迅《はや》く、平八郎の手がお葉の腕をつかんでいた。

「は、放してください！」

「お葉」

「お願いです。死なせてください」

哀訴するお葉の手首を血が止まるほど強くにぎった。細い五指がわなわなと震え、わずかに開いた指の間からポロリとミズガネがころがり落ちた。

畳の上に散らばった無数の小さな銀色の球体が、満天の星のようにきらきらと耀やいている。

寅《とら》の一点――午前四時。人々がもっとも深い眠りにつく時刻である。

漆黒の夜空に、消え入りそうな細い弦月が泛かんでいる。その月に黒雲がかかりはじめている。

風が出てきた。

闇のむこうで竹林がざわざわと騒いでいる。尾張町二丁目のこの界隈《かいわい》は、明暦《めいれき》のころまで一面に竹藪が茂っていて、竹林のかたわらに竹竿《ざお》を売る店が何軒かあったので竹屋町とよばれた。いまは竹川町となっている。

その竹川町の一角に、周辺の家並みを圧倒するような広壮な屋敷があった。敷地は七、八百坪もあろうか、屋敷の周囲は忍び返しのついた築地塀《ついじべい》にかこまれている。

ただの民家ではない。幕府から「朱」の専売権を与えられた特権商人、すなわち「朱座」の屋敷である。

「朱」は赤色顔料として絵の具、朱墨、漆器、印肉、薬料などに使われるほか、これを原料として白粉《おしろい》や駆梅剤（梅毒の特効薬）が作られた。現在はほとんどが中国からの輸入にたよっており、「朱座」の手をへなければ売買は許されなかった。

慶長十五年（一六一〇）、淀屋甚太夫《よどやじんだゆう》なる朱商人が徳川家康から「朱」の独占販売権を得て以来、その末裔《まつえい》たちが世襲的に「朱座」を独占し、現在は七代目の淀屋千太夫が当主におさまっている。

築地塀の東南のすみに大きな欅《けやき》の老木がたっている。塀の外に張り出したその欅の枝にカチッと何かが引っかかった。鉤縄《かぎなわ》である。

見ると、小路をへだてた向かい側の空き家らしき陋屋《ろうおく》の屋根の上に黒影が立っている。黒覆面、黒の筒袖に黒の股引き姿、忍び装束に身をつつんだ小柄な影である。

鉤縄は空き家の屋根と欅の枝をむすんで水平にピンと張っている。黒影はその縄をスルスルとつたって欅の枝に飛び移った。猿《ましら》のように身軽で敏捷《びんしょう》な動きである。

数瞬後、黒影は朱座屋敷の塀の内側に立っていた。

敷地内には豪壮な母屋のほかに離れ屋、茶亭、賄所《まかないどころ》、奉公人の長屋、数棟の土蔵などがあり、建物の間を小砂利をしきつめた小路が網の目のように走っている。

母屋の裏手にひときわ大きく堅牢な土蔵が立っていた。黒影は、その土蔵の戸口の前で足をとめ、ふところから針のように細い道具を取り出すや、見るからに頑丈そうな錠前に差し込んだ。

ほどなく鍵がはずれた。重々しい土蔵の扉を用心深く押しひらくと、黒影はひらりと中に身を躍らせた。

土蔵の中に一歩足を踏み入れると、プンと木の香が匂う。巨大な檜《ひのき》の樽《たる》がところせましと積み重ねてある。

黒影は、ふところから布包みを取り出して披《ひら》いた。中身は火打ち石と火打ち鉄、そして火口《ほぐち》と紙燭《しそく》。携帯用の明かりである。火打ち石を切って火口に点火する。火口は蒲《がま》の穂をほぐして火薬をまぶしたものである。火口の種火を紙燭に移す。ポッと淡い明かりが散った。

檜の大樽《だる》の蓋《ふた》を開けて、紙燭の明かりで中をのぞき込む。真っ赤な砂が詰まっている。その砂をひと摘まみ取って桐油紙《とうゆがみ》につつみ、ふところに仕舞い込む。かたわらに大きな素焼きの瓶《かめ》があった。蓋を取って見る。銀色の液体がなみなみと詰まっている。ミズガネである。

黒影は、さらに土蔵の奥を物色した。壁にしつらえられた棚には、桐の箱や塗りの剝げた文箱がぎっしり積み重ねてあった。その一つひとつを丹念に調べる。中には色あせた分厚い証文、書類、巻物、台帳、記録などが収められてあった。

およそ四半刻（三十分）後。

朱座屋敷からほど近い竹藪の中に、二つの影が立っていた。一つは先刻の黒ずくめの人物である。そしてもう一つは、星野藤馬であった。

「ご苦労」

藤馬が声をかけると、黒影は手早く黒装束を脱ぎはじめた。脱ぐというより剝ぐといった感じである。おどろくべき手早さである。黒影は、瞬時に萌葱色《もえぎいろ》の小袖姿の女に変身した――別式女《べっしきめ》の小萩である。

第八章　朱の一族

1

松平通春《みちはる》は四谷の尾張藩中屋敷の奥書院で、星野藤馬《ほしのとうま》の来着を待っていた。

広縁の障子が開け放たれ、手入れの行き届いた宏大《こうだい》な庭園がひと目で見わたせる。

部屋の中央に端座したまま、通春はぼんやり庭を眺めていた。あちこちの樹木から夏の終わりを告げるようにひぐらしの鳴き声が聞こえてくる。

「星野さまがお見えになりました」

襖《ふすま》の外で女の声がした。

「通せ」

ややあって襖が開き、藤馬が小柄な老人を連れて入ってきた。薄手の焦茶の十徳《じっとく》を羽織り、総髪に小さな髷《まげ》をチョコンとのせた温和な顔つきの老人である。幕府の儒官・室鳩《むろきゅう》巣《そう》である。

二人を案内してきたのは、あでやかな花色辻模様の着物を着た別式女《べっしきめ》の小萩であった。

「おう、ご老体、お久しぶりでござる」

鳩巣の顔を見るなり、通春が親しげな笑みを泛《う》かべて声をかけた。

「ご無沙汰《ぶさた》いたしております」

鳩巣が丁重に頭を下げた。

学問好きの通春とこの老儒者との交流は、かれこれ三年になる。何かの催しのときに、たまたま顔を合わせて意気投合し、月に一、二度はかならず互いの屋敷を行き来して、世間話や政治談義に花を咲かせていたのだが、なぜかこの三月《みつき》ほど会う機会がなかった。

室鳩巣、このとき六十九歳。通称を新助という。諱《いみな》は直清《なおきよ》、鳩巣は号である。

武州谷中村《やなかむら》で生まれ、十五歳のときに加賀藩に出仕、その後、京にのぼって儒学の大家・木下順庵の門に入り、江戸・金沢・京を往来したのち、正徳元年（一七一一）、同門で刎頸《ふんけい》の友・新井白石《あらいはくせき》の推挙により幕府儒員に登用されたが、昨年（享保十年）十二月、西の丸の家重《いえしげ》（吉宗の嗣子）付きの奥儒者に配転された。

この人事は、幕府の文教をつかさどる中枢部署から、将軍の子弟の傅役《ふやく》をおおせつかったようなもので、いわば左遷同然であった。

だが、当の鳩巣は恬《てん》として意に介さず、

（閑職けっこう。これから悠々自適の人生じゃ）

と城勤めのかたわら文筆にいそしむ日々を過ごしていた。

室鳩巣はおそるべき情報通である。のちに『兼山秘策《けんざんひさく》』『麗沢秘策《れいたくひさく》』として編纂《へんさん》された加賀在住の門弟宛ての書簡には、幕府や諸藩の政治、経済、人事、柳営内の行事にいたるまで、多岐にわたって詳細にしたためられている。

通春の前に藤馬が神妙な顔で威儀を正し、

「ぜひ室先生のお知恵を拝借したいと思いまして、ご足労を願いました」

「何か面倒なことでも起きたのか？」

いぶかるように通春が訊《き》く。

「いえ、面倒というより、少々気になることが……」

藤馬が口ごもりながら説明する。お庭番とミズガネ（水銀）の関係である。そのことが気になって調べていくうちに、「朱座」の淀屋千太夫がひそかに桜田御用屋敷に出入りしていることを突きとめ、小萩に探りを入れさせたのである。

「これをごらんください」

小萩が袱紗《ふくさ》包みを差し出した。中には小さな桐油紙の包みが二つ入っていた。昨夜、朱座屋敷の土蔵から盗み取ってきた赤い砂と数滴のミズガネである。

「何だ、この赤い砂は？」

「ミズガネの原料となる丹砂《たんしゃ》でございます」

「丹砂」とは赤色顔料、つまり「朱」を意味し、別名「辰砂《しんしゃ》」「朱砂《しゅしゃ》」ともいう。水銀の原鉱でもあり、中世代の砂岩や石灰岩、それより下期の堆積岩《たいせきがん》や千枚岩などの地層中の岩石を母岩としている。

丹砂を蒸留して水銀を得る方法は古来から行われており、三世紀末の中国の『博物志』にも「丹朱を焼けば、水銀を成す」とある。

「この赤い砂がのう……」

興味深げに赤い砂を指でつまんでまじまじと見つめる通春へ、

「そもそも『丹』（朱）は唐の皇帝が仙薬《せんやく》として好んだものでございましてな」

室鳩巣が講授するような口調で語った。

中国では丹（朱）を練って調合したものを仙薬、または丹薬と称して珍重した。趙翼《ちょうよく》選《せん》『二十二史箚記《さつき》』にも、

「唐の諸帝多く丹薬を餌《と》る」

とあり、歴代の皇帝はこの仙薬を不老不死の霊薬として好んで服用したという。

「丹」、あるいは「朱」は水銀の原鉱であり、これを服用すれば体内に水銀化合物が蓄積されて神経障害を起こす。そのときの麻痺《まひ》感覚が、桃源郷の幻覚を引きおこしたのであろう。

また「丹」には防腐剤の効果があり、永くこれを服用した者は、その死後も遺体の腐敗が進まず、やがてミイラ化して永く原型をとどめたところから不滅の生命を得たと信じられた。それが不老不死伝説のゆえんである。

丹（朱）を遺骸《いがい》保存の防腐剤として使う習俗は、日本にも古来からあった。いわゆる「朱詰め」の葬法である。古墳の内壁や石棺などに「朱」を塗る習俗がそれである。奥州藤原三代のミイラは石綿にくるまれ、まわりに「丹砂」がまかれていたという。

「『朱詰め』といえば……」

通春がゆったりと口をひらいた。

「文昭院様《ぶんしょういんさま》（六代将軍・家宣《いえのぶ》）のご葬儀のさいも、棺に多量の『朱』が詰められたと聞いたが……」

これは事実である。近年、学術調査のために徳川将軍の墓のいくつかが開けられたが、そのさい六代家宣の棺に大量の「朱」が詰められていたことが確認された。家宣の遺体は完全にミイラ化していたという。

「じつは、その件に関して星野どのが意外な事実をつかんできたそうでございます」

といって、鳩巣がちらりと藤馬に目をやった。

「はっ。これは小萩の調べでわかったことでございますが、文昭院様の棺に『朱詰め』をするよう天英院《てんえいいん》さま（家宣の正室）に献言したのは、紀州家だそうでございます」

「なに」

通春のおだやかな顔が一変した。

「紀州は文昭院様のご葬儀にも容喙《ようかい》しておったのか」

「何と手回しのよいことを……」

鳩巣がしわだらけの顔に皮肉な笑みをきざんだ。

「いかにも巨勢《こせ》どのらしいやり方でござるのう」

「巨勢と申すと、お側衆首座の？」

「はい。万事抜け目のない御仁でございますからな、巨勢どのは。……文昭院様ご逝去の報に接して、巨勢どのはいちはやく一位様（天英院）のもとに馳《は》せ参じ――」

文昭院の遺徳を偲《しの》ぶために、棺に「朱」を詰めて遺体を末永く保存したらどうかと献言したのであろう。次期将軍選定への根回しというか、あからさまなゴマすりである。

「しかし」

と通春が強く首をふった。

「幕府の許しがなければ、たとえ御三家といえども多量の『朱』を勝手に動かすことはできぬ。そのことは紀州家も承知のはずだ。なのに、なぜそのような……」

その問いを予期していたかのように、小萩がすかさず応える。

「巨勢十左衛門さまと『朱座』の淀屋千太夫が通じていたからでございます」

「そ、それはまことか！」

「淀屋千太夫の系図を調べましたところ、淀屋と巨勢どのは丹生氏《にうし》の流れをくむ遠い縁戚、いわば同族にございます」

朱座屋敷の土蔵に収蔵されていた淀屋家の系図を、小萩は抜け目なく調べてきたのである。

「丹生氏」についての確かな記録はないが、丹砂（朱）の採掘のために大陸から日本に渡ってきた渡来人ではないかという説がある。「丹生」は文字通り「丹砂《たんしゃ》」が「生まれる」という意味で、現在も各地に残る「丹生」（ニフ、あるいはニュウとも言う）の地名は、丹砂の採掘が行われた場所であり、また「丹生神社」は丹生一族の守り神「丹生都比売《にうずひめ》」（水銀の神様）を祀《まつ》った神社だといわれている。

「つまり……」

通春が信じらぬといった顔で、

「巨勢十左衛門の祖は渡来人だったと申すのか？」

「系図にはそう記されておりました」

小萩の応えを受けて、鳩巣が、

「なにぶんにも数百年も昔のことでございますからな。断じるわけにはまいりますまいが、その裏づけとなる根拠はいくつかございます。一つは、わが国最大の『朱』の産出地が紀州だったということ――」

現在、全国に四十六ケ所ある「丹生《にう》」という地名のうち、もっとも多くその名が集中しているのが紀伊和歌山であり、また「丹生」と名のつく神社も七十九社ある。

高野山にも「丹生」の地名や神社が数多く散在している。

高野山の開祖・空海は、弘仁十年（八一九）、金剛峯寺《こんごうぶじ》を建立《こんりゅう》すると同時に、高野明神と「丹生明神」を寺内に合祀《ごうし》した。

なぜ空海は高野明神を単独で祭祀せずに、「丹生都比売」（水銀の神様）を合祀したのか？　長年史家の間でこの謎が論議されてきたが、丹生研究の第一人者・松田壽男博士（一九〇三～一九八二）の土壌分析によって、高野山の主体部、すなわち空海の「結界七里《けっかいしちり》」の霊域が、すべて水銀鉱床であったことが判明したのである。

空海は遣唐僧として唐にわたり、真言密教を修行する過程で「朱」（水銀）に関する知識や技術を会得し、唐から帰朝したのち、紀伊の丹生一族と密接な関係をむすんで、宗勢拡大の資金を得るために高野山の「朱」に着目したのである。

『魏志倭人伝《ぎしわじんでん》』にも、

「倭《わ》（日本）の地の山に『丹《たん》』あり、朱丹《しゅたん》を体に塗る」

という記述が見られる。「倭の地の山」は我が国最大といわれる紀伊半島の水銀鉱床をさしたものであろう。

鳩巣がつづける。

「秦《しん》の始皇帝《しこうてい》が方士《ほうし》（方術を使う者）徐福《じょふく》を遣わして、『朱』を採掘するためにひそかに紀州に上陸させたという伝えもございます。また、伊勢でも大量の『朱』が産出されたそうで……」

東大寺の大仏に金メッキが施されたとき、「伊勢の国の住人・大中臣《おおのなかとみ》が水銀二万両を以て法皇（後白河法皇）に献上せり」という記録も現存する。

2

朱＝水銀が古くから貴重な資源とされてきた理由は、金を精製するために欠かせぬ媒体だったからである。

金鉱石を水銀とともに焼いて不純物をとりのぞき、水銀と金を分離させたのちに、水銀を蒸発させて純粋な金だけを得るという冶金法《やきんほう》は、水銀なくしては成り立たなかった。その意味において、水銀は金よりも価値が高かったといえる。

奥州平泉に黄金文化が咲いたのは、その地にゆたかな水銀鉱床があったからであり、また湿度の高い日本国内で、藤原三代のミイラ化を可能にしたのも、その水銀であった。

水銀はその特性から金のメッキにも使われた。

《真金《まがね》吹く　丹生《にう》の真赭《まそほ》の　色に出て　言はなくのみぞ　我が恋ふらくは》

万葉集に歌われている「真金《まがね》」とは金であり、「真赭《まそほ》」は朱＝水銀のことである。この時代からすでに金のメッキに水銀が使われていたことを、この和歌が雄弁に物語っている。

『東大寺大仏記』には、大仏像に金メッキを施すために、水銀五万八千六百両（約五十トン）、金一万四百四十六両（約九トン）が使われたと記されている。

水銀は常温で金を溶かす。その溶け合ったものを大仏の鋳銅体に塗りつけ、のちに大仏像の内部から炭火で加熱して水銀だけを蒸発させる、いわゆる「アマルガム法」が用いられたのである。

このために作業にたずさわった職人たちの多数が水銀中毒に冒され、わが国初の最大規模の水銀公害になったともいわれている。

「ともあれ……」

鳩巣は冷めた茶をひと口ぐびりと飲んで喉をうるおし、

「往時は『朱』の産出で紀伊国は大変な繁栄ぶりだったそうでございます……。『今昔物語』にも京のミズガネ（水銀）商人が紀伊や伊勢に通って巨富を築いたという話がありましてな。そのミズガネ商人が阿須波道《あすわどう》の鈴鹿峠で、しばしば盗賊どもに襲われたという話もございます。おもしろいのはそのミズガネ商人の中にひとりだけ……」

碩学《せきがく》のこの老儒者は、まるで子供におとぎ話を聞かせるように、温和な笑みを泛かべながら滔々《とうとう》と語りつづける。

「夜中に鈴鹿峠を越えても、なぜか盗賊に襲われないミズガネ商人がいたそうで」

あるとき、その水銀商人が百頭余の馬に水銀を積み、下男や下女を引きつれて鈴鹿峠にさしかかると、突然、八十人の盗賊団に襲撃された。ところが、その商人はあわてず騒がず、「おお、来たぞ」と空を見上げたまま突っ立っている。

見ると、天空をおおいつくすほどの蜂《はち》の大群が雷鳴のような羽音をたてて飛来し、あっという間に盗賊どもを撃退してしまった。それ以来、蜂を守り神としている商人だけは、夜間に鈴鹿峠を越えても二度と盗賊の襲撃を受けることはなかった。

――という話が平安末期の説話集『今昔物語』に収められているのである。

「手前が思いまするに、その『蜂』と申すのは、ミズガネ商人に傭われた透波《すっぱ》・乱波《らっぱ》のたぐいではなかったかと――」

「つまり、忍びの者?」

通春の眼がきらりと光った。

「あくまでも、これは推論でございますが……」

鳩巣はさらに興味深い話をした。

紀伊の「丹生一族」のなかに、水銀の原料である丹砂を運搬するさいの専任の護衛役、すなわち透波や乱波と同様に特殊な技や術を身につけ、命がけで「朱」を護る武闘集団がいたのではなかろうか……と。

「朱」が黄金より価値をもっていたその時代、丹生一族の経済基盤である「朱」を護るための自衛団がいたとしても少しもふしぎではない。

その末裔《まつえい》たちが、後世、伊賀や甲賀の忍びの者、あるいは根来《ねごろ》・雑賀衆《さいかしゅう》などと交わって、紀州忍者になったのではないか、と鳩巣は推論する。

「伊賀甲賀の忍術の諸流派を集大成した忍びの奥伝秘書に『万川集海《まんせんしゅうかい》』というのがございます。これを著したのは江州甲賀郡の藤林保武《ふじばやしやすたけ》という忍者でございますが、その五年後の延宝九年（一六八一）に『正忍記《しょうにんき》』という忍びの秘伝書が出ましてな」

その著者は、

《紀州藩士・藤一水《ふじいっすい》》

となっている。

藤一水正武《まさたけ》とは明らかに甲賀の藤林氏のことで、『万川集海』を著した藤林保武の弟か、従兄弟《いとこ》であろう。『正忍記』の序には、こう記されている。

「このごろ藤一水正武、手づから忍び秘書を録すなり。その隠怪《いんかい》の法、丁寧精緻《ていねいせいち》なり（中略）まさに敵を図りて以て掌握の中に在らしむべし。殆ど隠形夜来《おんぎょうやらい》の仙術なるか。書なりて一日、密かに出して余に示して此《こ》の書を序に請う（中略）延宝九年、初秋哉生明《さいせいめい》、紀州散人《さんじん》・勝田何求斉養真《かつたなんぐうさいようしん》、之《これ》を書す」

紀州散人とは、紀州の「役に立たぬ藩士」という謙遜《けんそん》の意味である。この序文を書いた「勝田」なにがしの素性はいっさい不明だが、文面から推測してかなり身分の高い教養人であったと思われる。すなわち、この序文が意味するのは、

「伊賀の乱のあと、紀州に逃れた伊賀甲賀の忍者が紀州藩と密接にむすびついた。そして——」

古くから紀州に勢力をもっていた「丹生一族」と伊賀甲賀の忍びの者たちが交流をもち、やがて「薬込《くすりごめ》」という新たな忍者の系譜が生まれたのではなかろうか。

「薬込の『薬』とは、おそらく『朱』のことでござろう。目くらましの『義経火《よしつねび》』や『伏火竜黄《ふっかりゅうおう》』の術は、明らかにミズガネ（水銀）を使う術でござる。それがしの知るかぎり、紀州忍者以外にミズガネを使う忍びはおりません」

彼ら「薬込」は、遠祖「丹生一族」が数百年にわたって営々と蓄えてきた「朱」を資金源として、または戦略物資として勢力を拡大し、やがて紀州藩の中枢に深く食い込み、君側護衛や城郭防衛の任を得て、藩内に隠然たる権力をもつようになったのでは……。

「すると、巨勢一族はいまでも『朱』の採掘を？」

藤馬が訊いた。

「いやいや、『朱』は無尽蔵にあるというものではござらぬ。かぎりあるものは、いつかは涸《か》れる運命《さだめ》にあるものです」

国内一といわれた紀伊の「朱」（水銀鉱床）も、時代とともにしだいに衰退し、江戸初期にはほとんど掘りつくされてしまったという。

紀州藩の役人・山中為綱《ためつな》が明暦二年（一六五六）に著した『勢陽雑記《せいようざつき》』には、

「飯高郡丹生《いいだかごおりにう》、在家一千軒あり。水銀山ありと云ふも、近年は掘絶《ほりつ》けり」

とある。「丹生千軒《にうせんげん》」といわれたほど繁栄した伊勢水銀も、明暦ごろには完全に枯渇していたのである。「朱」を一族の存在基盤としてきた紀州忍者たちは、当然危機感をいだいたにちがいない。

「通春さま」

鳩巣が、急に居ずまいを正して通春に向き直った。

「上様（吉宗）ご幼少のみぎり、赤坂の紀州藩邸にて常憲院《じょうけんいん》さま（五代将軍・綱吉《つなよし》）に謁見を許された折りの話をご存じですかな」

いまから三十年前の元禄九年（一六九六）、吉宗が頼方《よりかた》の幼名を名乗っていたころの話である。

「知っておる。常憲院さまより大名に取り立ててつかわすとの思《おぼ》し召しがあったとか」

「そう……」

　鳩巣がえたりとうなずいた。

「そこにじつは、謎がございましてな」

「謎、と申すと？」

「その折りに上様は越前丹生郡三万石をご所望になられたそうです。ところが丹生郡というところは大半が未開の山地で、実質五千石にも満たない痩《や》せた荒蕪地《こうぶち》でございましてな」

　吉宗（当時・頼方）は立藩以来、自分の領地には一度も入部せず、宝永二年、二人の兄の死によって紀州五代藩主となるや、丹生三万石は廃藩となってしまった。

「十三歳の頼方さま（吉宗）が、かような不毛の土地をなぜご所望になられたのか、手前も以前から疑念をいだいておったのですが……、物の書を調べましたところ、これまたおもしろいことがわかり申した」

「おもしろいこと？」

「越前丹生郡は、その地名が示すとおり、『朱』の産地だったのでございます」

　あっと通春は息を飲んだ。藤馬と小萩も愕然《がくぜん》と凍りついている。

3

『丹生の研究』（松田壽男博士著）によると、越前丹生郡・三俣《みつまた》・広瀬の各地域で土壌試料を分析したところ、それぞれ〇・〇〇九八パーセント、〇・〇〇四パーセント、〇・〇〇六八パーセントの水銀含有率を示したという。つまり越前丹生郡一帯が昔から「朱」の産地であったことが、鉱床学的に証明されたのである。

とはいえ、当時、吉宗は紀州家の部屋住みで十三歳の少年であった。はたして十三歳の少年に、越前丹生郡が「朱」の産出地であるという知識があったのかどうか。

その疑問に、鳩巣は明快に応えた。

「何者かが頼方さま（吉宗）に知恵をつけたのでございましょう」

「そうか！」

通春がはたと膝をうった。

「それで何もかも得心がいった。頼方さまに知恵をつけたのは、叔父の巨勢《こせ》十左衛門に相違あるまい」

「御意にございます」

鳩巣がにやりと笑うのを見て、通春は昂《たかぶ》る口調でこういい切った。

「紀州家二代藩主・光貞《みつさだ》公と二人の兄君を弑《しい》したのも十左衛門だ」

紀州忍者「薬込役」の束ね役である十左衛門ならできぬ謀計ではない。藩主の御膳掛かりに〝草〟を配し、三度の食事ごとに食器の内側に「朱」を塗りつけさせる。ひと月もこれをつづければ、確実に水銀中毒にかかる。

慢性の水銀中毒の顕著な症状は、軽症の時点では精神不安や軽い手のふるえが起こる。つぎに口内炎や嘔吐《おうと》、腎臓《じんぞう》障害による腹痛、下痢。やがて神経障害を発症して死にいたるのだが、死後「毒殺」の痕跡《こんせき》はいっさい残らない。

紀州家二代藩主・光貞、三代藩主・綱教《つなのり》、四代藩主・頼職《よりもと》の三人は、いずれも似たような症状で死んでいるのである。

「そればかりではございますまい。通春さまのお兄君・吉通《よしみち》さまも、おそらくは……」

といって鳩巣は小さな目をするどく宙にすえた。温和な表情とは裏腹に、何やら意をふくんだ光がその目に宿っている。

『兼山秘策』に「人の不審も之あり」と記しているように、室鳩巣は当初から尾張四代藩主・吉通の死に深い疑惑をいだいていた。

当時、吉通は八代将軍の有力候補であり、紀州の吉宗の最強の政敵でもあった。その吉通が食後に突然吐血し、悶《もだ》え苦しみながら絶命したのである。二十五歳の若さであった。

そばにいた奥医師たちも手のほどこしようがなく、結局、死因不明のまま病死として処理されたのである。

それから、わずか四十九日後に吉通の嫡子・五郎太も夭折《ようせつ》している。この二人の死を、急性水銀中毒による腎不全とみるのは、決して付会な理屈ではあるまい。

「吉通公も『朱』を盛られたのでございましょう」

ためらいもなく鳩巣はそういった。

相手が昵懇《じっこん》の通春とはいえ、現役の幕府の儒官という立場を考えると、これはかなりきわどい発言である。というより本来禁忌《きんき》すべき言葉であろう。それをあえて口にしたのは、鳩巣の心底に吉宗政権への不満、怨《うら》み、怒りがあったからである。

室鳩巣は赤穂義士礼賛《らいさん》の書『赤穂義人録《あこうぎじんろく》』の著者として知られているとおり、義を重んじる儒学者である。とりわけ刎頸《ふんけい》の友・新井白石に対する信義の念はつよい。

将軍代替わりとともに政権の座を追いやられた白石は、深川一色町の借家でひっそりと晩年を過ごし、昨年（享保十年）五月、失意のうちにこの世を去った。

鳩巣は、不遇の晩年を送った白石に深い同情をよせる一方、石もて追うがごとく政権の座から追放し、屋敷までも召しあげてしまった吉宗に、激しい憤りと憎悪をいだいていたのである。

「いま思えば……」

通春が独りごちるようにぼそりとつぶやいた。「あれも紀州隠密の仕業であったやもしれぬ」

「あれ、と申されますと？」

「じつは……、吉通公が亡くなられる以前に、尾張家中で天下の恥さらしとなるような不祥事が起きましてな」

「不祥事？」

「兄・吉通の生母・本寿院《ほんじゅいん》さまのご乱行でござる」

通春が苦々しい顔で話す。

本寿院とは、尾張三代藩主・綱誠《つななり》の側室・お福の方、すなわち四代吉通の実母である。綱誠が死去し、三十五歳で未亡人となった本寿院は、ある日突然、狂ったように男漁《あさ》りをはじめた。その事件の仔細を、尾張藩士・安井又七なる者が書きとめた『趨庭雑話《すうていざつわ》』に見ると、

「円覚公（四代吉通）御生母・本寿院（於福《おふく》の方）は、すぐれて淫奔《いんぽん》にわたらせ給う。就中、其《その》けやきを挙ぐれば、御附御用達抔《など》は初めて江戸へ下りし者は、時にふれて御湯殿へ召され、女中に命じて裸になし、陰茎の大小を知り給い、大きいなればよろこびせ給い、よりより交接し給うことありき。また御湯殿にても、まま交合し給うことありしと也《なり》。是《これ》のみならず、淫行《いんこう》多くあれども、余り猥褻《わいせつ》に至れば流石《さすが》に言いがたく、と窃《ひそ》かに其の一二

を物語るなり」

と、きわめて生々しく記述されている。

また、尾張藩畳奉行・朝日文左衛門の『鸚鵡籠中記《おうむろうちゅうき》』にも、

「本寿院を汚《けが》す輩《やから》、役者、町人、寺僧および中間《ちゅうげん》らまではなはだ多し。軽き者はお金を拝領すること多し」

と記されている。

家中の下士、あるいは役者、町人、僧侶などに金をわたして手当たり次第に市谷の屋敷に連れ込み、陰茎の大小を品定めしたうえ、湯殿で性技の巧拙を試す——安井又七が「あまりに猥褻なので、さすがに言葉にはつくしがたい」と記すほど、それは凄《すさ》まじいまでの狂乱ぶりであった。

常軌を逸した本寿院の乱行は、やがて幕府の知るところとなり、老中から厳しい注意が下された。

尾張藩は、こうした不祥事に対する弥縫策《びほうさく》として、本寿院を市谷の藩邸から四谷の中屋敷に移して蟄居《ちっきょ》させたが、その後も乱行はやまず、酒を飲んでは髪をふり乱して屋敷の庭の欅《けやき》の木にのぼったり、わけもなく家臣を怒鳴りつけたりと目にあまる狂態がつづいた。

その後、本寿院は国元の名古屋へ送られ、城下の下屋敷に幽閉されたまま、廃人同然となって今も存命しているという。

八代将軍選定のさい、尾張藩が紀州との権力奪取戦にもう一つ士気があがらなかったのは、藩主（吉通）の母親の乱行という前代未聞の不祥事が藩全体に重くのしかかっていたからであろう。

いずれにせよ、この一件が御三家筆頭・尾張藩の品位を汚し、家名を著しく傷つけたことだけは確かである。

「――ご老体の話で謎が解け申した。あれも紀州隠密の仕業に相違あるまい」

本寿院の突然の乱心は、朱＝水銀中毒による心の病（脳神経障害）にほかならぬと、通春は怒気をふくんだ口吻《こうふん》でいいはなった。

「しかし」

と鳩巣が小さな眼をしばたたかせ、

「残念ながら、それを裏づける確かなあかしは何もございませぬ。万一、いまの話が公儀の耳に聞こえるようなことがあれば、通春さまの御身にも……」

「わかっておる。この話はわしの胸の中におさめておこう。だが……、紀州の隠密どもが『朱毒《しゅどく》』を用いて異母兄の吉通や甥《おい》の五郎太を密殺したのは、もはや疑いのない事実、このまま黙って引きさがるわけにはいかぬ。いつか必ず……、必ず吉宗公の化けの皮を剝《は》いでやる」

肚《はら》の底からこみあげてくる怒りをぎりぎりと嚙《か》みくだくように、通春は一語一言に瞋恚《しんい》をこめて吐き棄てた。

4

六月の晦日《みそか》は、江戸の各神社で〝夏越しの祓《はらえ》〟が行われる。暦の上では、この日で夏がおわるのだが、照りつける陽差しは一向に衰えを見せず、相変わらずの炎暑がつづいていた。

その炎暑の中、江戸城吹上《ふきあげ》の茶亭で、茶を飲んでいる二人の武士の姿があった。ひとりは八代将軍・吉宗である。もう一人は吉宗の叔父で、御側衆首座・巨勢十左衛門である。

吉宗、このとき四十三歳。年齢よりやや老けて見えるが体つきは逞《たくま》しく、若々しい。

室鳩巣の月旦《げったん》によると、

「身の丈六尺あまり、色浅黒くあばた面、刃わたり三尺の鉄ごしらえの大刀と二尺五寸の大脇差《わきざし》を佩《は》いて、めしは黒飯（玄米）しか食さず、五郎八茶碗でうわばみのごとく酒を飲む」

——これが吉宗の実貌《じつぼう》らしい。

「叔父御……」

大ぶりの黒天目《くろてんもく》茶碗で茶をすすりながら、吉宗が十左衛門に目を向けた。

「まるで夢のようだな」

「夢?」

　十左衛門が訊き返す。

「この庭だ……」

　飲みおえた天目茶碗をしずかに床几《しょうぎ》におくと、吉宗は目を細めて庭園を見わたした。

　江戸城吹上は、面積十三万坪余の宏大な庭園である。その庭園の三か所に大池があり、鳥籠《かご》、花壇、梅林、築山、滝などが配されていて、各所には茶亭が立っている。

　いま二人が茶を飲んでいる茶亭は、滝を観賞するための『滝見茶屋』である。

「吹上にくるたびにそう思うのだが……」

　吉宗が語をつぐ。

「この眺めがすべておれのものだと思うと、夢の中にいるような気がしてならぬ」

「夢ではございませぬ。この庭ばかりか、膝下《しっか》の江戸の街も……、いえいえ、天下六十余州、すべて上様のものにございます」

「ふむ」

　と、うなずく吉宗の横顔を十左衛門は微笑で見やりながら、

（夢が叶《かな》ったのじゃ。われら巨勢一族の長年の夢が……）

　肚の底でしみじみとつぶやいた。

武家の棟梁《とうりょう》として天下六十余州を麾下《きか》におさめた吉宗の、奇跡的ともいえる大栄達は、決して偶然や僥倖《ぎょうこう》がもたらしたものではない。それは巧妙かつ遠大な「天下盗り」の謀略によって獲得したものであった。

その謀略の全容を語るには、まず吉宗の出生の秘密から語らなければなるまい。

いまから四十三年前、すなわち天和《てんな》三年（一六八三）五月。

紀州忍び「薬込役《くすりごめやく》」の長・巨勢八左衛門利清《としきよ》（十左衛門の亡父）は、ある日、配下の忍びの者十七人――のちの「お庭番家筋十七家」（風間家が絶えて現在は十六家）――を組屋敷に呼び集めて、

「われら紀州忍びは、藩祖頼宣《よりのぶ》公、御当代光貞《みつさだ》公と二代百年にわたって紀州徳川家《とくせんけ》に仕えてきた。だが、いかに功労をつくそうとも忍びは所詮《しょせん》『影』に生きて『影』に死ぬる隠《おん》形《ぎょう》忍従の身、未来永劫《えいごう》報われることはあるまい。そろそろ、われらも陽の当たる場所に出なければならぬ。徳川家に代わってわれらが紀州五十五万石を、いや、天下をこの手におさめなければならぬ」

決然と「天下盗り」を宣言をしたのである。

十七人の忍びの中に年若い男が一人いた。風間新右衛門――新之助の父である。新右衛門は二月ほど前に先代を亡くして、「薬込役」筆頭格の風間家を継いだばかりであった。

秘密の会が散会したあと、新右衛門は別室によばれ、巨勢八左衛門からこう申し渡された。

「いまの話はわれら紀州忍びの存亡をかけた百年の大計だ。これを成就させるためには、皆がおのれを棄てなければならぬ。わかっておろうな？」

「はっ」

「では、言おう。由利《ゆり》と別れてくれ。本日かぎり、あの娘とはきっぱり手を切ってくれ」

新右衛門の顔が凍りついた。

由利は、八左衛門のひとり娘である。仲間内でも評判の美貌の娘で、新右衛門とは数年前から恋仲であった。父親の八左衛門にはまだ打ち明けてはいなかったが、いずれ二人は夫婦《めのと》になるつもりでいた。

「し、しかし、なぜ」

「由利を紀州家の奥向きに差し出す」

八左衛門が冷然といいはなった。つまり人身御供《ひとみごくう》である。新右衛門は絶句した。胸が張り裂けんばかりの痛みが奔《はし》った。怒り、悲しみ、絶望、さまざまな感情が火箭《かせん》のように突き上げてくる。

抗弁は許されなかった。組頭の命令は絶対である。それに逆らうことは「死」を意味した。せりあげてくる感情を押し殺して、新右衛門は応諾した。

数日後、新右衛門との仲を生木のように割かれた由利は、その悲しみを薄化粧におおい隠して紀州家の奥向きにあがった。この手筈《てはず》は、八左衛門に買収された中臈《ちゅうろう》が事前にととのえたのである。

大名家の奥女中の職掌は、その出自によってさまざまな階層に分かれていた。出自の低い由利に与えられた職は最下層の湯殿掛かりであった。俗ない い方をすれば藩主専用の湯女《ゆな》である。

やがて由利は、紀州二代藩主・光貞のお手がついて懐妊した。ところが、由利の懐胎に気づいた光貞は、非情にも、

「女児が生まれたら由利のもとで育て、男児が生まれたら棄てよ」

と命じた。このとき、光貞にはすでに二人の男児がいた。いずれも正室の腹に生まれた嫡子である。

光貞にとって、五十をすぎてできた庶流の男児は、何の役にも立たぬ〝無用の存在〟である。まして湯殿掛かりの女が生んだ子となれば、家中の揉めごとの種にもなりかねない。光貞はそれを危惧《きぐ》して「棄てよ」と命じたのである。

(どうか、女子が授かりますように)

由利は必死にそう願った。

女児が生まれれば、紀州五十五万石の姫君として手厚く傅育《ふいく》されるのである。由利がひたすら女児の出産を願ったのは、はじめて子を生《な》す母親としての当然の心情であっただろ

う。

だが、その願いもむなしく、生まれてきた子は男児であった。誰にも望まれずにこの世に生を受けたあわれなその子を、由利は心を鬼にして岡の宮に棄てた。

岡の宮というのは、和歌山城下にある刺田比古《さすたひこ》神社である。

棄てられたその子は、岡の宮の神官が拾い、紀州家の下士・加納平次右衛門政直《かのうへいじうえもんまさなお》にあずけられた……。この男、じつは巨勢八左衛門の従兄弟《いとこ》だったのである。

ともあれ、加納家に引き取られたその子は「源六」と名づけられ、平次右衛門夫婦の手でのびやかに育てられてた。その子が、のちの吉宗であることはいうを待たない。ついでにいえば、源六の養父・加納平次右衛門の実の息子は、吉宗の側近として幕閣の中枢に座す御側御用取次・加納近江守久通《おうみのかみひさみち》である。

五年後。

源六は、藩主光貞の突然のお声がかりで城住まいを宥《ゆる》された。一度棄てられた源六が、五年の歳月をへて、なぜ城住まいを宥されることになったのか、詳しい経緯は不明だが、その陰に八左衛門と平次右衛門の策動があったであろうことは想像にかたくない。

このころの源六の特異な性格を物語るエピソードがある。

ある日、父親の光貞が長男の長福と次男の次郎吉（のちに早世）、三男の長七、そして源六の四人を自室によび、箱の中にぎっしり詰まった刀の鍔《つぼ》を示して、

「このなかに欲しいものがあれば選びなさい。選んだものはそちたちに授けよう」

「はい」

三人の兄たちはうれしそうに目を耀やかせて箱の中をのぞき込み、あれこれと品定めをしはじめた。そんな様子を、源六は興味なさそうに黙って見ている。けげんに思った光貞が、

「どうした？　源六……そちは欲しゅうないのか」

と訊くと、

「兄上たちがお選びになったあと、箱ごといただきとうございます」

平然とそう応えた。これには光貞もあきれるやら感心するやら、

「うーむ」

返す言葉もなく思わず唸《うな》った。この話を家臣から伝え聞いた巨勢八左衛門は、

「欲は大きいほどよい。末が楽しみだ」

といって満足げな笑みを泛かべたという。

――源六の未来を暗喩《あんゆ》するエピソードである。

5

七年後の初春のある日。

和歌山城から十丁（約一・一キロ）ほど北に離れた紀ノ川の土手道を、黒鹿毛を駆って一目散に突っ走る片肌ぬぎの若者の姿があった。「頼方《よりかた》」と名をあらためた源六である。色浅黒く、筋骨隆々たるその姿は、とても十三歳の少年には見えなかった。

前にも述べたとおり、大名家の部屋住みの庶子は、よほどのことがないかぎり表舞台に立つ機会がない。ただの飼い殺しである。頼方はまさにその「飼い殺し」であった。一日中遊びほうけていても誰も咎《とが》める者はいない。親はもとより、家臣から干渉されることもいっさいなかった。ふつうの子供なら孤独感や疎外感にさいなまれて、心のねじくれた子供に育っていただろう。

だが、頼方はちがった。そうした境遇を、むしろ楽しむかのように自由奔放な日々を送っていた。三人の異母兄たちが、武士のたしなみとされる和歌や詩文、書画、四書五経の勉学に追われる姿を尻目に、ひとり頼方だけは、馬を駆って山野を駆けめぐっていたのである。

だが、この日はただの野駆けではなかった。ある目的があった。行き先は紀ノ川上流の渡し場である。

「はいよっ!」

馬腹を蹴《け》って疾駆する。

やがて前方に渡し場が見えた。桟橋の近くに二人の武士が馬をとめて待っていた。ひとりは「薬込役」の長・巨勢八左衛門利清である。もうひとりは三十前後の中年の侍——八左衛門の息子・十左衛門であった。

頼方がぎゅっと手綱をしぼって馬をとめ、

「お久しぶりでございます」

二人に声をかけると、

「おう、元気そうだな、頼方」

馬上から八左衛門が笑みを返した。

この三人は、祖父と孫、叔父と甥という血縁関係にありながら、表立って顔を合わせることはめったになかった。部屋住みの身とはいえ、頼方は藩主の息子であり、一方は下級の「薬込役」である。この身分差が両者をへだてる障壁になっていたからである。

八左衛門は頼方の身辺に〝草〟を配してひそかに連絡《つなぎ》を取り合い、月に一度この渡し場で「密会」することにしていた。

「吉報がございます」

頼方が目を耀やかせていった。

「来月五日、父上のお供をして江戸に下向することになりました」

「そうか、それはよかった」

八左衛門が破顔した。

「江戸定府《じょうふ》の身となれば、いずれ上様（五代将軍綱吉《つなよし》）に拝謁する機会も訪れよう」

長兄の綱教《つなのり》が将軍綱吉の息女・鶴姫を室に迎えていた縁で、綱吉はたびたび赤坂の紀州藩邸をおとずれていた。頼方が江戸公邸住まいとなれば、いつか必ず綱吉との謁見が許されるにちがいない。

「上様には跡を継ぐ嫡子がおらぬ。それゆえ他家の男児にも特段のお心配りをなさっているると聞く。よいな頼方、上様にお目通りかなった暁には、きっとお気に入られるように振る舞うのだぞ」

「はい」

「上様は憐《あわ》れみ深いお方だ。そなたの境遇に同情し、兄たちと同等に大名に取りたててくれるやもしれぬ」

八左衛門のこの予感は、後日、現実となるのだが、それにしてもおどろくべき勘働きである。

「そのさいは、そなたのほうから領地を所望するがよい」

「わたしのほうから？」

「越前丹生郡《にうごおり》三万石の領地を賜りたいと、そなたの口から申し上げるのだ」

「越前丹生郡……？」

頼方が不審に思ったのも無理はない。越前丹生郡は雪深い北陸の山地で、実質五千石にも満たない荒蕪地《こうぶち》である。その痩《や》せた地に「朱」（水銀）の鉱床があることを、八左衛門は知悉《ちしつ》していた。

紀州の「朱」が枯渇してしまったいま、それを資金源として、あるいは戦略物資として勢力を拡大してきた巨勢一族にとって、越前丹生郡の「朱」は、まさに一族の命脈をつなぐ貴重な資源だったのである。

――それが叶えば「天下盗り」の大望は八割方成就する。

八左衛門はそう読んでいた。


元禄九年四月。

頼方は将軍綱吉との謁見を許された。その席上、綱吉から大名に取り立ててつかわすとの思し召しがあり、頼方の申し出どおり越前丹生郡三万石の所領が与えられたのである。

さっそく頼方は、丹生郡内五十六カ村を併合して丹生藩を立藩した。だが、藩とは名ばかりで城も館《やかた》もない荒れ地にすぎず、立藩以来、頼方は一度も領地に足をふみ入れなかった。実際に所領を統治していたのは巨勢八左衛門である。

八左衛門の目論見どおり、丹生領内の葛野《かずらの》でかなり有望な「朱」の鉱床が見つかり、本格的な採掘作業が開始された。ここで産出された大量の「朱」は、同族で江戸の朱座・淀屋千太夫のもとに送られて換金され、一部はミズガネ（水銀）に蒸留されて八左衛門の屋敷に蓄蔵された。忍びの「武器」として使うためである。

紀州藩の江戸公邸に「薬込役」第二家・藪田定八の配下の〝草〟が配されたのは、ちょうどそのころであった。

そして……。

宝永二年（一七〇五）、紀州徳川家の歴史を塗り変える「あの夏」がおとずれたのである。

同年五月、三代藩主綱教《つなのり》、死去。

同年八月、二代藩主光貞《みつさだ》、死去。

同年九月、四代藩主頼職《よりもと》、死去。

父・光貞と二人の異母兄の連続怪死によって、頼方は紀州五代藩主となり、将軍綱吉から一字をもらって「吉宗」と名を改めた。

吉宗が紀州五代藩主の座について半月ほどたったある夜――。

巨勢八左衛門と息子の十左衛門、加納平次右衛門とその息子の久通は、和歌山城・二の丸御殿の焼火之間《やきび》に集い、月見の酒宴を催していた。

焼火之間は、藩の各職分の主従が囲炉裏の火で暖をとりながら歓談する場所である。ときには藩主と近臣が親しく膝をまじえて語り合う場に使われることもあった。現代ふうにいえば、さしずめ「サロン」といったところであろう。

吉宗の新人事によって、巨勢八左衛門は家老、息子の十左衛門は大番頭《おおばんがしら》、加納平次右衛門は大目付、その息子の久通は近習頭《きんじゅうがしら》と、それぞれが藩の重職につき、八左衛門配下の紀州忍び十七家は君側護衛の役に取り立てられていた。

「今宵の月は……」

夜空にぽっかり泛かぶ満月に目をやりながら、

「また一段と見事な望月じゃ」

八左衛門がしみじみとつぶやくと、ほろ酔い機嫌の加納平次右衛門がそれを受けて、朗々と和歌《うたよ》を詠んだ。

この世をば　わが世とぞ思ふ望月の

かけたることも　なしと思へば

有名な、藤原道長のあの和歌である。

「その和歌を詠むのはまだ早かろう」

八左衛門が苦笑した。「紀州五十五万石は手に入れたが、大望成就まではまだまだ道なかば、これからが正念場でござるぞ。平次右衛門どの」

「ふふふ、さようでござったな」

「ところで久通どの、天英院どのへの根回しはどうなっておる？」

思い直すように八左衛門が訊いた。

「はい。遺漏なく進めております」

久通が抜け目のない顔で応える。

「十左衛門、尾張のほうはどうだ？」

「は、市谷上屋敷の奥向きにひとり、御膳所にふたり、賄《まかな》い方にふたり、つごう五名の〝草〟を配しました」

「そうか……、あと五年、いや十年は待たねばならぬだろうな」

「十年！」

平次右衛門が瞠目《どうもく》する。

「最後の詰めを過てば、これまでの苦労が水の泡だ。百年の大計と考えれば、十年という歳月はさほど永い時ではない」

「いや、いや」

平次右衛門が弱々しく首をふって、

「わしも巨勢どのもすでに五十の坂を越え申した。老い先短いわしらにとって、十年の歳月はやはり永い。吉宗どのが天下を盗るまで、はたして生き長らえるかどうか……」

「心配にはおよばぬ。わしの跡は伜《せがれ》の十左衛門が継ぎ、平次右衛門どのの跡はご子息の久通どのが立派に継いでくれよう」

「十年か……」

平次右衛門は嘆息まじりにつぶやいた。

その十年がまたたく間にすぎて……。

年号が宝永から正徳に変わるや、八左衛門が予言したとおり、時勢は急激に動きはじめた。

独裁将軍・綱吉《つなよし》の跡をついだ六代将軍家宣《いえのぶ》の死、そして嫡子・鍋松《なべまつ》（七代将軍家継《いえつぐ》）の夭逝、さらに八代将軍の有力候補・尾張四代藩主・吉通《よしみち》の横死と嫡男・五郎太の怪死——何かに呪《のろ》われたかのごとく、将軍家とその周辺で凶事が相次いだのである。

「これで舞台はととのった。あとはよろしく頼んだぞ……」

盟友・加納平次右衛門を失い、みずからも病の床に臥《ふ》していた巨勢八左衛門は、息子の十左衛門にこういい残してしずかに息を引きとった。

正徳六年（その年、改元して享保元年）、六代将軍家宣の未亡人・天英院の裁定によって、紀伊吉宗が徳川宗家の大統を継ぐことに決定した。天和三年の「天下盗り」の宣言からじつに三十三年、巨勢八左衛門の悲願はついに成就したのである。

第九章　敗北

1

滔々《とうとう》と流れ落ちる滝をながめながら、巨勢《こせ》十左衛門は、いつぞや和歌山城内の焼火《やきび》之間で、加納平次右衛門《かのうへいじうえもん》が朗々と口ずさんだ藤原道長の和歌を思い出していた。

この世をば　わが世とぞ思ふ望月の
かけたることも　なしと思へば

吉宗治世、すでに十年である。巨勢一族の天下はいささかの揺るぎもなく、万代不易《ふえき》の礎《いしずえ》は着々と築かれつつあった。

十左衛門は感無量の想いで、吉宗の横顔をちらりと見やり、

（あの源六がのう……）

胸中しみじみとつぶやいた。

領民たちから「忍びの源六」と呼ばれ、紀州の山野を猿のように駆けめぐっていたあの小童《こわっぱ》が、いまや天下六十余州を統《す》べる武家の棟梁《とうりょう》におさまっている。それを思うとまさに隔世の感がある。

「叔父御……」

吉宗がふと十左衛門の顔を見た。

「母上（浄円院《じょうえんいん》）は、なぜあのような罪を犯したのだ？」

唐突な質問だった。虚をつかれて十左衛門は狼狽《ろうばい》した。浄円院の不義密通事件を知っているのは十左衛門と加納久通《ひさみち》だけである。なのになぜ知っているのだろう、という疑問がまっ先に脳裏をよぎった。

「大方の察しはついている。隠さずに話してくれ」

「は、はあ……」

「母上の不義の相手は誰だったのだ？」

浄円院が息を引き取る直前に口走った謎めいた言葉。その言葉の断片から、吉宗は母親の過去に隠された「秘密」を嗅《か》ぎとっていたのである。

「それは……」

返答に窮した。今更しらを切っても吉宗は納得すまい。そう思って十左衛門は正直に応えた。

「締戸番《しめとばん》の風間新右衛門でございます」

「しかしなぜだ？……なぜ締戸番などとそのようなことに？」

吉宗が畳みこむように訊《き》く。

「魔がさしたとしか思えませぬ」

そう応えるしかなかった。さすがに真実を話す勇気はなかった。話せば吉宗の心を傷つけるだけである。

吉宗もそれ以上は追及しなかった。

「ちかごろ、おれはよく母上の夢を見る……。夢の中の母上はひどく寂しそうなお顔をしておられた。なぜだろう」

「………」

十左衛門は黙っていた。

「母上の人生は仕合わせだったのだろうか？」

吉宗が独りごとのようにつぶやいた。十左衛門に訊いているのではない。自問の口調である。十左衛門には、それが救いだった。返答を求められれば、嘘でも「仕合わせでございました」とはいえぬだろう。姉（浄円院）が巨勢一族の哀れな犠牲者であったことを、誰よりも知っているのは十左衛門自身なのだ……。

生木を裂くように風間新右衛門との仲を引き離され、泣く泣く和歌山の城に上がったときの打ちひしがれた姉の姿が、いまだに瞼《まぶた》に焼きついている。

そのとき姉は十七だった。新右衛門への断ち切れぬ未練があったに違いない。その未練を引きずりながら、やがて姉は藩主光貞《みつさだ》の子（吉宗）を生んだ。

そして十数年後、宿下がりの折りに城下のどこかで新右衛門と偶然再会し、ふたりの心にふたたび恋情の炎が燃え立ったのかもしれぬ。

それを不義密通として責めるのは、あまりにも酷である。

――姉を責めることは誰にもできぬ。

むしろ責められるべきは風間新右衛門であった。過去のいきさつはともかく、藩主の側《そば》女《め》となった浄円院に手を出したのである。武士としてこれ以上の不忠はない。忍びの「掟」にも違背する……。

そう思いながらも、十左衛門はその事実をにぎりつぶし、風間新右衛門を宥《ゆる》してきた。浄円院の不義密通が表沙汰《ざた》になれば「天下盗り」の謀計が水泡に帰する虞《おそ》れがあったからである。

「もう一つ訊くが……」

空になった天目茶碗をしずかに床几《しょうぎ》において、吉宗が探るような目をむけた。

「母上が、いまわの際に口走った新之助という男は、風間新右衛門との間にできた子か？」

「御意にございます」

十左衛門は素直に認めた。

「いまはどうしている？」

「この世にはおりませぬ」

「…………」

一瞬の沈黙があった。

裁きを待つ罪人のように、十左衛門は身をすくめて吉宗の反応を待った。

「そうか」

吉宗の反応は意外なほど恬淡《てんたん》としていた。そして、

「――致し方あるまいな」

無表情でそういった。異父弟（新之助）の死にひとかけらの同情も示さぬ冷徹な言葉である。

――巨勢一族の血を一滴たりとも外に漏らしてはならぬ。

一族の長・巨勢八左衛門はそう言い遺して十一年前に他界した。このことは吉宗も知っている。

宿敵尾張を下して八代将軍の座を獲得した吉宗は、家康以来の徳川の直系の血筋に代わって、おのれの「血」が将軍家の新たな「本流」となったことを誰よりも強く意識していたに相違ない。

（八代以降はおれの血が流れる）

と。

事実、このあと幕末まで（十五代将軍慶喜《よしのぶ》をのぞき）の歴代将軍はすべて吉宗の直系の血が流れることになるのである。わずか四代で途絶した家康の血筋にくらべれば、八代から十四代まで途切れることなく引き継がれた吉宗の血筋こそが、まさに将軍家の「本流」といえよう。

吉宗の「血」へのこだわりの象徴的な例として、江戸城大奥の改革が挙げられる。

吉宗は将軍就任と同時に、二代秀忠以来「大奥御法度」で手厚く保護されてきた大奥の改革に着手した。美女ばかり五十余人を選び出して暇をとらせたのである。史上空前の大量解雇であった。

「見目うるわしき女子は、いくらでも婚姻の相手がいる。親元に帰して結婚させよ。容姿にすぐれぬ女子は嫁ぎ先もなかろうから、引きつづき大奥において面倒を見てやれ」

これが表向きの理由である。だが、本音はこんなきれいごとではない。大奥改革の真のねらいがおのれの苗裔《びょうえい》を後世にのこすための女体《にょたい》選別であったことは明らかである。

紀州藩主時代、吉宗は伏見宮貞致親王《ふしみのみやさだゆきしんのう》の三女・真宮理子《さなのみやまさこ》を正室に迎えたが、子供にめぐまれぬまま結婚四年後に真宮理子は病没し、それ以来妻を娶《めと》っていない。

——子を産まぬ女は女ではない。

これが「血筋」にこだわる吉宗の女性観である。無類の女好きではあったが、容姿の美醜にはまったく拘泥せず、肉体頑健で多産系の女を好んだという。

大奥から追放された五十余人の女たちは、いずれも容姿の美しさを鼻にかけた不健康な女ばかりであった。あとに残った女たちは、いわば「胤《たね》つけ」用の頑健な肉体＝道具にすぎなかった。

夜な夜な大奥に出向き、その「道具たち」を相手に、吉宗がひたすら生殖行為におよんだ様子が『清濁太平論』に詳述されている。

「吉宗公天下の将軍と成り給えば、大奥へ渡御《とぎょ》の砌《みぎり》、女中方御老女御中臈《ちゆうろう》二の間、三の間御女中千二百人ほど、軽き身分で御目通り叶《かな》い難きお端下《はした》千四百、その外陪臣《ほかばいしん》女中二千余人、都合五千人に及び、さまざまの婦人有志《ありし》、依《よ》って二の間、三の間の女中のうち御相手になされた候女中多く、大奥渡御の砌は、殊《こと》の外《ほか》御遊興有り。大奥の振合いは表の御始末とは相違のこと共にて、御相手になされた候の二の間、三の間の女中懐妊に及び候者十人許《ばか》り也」

——大奥女中や陪臣の女たちに手当たりしだいに手をつけ、十人に懐妊させたという。

驚嘆すべき淫蕩《いんとう》ぶりである。

吉宗には三人の子があった。ひとりは側室お須磨《すま》の方の子・長福丸、ひとりは側室お古牟《こむ》の方の子・小次郎、そしてもうひとりは側室お梅の方の子・小五郎である。

嫡男の長福丸は吉宗の跡をついで九代家重《いえしげ》となったが、吉宗はその後、家康が創設した御三家に対抗して御三卿《きょう》を創設し、直系の血筋を田安《たやす》家（小次郎＝のちの田安宗武《むねたけ》）、一橋《ひとつばし》家（小五郎＝のちの一橋宗尹《むねただ》）、清水家（吉宗没後、九代家重の次男・重好が創設）に配した。まさに「一滴の血も漏らさぬ」万全の血筋継承体制が築かれたのである。

2

「ところで、叔父御」

吉宗がふと不安げに眉根をよせ、

「『天一《あまくに》』はまだ見つからんのか？」

「はあ……」

十左衛門は気まずそうに目を伏せた。「八方手を尽くしてはいるのですが」

「あれが尾張の手にわたれば、何もかも水の泡だ」

うつろな目で吹上《ふきあげ》庭園を見わたし、

「この吹上の庭、江戸の街、天下六十余州……、そして、おれたち一族の栄華、すべてがうたかたの夢と消ゆる――」

「上様……」

「おれが恐れているのは、尾張の継友《つぐとも》ではない。異母弟《おとうと》の松平通春《みちはる》だ」

吉宗の口から唐突に「松平通春」の名が出たことに、十左衛門は驚かなかった。

通春が、吉宗の緊縮政策に異を唱えていることは周知の事実であり、その通春に吉宗が烈しい敵意をいだいていることも、十左衛門は承知していた。

松平通春はすでにこのころから、

「法令多く過ぐれば人の心いさみなく、せばくいじけるものなり。法度の数減ずれば背《そむ》く者も稀《まれ》にして心も優になるものなり」

と規制の緩和や法令の簡素化を『温知政要《おんちせいよう》』の中で説いている。通春のこの政治理念は、吉宗の倹約政策に真っ向から挑むものであり、これがのちの吉宗と通春（尾張七代藩主・宗春《むねはる》）の宿命的な対立の原点になるのである。

「万一、あの男の手に『天一』がわたるようなことがあれば……」

吉宗は浅黒いあばた面を醜怪にゆがめて、

「天下はくつがえる。くつがえすだけの力を、通春は持っている」

「……」

「おれは、それが怕《こわ》い」

「ご心配にはおよびませぬ」

十左衛門が慰撫《いぶ》するようにいう。

「この十左衛門が必ず……一命を賭《と》しても必ず、『天一』を手にいれてごらんに入れまする」

「たのんだぞ。叔父御」

いいおいて、吉宗は緩慢に腰をあげ、

「やれやれ、これからまた講釈だ……」

深々と溜《た》め息をついて立ち去った。

講釈とは、平たくいえば将軍の「個人授業」である。幕府の文教をつかさどる林大学頭《だいがくのかみ》と麾下《きか》の儒者三、四名がこれにあたった。

ちなみに室鳩巣《むろきゆうそう》によると、吉宗は無筆だったらしく、加賀の門弟・青地兼山《あおちけんざん》に宛てた書簡の中で、

『御学問御好の儀は承不申候』

『御文盲被成御座候』

と、吉宗の学問嫌いと無筆を明確に指摘している。

吉宗は和歌も何首か詠んでいるが、決して褒められたものではなかった。たとえば、数

少ないその一首、

もも桜ひなも都もおしなべて

錦の春に立ち帰りこん

春の情景を見たままに織り込んだだけの、一言でいえば稚拙《ちせつ》な和歌である。天英院の実父・前関白《さきのかんぱく》近衛《この》基熙《えもとひろ》でさえ、「於和歌者、尤無骨可笑々」——はなはだ無骨なり。笑うべし、笑うべし——と、その稚拙さをあからさまに嘲笑《ちょうしょう》している。

「さて」と腰をあげて、十左衛門はゆったりと歩き出した。が、数歩ふみ出したところでふと足をとめ、

「聞いたか？」

誰にいうともなく、低くつぶやいた。

と——植え込みの陰から、竹箒《たけぼうき》を持った頬かぶりの男がうっそりと歩み出て、「はっ」と十左衛門の背後に跪座《きざ》した。お庭番筆頭・藪田《やぶた》定八である。

十左衛門は背を向けたまま、

「上様も案じておられる。探索はどこまで進んでおる？」

「は……」

藪田はふところから分厚い和紙の綴《つづ》りを取り出して、十左衛門の前にまわり込み、

「これを」

と差し出した。十左衛門は無言で受け取って綴りを披《ひら》いた。質屋の屋号、当主の名、町名などがびっしりと記載されている。江戸府内の質屋のリストである。

江戸の質屋に組合制が定められたのは、三年前の享保八年（一七二三）である。その数二千七百三十一戸、毎月一戸につき銀二匁の冥加金《みょうがきん》を幕府に納めさせた。新規に質屋を開業するには、空き株を買って組合に加入しなければならない。つまり、質屋は幕府の許認可事業であり、勝手に開業することは許されなかったのである。

質屋にかぎらず、吉宗はさまざまな業種に組合制度を導入した。その代表的な例が札差《ふださし》の組合である。享保九年、それまで野放しにされていた札差を百九人に限定して株組合を制定した。

幕府から支給される切米や蔵米で生計を立てる旗本・御家人の数は二万人以上、対して札差の数はわずか百九人である。彼らがいかに巨額の利益を独占していたかは想像にかたくない。

ひと握りの商人に利益を独占させ、その見返りに利益の一部を還流させるという利権政治のシステムを、吉宗はすでにこの時代に確立していたのである。

十左衛門は険しい顔で綴りを繰っている。いくつかの質屋の屋号には朱筆で「消し」の

棒線が入っている。

「三百か……」

「はっ」

「残りは二千四百あまり……。すべて洗い出すのにあと何日かかる?」

「少なくともひと月は――」

「ひと月は待てぬ。十日だ」

「えっ」

「十日でやれと申しておるのだ」

「し、しかし」

二千四百余の質屋を十日で洗い出すのは至難の技、というより、ほとんど不可能に近い。無理です、といわんばかりに藪田は首をふった。

「尾張の隠密どもも血まなこになって捜しておる。やつらと同じことをしていては、一向に埒《らち》があくまいぞ」

手段《てだて》は選ぶな、力ずくでやれと十左衛門は苛立《いらだ》つような口調で命じ、

「町奉行はわしが抑えておく」

最後に謎かけのような言葉を残して、そそくさと立ち去った。その場に膝をついたまま、藪田は険しい顔でしばらく思案していたが、やがて深々と首肯《しゅこう》し、

（なるほど、そういうことか……）

ぎらりと目を光らせて立ち上がった。

月が変わって、七月。

江戸の街のあちこちで「井戸替え」の光景が目につくようになった。

井戸替えとは、井戸の底に溜まった落ち葉やごみを取り除いて水を清める作業で、澄んだ井戸水に七夕飾りが映ると縁起がよいとされていたところから、七月七日の七夕の前に各家々でこれを行った。江戸の風物詩の一つである。

かなりの重労働なので、個人の家では一家総出で井戸替えを行い、長屋の共同井戸などでは家主や店子《たなこ》が総がかりで行った。

その日、「おけら長屋」の住人・刀弥《とね》平八郎も、朝から井戸替えにかり出され、棒手振《ぼてふ》りの留吉や長屋の男衆たちと井戸水の汲《く》み出し作業に汗を流していた。

「まったく、ひでえ話だぜ」

「何の話だ？」

「例の押し込みよ」

「ああ、ゆんべもまた『佐田屋』がやられたそうだな」

「一家皆殺しのうえに蔵の質草を根こそぎ持っていかれたそうだぜ」

「しばらく鳴りをひそめていたが、またぞろ雲霧一味が動き出したんじゃねえのか」

「さあな……」

「けどよ、なんでまた質屋ばっかり狙《ねら》われるんだい？」

「おれに訊いたってわかるか、番所に行って訊いてみな」

七月に入って、江戸市民を震駭《しんがい》させる凶悪事件が連続して発生した。

昨夜も本郷春木町の質屋『佐田屋』に三人組の盗賊が押し込み、家人や奉公人を鏖殺《おうさつ》したあげく、質草の刀剣類を根こそぎ奪って逃走するという残虐きわまりない事件が起きた。

長屋の連中が話題にしているのは、その事件のことである。

「雲霧一味の仕業にちがいねえ、町方はいってえ何をしてやがるんでえ」

左官の弥助がしきりに憤慨している。平八郎はかたわらで黙々と井戸の水を汲みあげながら、内心、

（違うな……）

とつぶやいた。

賊の目的は明らかに『天一《あまくに》』である。尾張の隠密か、お庭番配下の忍びの仕業に相違ない。ただ、それにしては一つ解せぬことがあった。手口が残忍すぎるのである。『天一』を手に入れるのが目的なら、質草の刀剣類を奪うだけでこと足りるはずである。なぜ家人や奉公人を皆殺しにしなければならないのか……。

先日、京橋の質屋『和泉屋』を襲った尾張の隠密でさえ、家人の命までは奪わなかった。それを考えると、賊のねらいがもう一つわからなかった。

3

暮れ七ツ（午後四時）ごろ、ようやく「井戸替え」はおわった。

平八郎は留吉をさそって相生町《あいおいちょう》の湯屋で汗を流し、久しぶりに柳橋の『舟徳』に足を向けた。両国橋を渡りかけたとき、

「何ですかね、ありゃ？」

留吉がふと前方の人混みに目をやった。西詰めの広場に時ならぬ人だかりができている。近寄って見ると、数人の町方役人が橋の袂《たもと》に高札を立てていた。まわりは黒山の人だかりである。

やや離れた場所で、陣笠、火事羽織、野袴《のばかま》姿の五十がらみの初老の武士が、馬上悠然と作業を見守っている。そのまわりを厳めしい身ごしらえの与力や槍《やり》持ち、草履とりなどが固めている。人々の視線は馬上の初老の武士に集中していた。

「大岡さまが出張ってこられたぞ」

「ようやく町方も本腰を入れてきたようだな」

ひそひそとささやく声が聞こえる。

馬上の陣笠の初老の武士は、名奉行の聞こえ高い南町奉行・大岡越前守《えちぜんのかみ》忠相《ただすけ》であった。

江戸の南北町奉行所は月ごとに交代で任務を担当する。これを月番といった。今月は南町奉行所の月番である。

「こんなところで大岡さまにお目にかかれるなんて……、旦那、今日はついてやすぜ」

留吉が興奮気味にいった。まるで千両役者に出食わしたように喜々と目を耀《かがや》かせている。

むろん、平八郎も実物を見るのは初めてであった。

江戸町奉行は、現在の東京都知事と裁判所長官、警視庁警視総監を兼ねるほどの重職である。大岡忠相がこの要職についたのは享保二年（一七一七）、四十一歳のときであった。いささか遅咲きではあったが、普請奉行から町奉行への登用は異例の大抜擢《ばってき》である。

ちなみに講談や映画、演劇でおなじみの『大岡政談』は、後世の創作である。その原典となったものはインドや中国の故事や寓話《ぐうわ》であり、宝暦・明和あたりに講釈師によって創作されたものらしい。

大岡越前守その人も、世にいわれているような名奉行ではなかった。上から与えられた職務を忠実にこなす愚直な官吏、きわだった政治手腕はないが実務型の能吏、というのがその実像である。

《悪くもなし、沙汰ほどにないもの　飛騨《ひだ》のからくりと大岡越前守》

これが江戸庶民の客観的な評価である。

悪くはないが、評判ほどでもない――つまり、可もなし不可もなしといったところである。にもかかわらず江戸市民に根強い人気があったのは、大岡忠相が江戸生まれ江戸育ちの生粋《きっすい》の「江戸っ子旗本」だったからである。

一方、将軍吉宗は紀州生まれ紀州育ちのよそ者である（歴代将軍のなかで江戸以外の地で生まれた将軍は始祖・家康と遠州浜松で生まれた二代秀忠、そして吉宗の三人だけである）。しかも、将軍就任と同時に側近を紀州出身者で固めた上、倹約一辺倒の紀州藩の藩政をそっくり幕政にとりいれて奢侈《しゃし》禁止令などという無粋《ぶすい》な法令を乱発したために、自由で享楽的な気風を好む江戸っ子の反発を買った。

大岡越前守の起用は、そうした江戸市民の反発や不平不満をかわすための、いわば人気取り人事だったのである。

両国橋西詰めに新たに立てられた高札には、連続押し込み事件の犯人「雲霧一味」の罪状と手配書、そして情報提供者に賞金を出す旨の告示文がしたためられてあった。

野次馬たちの視線がいっせいに高札に注がれる。

「やっぱりあれは雲霧の仕業だったか」

「だろうと思ったぜ」

「とうとう奴らの首に賞金がかかった」

「これで当分、一味も動けねえだろう」

口々にささやき合う野次馬たちの姿を見て、越前守は満足そうにうなずき、与力や下役たちをうながして馬首をめぐらせた。このとき、期せずして野次馬の群れから拍手がわき起こった。

人々の拍手に送られ、馬上悠然と立ち去る越前守のうしろ姿は、まさに千両役者が花道を行くがごとき風格である。

「たいした人気じゃありやせんか」

見送りながら留吉が嘆息まじりにつぶやいた。

「うむ……」

うなずいたものの、平八郎の胸には何か割りきれぬ想いがあった。高札設置現場にわざわざ南町奉行が出張ってくるというのがどうにも解せない。

(何か裏がありそうだ)

漠然とそう思った。

平八郎の読み通り、これにはじつは「裏」があったのである。

昨夜、南町奉行所の役宅に御側衆首座・巨勢十左衛門が訪ねてきて、

「世情を騒がせている押し込み事件は『雲霧一味』の仕業に相違ない。人心の平穏を図るために奉行みずから市中に出張って一味の手配書を発布してもらいたい」

大岡越前守にそう申し渡したのである。凶悪事件に怯《おび》える江戸市民への、それは一種のパフォーマンスであり、同時に「お庭番」の犯行を「雲霧一味」にすり換えるための姑息《こそく》な偽装工作でもあった。江戸城吹上庭園で、お庭番筆頭・藪田定八に「町奉行はわしが抑えておく」といった言葉の意味はこれだったのである。

「とんでもねえ濡《ぬ》れ衣《ぎぬ》だ！」

雲霧仁左衛門が額に青すじを立てて激昂《げっこう》している。「越前の野郎、何をトチ狂ってやがるんでえ！」

下谷根津《したやねず》門前町のはずれの陋屋《ろうおく》の一室である。

半月前、両国の外科医・武田順庵《じゅんあん》を殺害し、その死体を古着につつんで芝口橋から汐留川に投げ捨てたあと、雲霧一味は、根津のこの陋屋に新たな根城をかまえたのである。

六畳と四畳の部屋に五畳ほどの板間、そして三坪の土間という小さなこの家は、数年前まで根津七軒町の豆腐屋の職人夫婦が住んでいたのだが、亭主が根津の岡場所の女に入れあげたあげく、多額の借金をつくり、それを苦にして夫婦で無理心中したという。

以来、薄気味悪がって借り手がつかず、三年ほど空き家になっていたのを、仁左衛門の手下・木鼠杢兵衛《きねずみもくべえ》が見つけてきて借り受けたのである。盗っ人の隠れ家としては、まさにおあつらえ向きの家であった。

「おかしら」

杢兵衛が、ぎりぎりと歯嚙《が》みしている仁左衛門の顔を恐る恐るうかがい見て、

「ひょっとしたら、こいつは罠《わな》かもしれやせんぜ」

「罠？」

「偽物を囮《おとり》に使って、おれたちをおびき出そうとしてるんじゃねえでしょうか」

「なるほど……」仁左衛門の目がぎらりと光った。

「南町の越前ならやりそうなこった」

「あっちこっちに町方がうようよしてやすからね。うっかりその手に乗ったら一巻の終わりですぜ」

杢兵衛がそういって肩をすくめると、部屋のすみの薄暗がりで脇差《わきざし》の手入れをしていた山猫与七《やまねこよしち》が、

「そろそろ江戸をずらかったほうがいいんじゃねえですかい？」

「ずらかる？」

「このへんが潮時かもしれやせん」

「………」

仁左衛門は腕組みをしたまま深沈と考え込んでいる。

「おかしら」

李兵衛が返事をうながすと、「いや」と仁左衛門は険しい表情でかぶりをふり、

「その前に、やらなきゃならねえことがある」

「てえと……？」

それには応えず、仁左衛門はちらっと奥の部屋に目をやった。右手に晒《さらし》を巻いた〝おさらば仙吉〟が惚《ほう》けたような顔で壁にもたれている。

「仙吉、傷の具合はどうだ？」

「へえ」

仙吉は右手首の晒をほどいて差し出した。切断された手首の先端の肉はすでに固まって、檜皮色《ひわだいろ》に変色している。

仁左衛門は痛ましげに見やって、

「まだ痛むのか？」

「いいえ、痛みはもうすっかり……」

「おめえの仇《かたき》をとらなきゃなるめえな」

「仇？」

李兵衛がけげんそうに訊き返す。

「仙吉の手首を叩き斬ったあの素浪人だ。このままじゃ腹の虫がおさまらねえ。江戸をずらかる前に野郎に借りを返してやる」

「けど、いってえどうやってあの素浪人を……?」

探し出すのか、と与七が訊いた。

「造作はねえさ。野郎は『大嶋屋』の用心棒だ。あの店に訊けば居所はすぐわかる」

与七と李兵衛は、黙りこくった。正直なところ一日も早く江戸を出たいという想いが、ふたりの肚《はら》の底にはあったが、頭の仁左衛門に逆らうわけにはいかなかった。

4

「おけら長屋」の路地の一隅に数人の子供たちが群がっている。近くの藪《やぶ》でとってきた笹《ささ》竹に五色の短冊や色紙をつけて七夕飾りを作っているのである。

窓際の壁にもたれて、子供たちの歓声に耳をかたむけていた平八郎が、

「明日、か……」

ぼそりとつぶやいた。土間で秋刀魚《さんま》を焼いていた留吉が「え? 何かいいやしたか」とふり向いた。

「七夕さ」

「ああ、いよいよ明日ですね」

「夏も終わりか――」

旧暦の七月は秋である。孟秋《もうしゅう》、七夕月《たなばたづき》ともいう。七夕祭りは中国から伝来したもので、平安朝のころは若い男女が恋の成就を願って、竹の葉ではなく梶《かじ》の葉に想うことを書いて捧げたという。

《思うこと人に書かせて星の恋》

七夕の夜に願う一事は必ずかなえられるとして、いまでは夏の終わりに欠かせぬ行事になっている。

「早いものだな、時のたつのは……」

「へえ、ゴホッ、ゴホッ」

煙にむせながら、留吉は焼き上がった秋刀魚を皿にのせ、片手に貧乏徳利を下げて部屋にあがってきた。

「焼き上がりましたよ」

「おう、旨《うま》そうだな」

「何たって初物ですからねえ。ささ、遠慮なく食べておくんなさい」

茶碗酒を飲《や》りながら、焼きあがったばかりの秋刀魚をつまむ。脂がのっていてじつに旨い。季節の折々に留吉は旬の魚を持ってきてくれる。これが何よりの馳走《ちそう》である。

「あ、そう、そう」

留吉がふと箸《はし》をとめて平八郎の顔を見た。

「旦那に頼まれていた用心棒の口ですが……」

「探してくれたか？」

「へえ。ようやく見つかりやした」

「そうか、それはありがたい」

平八郎は破顔した。このところ懐も寂しくなってきて、そろそろ仕事をしなければと思っていた矢先である。まさに渡りに舟であった。

「で、傭《やと》いぬしは？」

「神田佐久間町の『相良屋《さがらや》』って質屋です」

「質屋？」

「江戸中の質屋が『雲霧』にビクついてやすからねえ。万一にそなえて腕の立つご浪人さんに夜番を頼みてえと……。日当は夜食付きでひと晩二分と一朱、悪い話じゃねえでしょ？」

「うむ、引き受けよう」

平八郎は二つ返事で引き受けた。

『相良屋』は神田佐久間町一丁目の東はずれの角にあった。

このあたりは七年前（享保四年）の大火のあと、神田川の河岸通りに火除け地を設けるために、町の南側を削りとって複雑な町割りを行った。そのせいで何ともまとまりのない町形になっている。

町内には材木問屋や薪炭商が多く、『相良屋』の客のほとんどは、そうした店で働く奉公人や人足たちであった。彼らは気も荒いが金使いも荒く、質屋にとっては願ってもない上客である。おかげで『相良屋』の商いも繁盛していた。

店構えは、先日尾張の隠密に襲われた京橋の質屋『和泉屋《いずみや》』よりやや小規模だが、それでも敷地内に大きな土蔵が二棟ある。神田界隈《かいわい》では五指に入る質屋であった。

「どうぞ、こちらへ」

あるじの惣兵衛《そうべえ》が、平八郎を八畳ほどの客間に案内した。物腰の低い、五十なかばの温和な感じの男である。

内儀らしき女が茶盆を運んできて、ていねいに挨拶《あいさつ》をして立ち去ると、

「まったく物騒な世の中になったものでございます。『雲霧一味』が捕まらないことには、手前どもも枕を高くして眠れません」

惣兵衛が深々と嘆息していった。

「一つ訊いておきたいことがある」

「何でございましょうか」

「客から預かった質草に『天一《あまくに》』という短刀はないか？」

「さて……」

と惣兵衛は小首をかしげた。

「客の名は風間新之助、幕臣だ」

「いいえ、『天一』という短刀にも、風間さまというお侍さまにも、一向に心あたりはございません」

「そうか」

「それが何か？」

「いや、別に……」

首をふって立ち上がり、

「念のために家のまわりを下見しておこう」

部屋を出ていった。

表はすでに夜の帳《とばり》がおりている。

母屋の西側に店の入口があり、北側は神田川の河岸通りに面している。南側には町家が何軒かたっており、家の裏手（東側）は、材木置場と空き地になっていて、その奥にこんもりと繁る雑木林があった。

二百坪ほどの敷地は忍び返しのついた高板塀でかこまれ、東側に裏木戸がある。

（賊が侵入するとすれば、ここだ……）

と目をつけて平八郎は部屋にもどった。下見をしている間に内儀が用意したのだろう。にぎり飯と香の物の小鉢がのった盆が部屋のすみにおいてあった。

四ツ（午後十時）の鐘を間遠《まどお》に聞いた。

夜食のにぎり飯を腹におさめると、平八郎は朱鞘《しゆざや》の大刀をふところ抱きにして床柱にもたれ、しばらく仮眠をとった。

結局、その日は何事もなく無事に一夜が明けた。そして翌日も、翌々日も……。

四日目になると、あるじの惣兵衛は安堵《あんど》したような顔でこういった。

「手前の思い過ごしだったかもしれませんな」

「思い過ごし？」

「江戸御府内に質屋は二千七百あまりございます。雲霧一味が手前どものような小商いを狙うとは思えません」

もう用心棒は不要だといわんばかりに慇懃《いんぎん》に笑った。日本橋の呉服問屋『大嶋屋』もそうだったが、商人《あきんど》というのは身の安全より目先の出銭《でぜに》のほうが心配なのだろう。

「では今夜かぎりでやめさせてもらおう」

「い、いえ」

惣兵衛はあわてて首をふった。

「せっかくですから、あと一日だけお願いいたします」

あと一日でちょうど五日になる。切りのよいところで御用済みという算段だ。それでも五日間の用心棒代の総額は二両三分一朱になる。悪い稼ぎではない。これでまたしばらくは凌《しの》げるだろう。


五日目の夜を迎えた。

三更――子《ね》の刻（午前零時）。

仮眠から醒《さ》めた平八郎は差料《さしりょう》を腰に落として部屋を出た。定刻の見回りである。廊下の雨戸を引きあけて中庭に出る。

漆黒の夜空に研鎌《とがま》のように細く、するどい弦月が泛《う》かんでいる。おぼろげな月明かりが土蔵の白壁に返照して、ほのかな光を散らしていた。

土蔵のわきの枝折戸《しおりど》を押して裏庭に出ると、ふいに何かがきしむような音が聞こえた。

虫の鳴き声か、立木の枝が擦れるようなほんのかすかな物音だったが、平八郎は聞き逃さなかった。

ひらり。翻転して植え込みの陰に身をひそめ、闇《やみ》に目をこらす。ふたたび何かがきしむようなかすかな音が裏木戸のほうから聞こえてきた。きらっと平八郎の目が動いた。

と——裏木戸が音もなく開き、三つの影が風のように舞い込んできた。いずれも黒覆面に黒装束の男たちである。

刹那《せつな》、平八郎は地を蹴《け》って影たちの前に立ちふさがった。三つの影はたじろぐように大きく後ろに跳び下がり、忍刀《しのびがたな》を抜きはなって身構えた。

（忍びか……！）

無言のまま、影たちが猛然と斬りかかってきた。

しゃっ。平八郎が抜き打ちの一閃《いっせん》をはなった。瞬息の逆袈裟《ぎゃくげさ》である。影の一つが小さくうめいてのけぞった。手応えは十分だった。血しぶきを噴いてその影は地面にころがった。

5

乱刃《らっぱ》は裏手の空き地に流れた。

二つの影が左右に跳んだ。平八郎は右半身に構えて車《しゃ》（斜）の構えをとり、刀をだらりと下げて挟撃に備えた。右が斬りこんできたら左へ、左が斬りこんできたら右へ躰《からだ》を回転させる「まろばし」の構えである。

右の影が動いた。ほぼ同時に左の影も跳動した。上下からの斬撃である。平八郎の躰が宙に舞った。舞いながら独楽《こま》のように急回転した。

ずばっ。肉を断つ鈍い音がした。上から斬り下げてきた影の右腕が忍刀をにぎったまま両断されて宙に飛んだ。

平八郎が着地したときには、下から突きあげてきた影の首は、胴を離れて蹴鞠《けまり》のように地面にころがっていた。

腕を喪《うしな》った影が凍りついたように佇立《ちょりつ》している。平八郎は刀を水平に構えた。とどめを刺す構えである。

「ふふふ……」

ふいに影が低い笑い声を発し、はらりと覆面を解いた。黒布の下から現れたのは、庇《ひさし》のように突き出た額《ひたい》、窪《くぼ》んだ眼、小鼻が大きく、唇が厚い。狒狒《ひひ》のような奇相——柘植《つげ》の玄《げん》蔵《ぞう》である。

「大した腕だな、刀弥《とね》平八郎」

「な、なぜ、おれの名を！」

平八郎は凝然《ぎょうぜん》と男を見た。

「おれは『お庭番』配下の忍びだ。何もかも調べはついている」

「そうか、風間新之助を殺したのは貴様たちだな」

玄蔵は不敵な笑みを泛かべて、

「どうだ？　おれたちの仲間に加わらぬか」

「公儀の狗《いぬ》になれということか？」

「尾張の負け犬に付くよりはましだぞ」

「……………」

平八郎は無言のまま刀を振りあげた。玄蔵の顔から笑みが消えた。

「な、何が望みだ？」

じりっと後ずさる。

「金か」

「……………」

「金ならいくらでもやる。ついでに女もだ！」

「女？」

「お葉という女だ。あの女も貴様にくれてやる」

玄蔵は平八郎とお葉の仲を知っている。命乞いの屈辱から逃れるための最後の切り札としてお葉の名を使ったのだ。平八郎の胸に激烈な怒りがこみあげてきた。

「おれが欲しいのは……」

「何だ。言ってみろ」

「貴様の命だ」

「なにッ」

上段にふりかぶった平八郎の刀が凄《すさ》まじい勢いで叩き落とされた。ガツンと硬質の衝撃音がした。骨を砕く音である。左鎖骨《さこつ》から肩甲骨《けんこうこつ》、そして右の肋骨《あばらぼね》が斜めに断ち切られ、玄蔵の躰は二つに割れて左右にころがった。

血しぶきが泉水のように噴きあがり、たちまち地面に血溜まりができた。その血溜まりの中で截断《せつだん》された肉片や内臓の一部がひくひくとうごめいている。

平八郎は刀の血しずくをふり払って鞘《さや》に納めると、何事もなかったようにゆっくり背を返した。


その日、両国広小路はいつにも増しての賑わいを見せていた。「草市《くさいち》」が開かれていたからである。

草市は盂蘭盆会《うらぼんえ》の精 霊棚《しょうりょうだな》を飾る蒲《がま》の穂、草花、燈芯などを売る市で、七月十二日、十三日の二日間、江戸市中十二箇所で市が立った。

元柳橋の船宿の二階座敷の窓から、草市の賑わいをながめながら、星野藤馬《ほしのとうま》は弁慶縞《べんけいじま》の着物姿の婀娜《あだ》っぽい女と酒を酌みかわしていた。

女は小萩である。

「で、話というのは？」

小萩の酌を受けながら、藤馬が訊いた。

「質屋に質入れするときには、必ず保証人が必要だそうですよ」

「保証人？」

「わたしも知らなかったんですけど……」

質屋へ質草を持ちこんで金を借りるときは、借り主と保証人が連署した証文を書くことになっており、必ず両名の朱印が必要だった。一人両判《いちにんりょうばん》は厳しく禁じられ、保証人がなければ質屋のほうも金は貸さなかったという。

「そうか……、とすると――」

風間新之助も『天一』を質入れするときに保証人を立てたに違いない。立てなければ金を工面することはできないのだ。

「つまり、その保証人を探し出せば、『天一』を質入れした質屋がわかるというわけだな？」

小萩がにっこりと笑った。

「見つかったんですよ、その保証人が」

「なに！」

「新之助の行きつけの居酒屋の女将《おかみ》です」

小萩は松平通春の直属の別式女《べっしきめ》である。小萩の下にはさらに数人の密偵がいた。これはその密偵のひとりが手に入れてきた情報であった。

「居酒屋の屋号は『初音《はつね》』、場所は浜町河岸、女将の名はお勢――」

「そうか、でかしたぞ小萩」

というや、むんずと差料をつかみとって、

「行こう」

小萩をうながして立ち上がった。

風間新之助が松島町の組屋敷を出奔したのは、六月九日の深夜である。それからすでにひと月以上たっていたが、質草の蔵流れ（質流れ）期限は土地の十年を例外として、ほかの物品は八か月と定められているので、『天一』はまだ質屋に保管されているはずである。

藤馬と小萩は草市の人込みを避けて裏道を歩いた。

元柳橋から浜町河岸は、そう遠い距離ではない。薬研堀《やげんぼり》の堀端通りを西へまっすぐ行けば、ほどなく浜町堀に突きあたる。

浜町堀に架かる栄橋の下流の東岸から、小川橋下流の西岸にかけての地域は、下級の幕臣の小屋敷が立ちならぶ武家地であり、もともと「浜町河岸」という正式な地名はなかった。江戸図にも「コノヘン浜町」とあいまいな記入があるだけである。

居酒屋『初音』は、難波橋《なにわばし》のやや下流、浜町堀の入堀に面した、俗称「へっつい河岸」にあった。間口二間ほどの小さな店である。女将のお勢は三十二、三の中年増で、五年ほど前に連れ合いに先立たれてから、ひとりで店を切り盛りしていた。お世辞にも美人とはいえないが、あけっぴろげで陽気な性格が客に受けて店は繁盛していた。風間新之助はよくその店で夕飯を食べていたという。

のれんは出ていなかった。時刻は八ツ半（午後三時）、そろそろ料理の仕込みや開店の準備にとりかかるころである。この時刻に店を空けるはずはない。

「ごめんください」

格子戸を開けて先に入ったのは、小萩だった。

店内は薄暗い。無人である。

「いないのか？」

藤馬がのそりと入ってきて店の中を見回した。奥に段梯子《だんばしご》がある。二階が住まいになっているらしい。

「ごめんください」

小萩が段梯子の上に声をかけた。が、やはり応答はなかった。藤馬がずかずかと段梯子を上っていった。小萩もあとに従いた。

二階の障子をがらりと開けはなった瞬間、藤馬は凍りついたように立ちすくんだ。背中越しに部屋の中をのぞき込んだ小萩が、思わず小さな悲鳴を発した。

畳の上に女が倒れている。喉がざっくり裂かれて一面血の海である。かなり時がたっているようで、多量の血はどす黒く変色していた。女がこの店の女将・お勢であることは疑うまでもなかった。

「いったい、誰が……」

小萩がしぼり出すような声でいった。

「ひと足遅かったようだな」

「では……！」

「お庭番だ」

小萩は絶句した。

この酸鼻な光景が何を意味するのか、藤馬も小萩もわかっていた。小萩が入手した情報を、お庭番も手に入れていたのである。そして、お勢から『天一』を質入れした質屋の名を聞き出し、そのことが尾張方に漏れるのを防ぐためにお勢の口を封じたのである。おそらくこの時点ですでに『天一』はお庭番の手に渡っているに違いなかった。

「終わりじゃ」

藤馬がぼそりとつぶやいた。

「何もかも終わりじゃ」

吉原遊廓《ゆうかく》の仲之町《なかのちょう》通りには、いつもの華やかさとは異質の賑わいがあった。盂蘭盆会を二日後にひかえて、ここでも「草市」が開かれていたのである。

《秋一日青く賑わう仲之町》

江戸市中十二箇所に立つ草市の中でも、吉原の草市は、その人出、規模、華やかさにおいて江戸一番の名物であった。

ふだん廓《くるわ》遊びに縁のない人々が遊山気分でぞろぞろと吉原にくり出してくる。盂蘭盆会の精霊飾りを買い求める人よりも、そうした冷やかし気分の人々のほうが圧倒的に多く、仲之町通りは文字どおり芋《いも》を洗うような混雑であった。

「君と寝ようか　五千万石とろか　なんの五千万石　君と寝よ」

『箕輪《みのわ》心中』で有名な藤枝外記《ふじえだげき》と大菱屋《おおびしや》の綾衣《あやぎぬ》のなれそめも、この草市が舞台だったという。

仲之町の妓楼や茶屋の軒端には、色とりどりの提灯《ちょうちん》や、意匠をこらした切子灯籠《きりこどうろう》などが吊《つ》り下げられ、さながら七夕飾りのように派手やかな光彩をはなっている。これは今年の三月に急死した角町《すみちょう》の妓楼『中万字屋《なかまんじゃ》』の名妓・玉菊《たまぎく》を追善するための「玉菊灯籠《たまぎくどうろう》」

である。

八代将軍吉宗の緊縮政策による不況風は、吉原遊廓にも例外なく吹き荒れていた。客の落ち込みに頭を悩ませた楼主たちは、名妓・玉菊の死を惜しむ客たちの声に目をつけ、「玉菊追善」と銘打って妓楼や茶屋の軒先に切子灯籠やからくり灯籠を吊るして客寄せの一策としたのである。

雑踏の中に編笠をかぶった星野藤馬の姿があった。

人波に押されて江戸町一丁目の角までくると、藤馬はふと足を止めて編笠のふちを押しあげ、茶屋や妓楼の軒端にゆれる玉菊灯籠を剣呑《けんのん》な目で見あげながら、

「何が追善じゃ。あの女狐《めぎつね》めが……」

いまいましげに吐き棄てた。

吉原遊廓の夜を彩る玉菊灯籠の灯りも、藤馬の目にはおどろおどろしげな妖《あや》し火としか映らなかった。その妖し火の向こうには、四か月前のあのいまわしい事件の絵模様が陽炎《かげろう》のようにゆらいでいた。

事件が起きたのは、仲之町通りの桜が爛漫《らんまん》と咲き乱れる三月なかばのころであった。

その夜、松平通春は角町の妓楼『中万字屋』の二階座敷で、花魁《おいらん》玉菊をはべらせてしずかに酒を飲んでいた。三味の音がながれ、静謐《せいひつ》な時がながれてゆく。

開け放った窓の外には、雪洞《ぼんぼり》に照らし出された満開の夜桜、窓辺に座してしずかに観桜

の朱杯をかたむける白皙《はくせき》の武士・通春と名妓・玉菊——さながら一幅の錦絵を見るがごとき優美な光景である。このあとに、凄惨《せいさん》な〝あの事件〟が起きようとは、いったい誰が想像したであろう。

「寒い……」

ふとつぶやいて、通春が窓の障子を閉めようとしたときである。突然、玉菊が帯の間に隠し持った匕首《あいくち》を抜きはなち、通春の背に突き立てようとした。その刹那、がらりと隣室の襖《ふすま》が引きあけられ、黒ずくめの侍が二人、矢のようにとび出してきて玉菊の手から匕首をもぎ取った。

護衛の「お土居下衆《どいしたしゅう》」たちである。

ひとりが玉菊をその場にねじ伏せると、もうひとりがすかさず濡《ぬ》れ紙で玉菊の口をふさいだ。やがて玉菊はぐったりと畳の上に倒れ伏した。眠るように死んでいる。窒息死であった。

「こ、この女……！」

通春が瞠目《どうもく》した。

「『締戸番《しめとばん》』配下の〝草〟でございましょう」

息も乱さず一人が平然と応えた。

結局、玉菊の死は「殺し」の痕跡《こんせき》が残らなかったために、「心の臓の発作」ということで闇に葬られた――これが玉菊急死の真相である。

「何が追善じゃ……」

ぼそりと同じ言葉を吐いて、藤馬は妓楼『すがた海老《えび》』の暖簾《のれん》をくぐった。

「あ、星野さま、お殿さまがお待ちでございます」

内所からとび出してきた女将が、いつもの二階座敷に藤馬を案内した。

通春はひとりで酒を飲んでいた。藤馬が入ってくると、ゆったりと顔をあげて、

「で……？」

話をうながした。

「悪い知らせを持ってまいりました」

「だろうな。そちの顔を見ればわかる」

「どうやら『天一《あまくに》』は、お庭番の手に渡ったようでございます」

朱杯を運ぶ通春の手がとまった。

「それは……、まことか？」

「ほぼ間違いございませぬ」

「…………」

通春の切れ長な目が吊りあがった。朱杯を持つ手がかすかに顫《ふる》えている。

「いまごろ……、いまごろ、吉宗は高笑いをしていることでございましょう……無念にご

ざいます！」

藤馬が声をうるませた。膝《ひざ》の上の拳《こぶし》が小きざみに顫《ふる》えている。その拳の上にぽとりとひとしずく泪《なみだ》が落ちた。

「藤馬」

「はっ」

「わしはあきらめんぞ」

「…………」

「戦いはこれからだ。生涯かけても、わたしは吉宗公と戦う……。たとえご遺言状が吉宗公の手に渡ろうとも、尾張を後継将軍に名指しされた文昭《ぶんしよう》院《いん》さまのご遺志は生きておる。それが戦いの旗印だ」

決然といいはなち、

「飲め」

朱杯を差し出した。

「はっ」

受け取る藤馬の目に、もう泪はなかった。

第十章　必殺剣

1

江戸城の本丸御殿は、表向《おもてむき》・中奥《なかおく》・大奥の三つに区分されている。表向は将軍謁見や儀式の場であり、中奥は将軍が政務をみる場である。大奥は御台所《みだいどころ》（将軍の正妻）や側室、奥女中などが生活する場で、将軍の私邸にあたる。

吉宗は中奥の御休息之間でひとしきり政務をみたのち、楓《かえで》之間のうしろの四畳半ほどの小部屋に引きさがった。この部屋は「御用之間」と呼ばれている。平たくいえば、将軍の休憩室のようなものである。

吉宗が御用之間で横になっていると、

「上様……」

襖《ふすま》の外で声がした。

「近江《おうみ》か？」

「はっ」

「入れ」

襖が開いて、御側御用取次・加納久通《ひさみち》と巨勢《こせ》十左衛門が袱紗《ふくさ》包みをかかえて入ってきた。

十左衛門が深々と一礼して、

「一昨日、お庭番・村垣吉平配下の者が『天一《あまくに》』を手に入れてまいりました」

「そうか！」

がばっとはね起きると、吉宗は子供のように目を耀《かがや》かせて二人の前に胡座《こざ》した。

加納久通がおもむろに袱紗包みをひらく。中身は一振りの短刀である。縁頭《ふちがしら》は金葵《きんあおい》の紋散らし、目貫きは金無垢《きんむく》の三頭の狂い獅子《じし》、金の食出《はみだ》しの鍔《つば》、金梨子地《きんなしじ》の鞘《さや》、刀身は一尺五寸――まぎれもなく志津三郎兼氏《かねうじ》の『天一』であった。

吉宗はまじまじと短刀を見やり、

「して、文昭院《ぶんしょういん》（六代将軍家宣《いえのぶ》）さまのご遺言状は？」

「は。ただいま……」

十左衛門が小柄《こづか》を使って『天一』の目釘《めくぎ》を抜き、手早く柄《え》を外す。中心《なかご》に色あせた和紙が巻きつけてある。それをほどいて丁寧に広げ、うやうやしく吉宗に差し出す。

その紙には、

『我（家宣）思はずも、神祖（家康）の大統をうけつぎて、我後とすべき子（七代家継）なきにしもあらねど、天下の事は、我私にすべきところにあらず、古《いにしえ》より此《この》かた、幼主の時、世の動なき事多からず、神祖三家をたて置せ給ひしは、かかる時の御為なり、我後の事をば、尾張殿に譲りて、幼きものの幸ありて、成人にも及びなん時の事をば、我後たらん人の心に任すべき事也』

としたためられてある。末尾に家宣の署名と花押《かおう》、朱印もあった。

吉宗の目は「尾張殿に譲りて」の一行に釘付けになっている。

「やはり、な……」

「うわさ通り、尾張吉通《よしみち》公に天下の大統を譲ると明記されております。しかし……」

加納久通は勝ち誇ったような笑みを泛かべた。

「これで禍根は断たれました」

「………」

吉宗の顔に笑みはない。疑わしそうな目でじっと遺言状の文字に見入っている。

「何かご不審でも？」

十左衛門がけげんそうに訊く。

「天英院《てんえいいん》さまにお見せしろ」

「天英院さまに？」

「と申されますと？」

「念のために手蹟《しゅせき》を確かめてもらうのだ」

加納久通と十左衛門は思わず顔を見交わした。

六代将軍家宣の未亡人・天英院はいまも健在である。この年六十四歳。吉宗から従一位の叙任をうけ、二の丸御殿で優雅な余生を送っていた。その天英院に家宣の遺言状の筆跡を鑑定させせろと吉宗はいうのである。

——何という猜疑心《さいぎしん》の強いお方だ。

さすがの十左衛門も呆《あき》れ顔で内心そうつぶやいた。


神田川の川面に風が吹きわたり、黄金《こがね》色のさざ波が立っている。

心なしか肌をなでる川風がひんやりと冷たい。夏の盛りにくらべると、行き交う舟の数もだいぶ少なくなった。秋の気配がひそやかにしのびよっている。

柳橋の船宿『舟徳』の二階で、平八郎は徳次郎と酒を飲んでいた。

「江戸をずらかっちまったんですかね」

徳次郎が酒をつぎながら独り言のようにつぶやいた。

「何のことだ？」

「雲霧一味ですよ。このところすっかり鳴りをひそめちまって——」

平八郎は飲みかけた猪口《ちょこ》を盆にもどして、徳次郎の顔をまっすぐ見つめた。

「質屋荒らしは雲霧一味の仕業じゃないぜ」

「徳さん」

「えっ」

唖然《あぜん》となる徳次郎に、平八郎はことの真相を打ち明けた。

『天一《あまくに》』にまつわる過去の話、風間新之助の出奔のいきさつ、そして先日の『相良屋』で起きた事件など一部始終を漏らさず話した。いきおい長話になった。その間、徳次郎はひたすら聞き手役に徹していた。

「すると、あの押し込みは公儀の隠密が……？」

話を聞きおえて、ようやく徳次郎が口を開いた。

「雲霧一味の仕業に見せかけるために、あのような残虐な手口を使ったのだろう」

「ひでえことを……」

徳次郎が眉をひそめた。

「『天一』は志津三郎兼氏の名刀と聞いたが、名刀どころかまるで人の生き血を吸う妖刀《ようとう》だ」

平八郎が憤然といい棄てた。そこで話が途切れ、しばらく二人は無言で猪口をかたむけた。

「ところで……」

徳次郎が思いなおすように口を切った。

「本物の雲霧一味はどうなっちまったんですかね？」

「さあな」

一味が芝神明の日陰町の根城から姿を消したところまでは突きとめた。だが、その後の足取りは平八郎にも皆目わからなかった。

「手下のひとりが大怪我をしている。そいつの怪我が治るまで、江戸のどこかで息をひそめているに違いない」

「すると、そいつの怪我が治れば、またぞろ動き出すことも……？」

「うむ」

うなずきながら、頭の片すみで平八郎は別のことを考えていた。なぜ「お庭番」はぴたりと鳴りをひそめてしまったのだろう？　首尾よく『天一』を探し出したのか、それともあきらめたのか。

不気味なのは『相良屋』の一件以来、平八郎の身辺に何の動きもないということであった。「お庭番」が殺された三人の仲間の復讐をするつもりなら、下手人を突き止めるのはそう難しいことではない。佐久間町の質屋『相良屋』の惣兵衛を脅して聞き出せばすぐわかることである。平八郎は内心それを覚悟していた。「お庭番」たちと戦う心がまえもできていた。

ところが、いまだに彼らは何の動きも見せない。それが却って不気味だった。

「あっしはどうしても許せねえんですよ」

徳次郎の声にふっと我に返った。

「雲霧のことか？」

「へえ、できればこの手で一味を八つ裂きにしてやりてえ」

宙にすえた眼がまっ赤に充血し、ぎらぎらと怒りがたぎっている。外科医・武田順庵《じゅんあん》を惨殺した一味への激しい怒りである。

徳次郎がことさら順庵の死にこだわるのは、それなりの理由があった。

一年ほど前のことだった。屋根舟を桟橋につけようとして、誤って足をすべらせて川に転落したさい、舟の舷側と桟橋の柱の間に左足をはさんで脛骨《けいこつ》を骨折してしまった。

舟子の伝蔵の急報で駆けつけた順庵が、二日二晩寝ずに手当てをしてくれた。外科医としての技量もさることながら、順庵の献身的な治療のおかげで、数か月後には杖《つえ》を使わなくても自力で歩けるまでに回復した。

そのときの恩義を徳次郎は決して忘れていなかった。

「仏さまのような人でしたからねえ。順庵先生は……」

「徳さんの気持ちはよくわかる。おれだって――」

いいかけたところへ、トントンと階段に足音がして、お袖が酒と肴《さかな》を運んできた。

ふたりが急に口をつぐむと、

「あら、どうしたんですか。二人して黙りこくっちゃって」

「いや、別に……」

徳次郎が微笑《わら》った。この日、はじめて見せた笑顔だった。

2

その夜──亥《い》の刻（午後十時）。

日本橋の呉服太物問屋『大嶋屋』で身も凍るような事件が起きた。

家人が床についで間もなく、突然表のくぐり戸が掛矢《かけや》で打ち破られ、盗っ人装束の四人組が乱入してきたのである。逃げる間もないほどそれは一瞬の、そして凄《すさ》まじい暴虐の嵐だった。

襖《ふすま》という襖は蹴倒され、簞笥《たんす》や厨子《ずし》、衣桁《いこう》などの家具調度は打ちこわされ、闇の中を逃げまどう奉公人たちはことごとく斬殺された。阿鼻叫喚、血みどろの地獄絵である。

寸刻後。

屋内は嘘のようにしんと静まり返った。不気味な静穏と漆黒の闇が四囲《あたり》を領している。

廊下の奥にほのかな明かりがにじんでいる。奥座敷の行燈《あんどん》の灯りである。その灯りの中に盗っ人装束の巨漢が血刀をひっ下げて仁王立ちしていた。

雲霧仁左衛門である。

両手足をしばられた清兵衛と女房のお文、そして娘のお絹が恐怖に慄《ふる》えながら、部屋のすみで身を寄せ合っている。

部屋のあちこちには、膾《なます》のように切りきざまれた血まみれの死体が無残にころがっている。番頭や手代、丁稚《でっち》たちの死体であった。

がらり。

襖が開いて、黒装束の杢兵衛《もくべえ》と与七《よしち》、仙吉が重たそうに金箱をかかえて入ってきた。

「おわったか?」

「へい。洗いざらいかき集めやした」

「〆めて五百両ほど……」

「よし、そこに置け」

三人に命じると、仁左衛門は腰をかがめて清兵衛の顔をのぞきこみ、

「この間は、手めえたちが傭《やと》った用心棒のおかげでとんだドジを踏んじまったが……、一度ねらった獲物は絶対にあきらめねえのが、おれの性分《しょうぶん》だ」

覆面の下でふっふふと嗤《わら》い、おびえる清兵衛の喉もとにぴたりと刃先を押しあてた。

「一つ、訊《き》きてえことがある」

「…………」

「あの用心棒の名を教えてもらおうか」

「と、刀弥《とね》……刀弥平八郎さま……です」

清兵衛が掠《かす》れる声で応えた。

「家《やさ》はどこだ？」

「ほ、本所入江町の……お、おけら長屋に住んでいると聞きました」

「そうかい」

仁左衛門がゆっくり立ち上がり、

「それだけ聞けば、もう用はねえ」

やおら清兵衛の首にずぶりと脇差しを突き刺し、そのまま刃先を押し込んで背後のお文の背中も串刺しにした。

「きゃーッ」

悲鳴をあげるお絹を横目に見て、

「さて」と仁左衛門は血刀をぐさっと畳に突き刺した。「与七、娘を押さえていろ」

「へい」

与七がお絹の肩をつかんで押さえつける。仁左衛門はお絹の足のいましめを手早く解いて、いきなり裾をめくりあげた。お絹は恐怖で声も出ない。

しなやかな脚がむき出しになる。固く閉じた太股《ふともも》に手をすべり込ませる。きめの細かい若い肌である。股の付け根に手触りのいい茂みがある。指先が茂みの奥の肉ひだにふれたとたん、きゅっと締まった。

仁左衛門は腰紐《こしひも》をほどいて股引《ももひ》きをずり下げ、褌《ふんどし》をはずした。一物が猛々《たけだけ》しくいきり立っている。お絹の脚をぐいと押しひろげる。両手をうしろ手にしばられ、与七に肩を押さえつけられているので、お絹はあらがいようもない。

杢兵衛と仙吉が金箱に腰をおろして生唾《なまつば》を飲みこみながら見守っている。

仁左衛門は屹立《きつりつ》した一物を指でつまむと、一方の手でお絹の秘所をまさぐりながらずぶりと挿しこんだ。

ああっ……。お絹の口から悲鳴がもれた。喜悦の声ではない。苦痛の叫びである。かまわず突き立てる。お絹の悲鳴が泣き声に変わった。仁左衛門は激しく責めながら、両手でお絹の首をぐいぐい締めあげる。締めるたびに秘所の奥の肉ひだが収斂《しゆうれん》する。

「うっ、ううう……」

獣のようなうめき声を発し、やがて仁左衛門は果てた。お絹の秘所からぬめった一物を引きぬいて立ち上がり、手早く身づくろいをととのえると、

「ずらかるぜ」

三人をうながした。

お絹は仰臥《ぎようが》したままぴくりとも動かない。半開きの口から糸を引くように鮮血がしたたり落ちている。両脚を大きくひろげ、秘所をむき出しにしたまま、あられもない姿でお絹はこと切れていた。


翌日。

平八郎が昼餉《ひるげ》の支度をしているところへ、留吉が息せき切ってとび込んできた。

「旦那、大変です！」

「どうした？」

「『大嶋屋』が雲霧一味に襲われやした」

「なにっ！」

「一家皆殺しでさ」

「皆殺し！……娘も、か？」

「へえ。手込めにされたあげく、首を締められて殺されたそうで」

「…………」

平八郎は、絶句した。胸にするどい痛みが迸《はし》った。怒りとも悲しみともつかぬ、やり場のない感情である。

「雲霧一味の仕業にまちがいないのか」

「へえ」

留吉の話によると『大嶋屋』の土蔵の白壁に血文字で「雲霧参上」と書き殴ってあったという。

「旦那を用心棒に傭っておけばこんなことにはならなかったのに……」

留吉が悔しそうにいう。

二分の用心棒代を惜しんで平八郎を解雇した『大嶋屋』のあるじ・清兵衛への非難をこめた口ぶりである。

――二度も同じ店をねらうとは……。

事件の裏に平八郎は雲霧一味のどす黒い意思を読みとっていた。

〝報復〟である。

一味は一度しくじっている。それを根に持っての報復であることは、わざわざ血文字で「雲霧参上」と書き残していったことでも明白だった。いまごろ江戸のどこかで仁左衛門はせせら笑っているに違いない。

平八郎は朱鞘《しゅざや》の刀を持って立ち上がった。

「旦那……」

けげんな目で見上げる留吉に、

「様子を見にいってくる」

いいおいて長屋を出た。

様子を見にいくといっても、どこへ何を見にいくのか、平八郎自身にもわかっていなかった。ただ無性に腹が立った。その腹立たしさをまぎらわせるために長屋をとび出しただけのことである。


平八郎が「おけら長屋」を出たちょうどそのころ、星野藤馬《ほしのとうま》は両国に向かって歩いていた。べつに目的があったわけでない。両国広小路は江戸の吹き溜《だ》まりである。目的をもって行くような場所でもなかった。

そこに群れ集まる、ほとんどの男たちがそうであるように、藤馬も両国広小路の猥雑《わいざつ》で無秩序な賑わいが好きだった。

生きることに疲れた者、あるいは生きることに興趣を喪《うしな》った者、傷つき、挫《くじ》け、倦《う》んだ人々の心をいやしてくれる何かが両国広小路という場所にはあった。

藤馬もそれを求めていた。何となくあの雑踏に身をおきたかった。憂鬱《ゆううつ》だった。「吉宗」という巨大な壁にはじき飛ばされた敗北感と無力感が心の底に重く沈殿していた。

横山町三丁目にさしかかったときである。

「刀弥平八郎……」

男の声を耳にして、藤馬はふと足をとめ、不審げにあたりを見回した。

辻角の自身番屋の前で、番太郎に物を尋ねている三人の武士の姿が目に入った。いずれも深編笠、裁着袴《たつつけばかま》の旅装の武士たちである。番太郎がしきりに首をひねっている。三人の武士は執拗《しつよう》に食い下がっているが、雑踏の中にたたずむ藤馬の耳に彼らのやりとりは届かなかった。

藤馬は不精髭《ぶしょうひげ》の生えた顎《あご》をぞろりとひと撫《な》でして、思いなおすように歩き出した。

ほどなく広小路に出た。

筵掛《むしろが》けの見せ物小屋、よしず張りの茶店、屋台、床店《とこみせ》、そして人、人、人……。相変わらずの賑わいである。

(酒でも飲むか……)

と居酒屋の暖簾《のれん》をくぐった瞬間、店の一隅で酒を飲んでいる平八郎の姿が目にとびこんできた。

「よう」

声をかけると、平八郎が浮かぬ顔でふり返った。

「どうした？　不景気な面をして」

「べつに」

そっけなく応えて平八郎は酒をあおった。

「親爺《おやじ》、冷やをくれ」

酒を注文して、平八郎のとなりに腰をおろすと、

「わしらの負けじゃ」

藤馬が低くつぶやいた。

「……?」

「『天一《あまくに》』が吉宗の手に渡った」

「本当か!」

「残念ながら……、事実じゃ。わしの手の者が確認した。新之助が質入れした質屋から
『天一』を請け出した者がおる」

「お庭番か?」

「うむ」

「とすると……」

そこへ酒が運ばれてきた。苦い顔で酒をなめる藤馬へ、

「これからどうなる?」

「どうもならん。これで吉宗の天下は安泰じゃ。世の中は何も変わらん」

「通春公《みちはるこう》は何といってる?」

「戦いはつづける、と……」

「まさか戦《いくさ》を仕掛けるわけではあるまいな」

藤馬は否定も肯定もしない。

「藤馬」

「戦にもいろいろある。どう戦うかはこれからの問題じゃ」

「キナ臭い話になってきたな」

「通春さまは聡明《そうめい》なお方じゃ。武力を用いるような愚かな真似はせん」

「いずれにしても……」

平八郎は猪口《ちょこ》に残った酒を一気にあおり、

「おれには関わりのない話だ。これ以上物騒なことに巻き込まないでくれ」

いいおいて、腰をあげた。

「待て」

藤馬が呼びとめた。

「もう一つ話がある。というより、これはおぬしへの忠告だが……」

「なんだ？」

「垢《あか》くさい侍が三人、おぬしの行方を捜しまわっておったぞ」

「さむらい？」

「お庭番ではなさそうじゃ。むろん尾張の隠密でもない……。心あたりはあるか？」

（あっ）

思わず肚《はら》の中で叫んだ。すっかりそのことを忘れていた。おそらくその三人は佐賀鍋島藩の侍——吉岡忠右衛門の伯父・吉岡監物《けんもつ》がはなった刺客に相違あるまい。

「あるんだな？」

藤馬がさぐるような目で見た。

「いや……」

と首をふって、

「急ぎの用事を思い出した。縁があったらまた逢《あ》おう」

卓の上に酒代をおいて、平八郎は足早に出ていった。

そのとき、店の奥で酒を飲んでいた男の眼がぎらりと光ったことに、平八郎も藤馬も気がつかなかった。男は雲霧仁左衛門の手下・山猫与七である。

3

刺客の動きが気になって、平八郎は外桜田に足を向けた。

外桜田の日比谷御門ちかくに、佐賀鍋島三十五万石の江戸屋敷があったからである。

鍛冶橋《かじばし》御門をぬけて八代州河岸《やよすがし》を左に折れると、ほどなく右手に日比谷御門が見えた。現在の日比谷公園の入口あたりである。入口の左側に御門の石垣が現存している。日比谷御門を通過すると、すぐ左に折れる道がある。平八郎は知らなかったが、その道の角にある宏大《こうだい》な屋敷が「お庭番」の牙城《がじょう》・桜田御用屋敷であった。

突きあたりに佐賀鍋島藩の江戸藩邸がある。道をへだてた斜め向かいの小路の角に身をひそめて、平八郎は門前の様子をうかがった。

定府《じょうふ》の藩士や御用商人たちがひっきりなしに出入りしている。

三人の刺客が「仇討ち」の名目で国元を発したとすれば、当然、藩庁から「仇討ち免許状」が出ているだろう。それを所持していれば堂々と江戸藩邸に出入りすることができる。藩邸に支援を頼むことも可能だろう。

——せめて刺客たちの面体だけでも確かめておきたい。

そう思ってしばらく張り込んでみたが、それらしい侍の出入りはなかった。

あきらめて踵《きびす》を返した。

ふたたび日比谷御門をぬけて八代州河岸にさしかかったところで、平八郎はふと足をとめた。背中に尾行の気配を感じたのである。さりげなく柄頭に手をかけてくるっと身を返した。五、六間後方に侍の姿があった。塗笠《ぬりがさ》をかぶり、桑色《くわいろ》の小袖に同色の半袴をはいた若い侍である。

「おれに何か用か？」

声をかけると、塗笠の侍は、はじけるように二、三歩とび下がり、ひらりと翻転して走り出した。

「待て」

平八郎が追う。

侍の足はおどろくほど速い。

数寄屋橋御門のちかくで見失った。しばらく付近の路地を捜してみたが、影も形も見あたらない。

（何者だろう……？）

お庭番か？

尾張の隠密か？

それとも、佐賀鍋島の刺客の一人か？

平八郎は慄然《りつぜん》と四辺を見回した。敵の姿が見えぬだけに、その恐怖は底しれぬものがある。

（深追いは禁物だ……）

ぶるっと肩を顫《ふる》わせ、平八郎は背を返してすばやく立ち去った。

日本橋駿河町《するがちょう》のそば屋の二階座敷で、星野藤馬は酒を飲んでいた。両国広小路で平八郎と別れたあと、〝ある人物〟と待ち合わせるために、駿河町のこのそば屋に直行したのである。

ややあって、階段にトントンと足音がひびき、〝待ち人〟が姿をあらわした。意外にもその人物は、平八郎を尾行していた塗笠の侍であった。

「おう、ご苦労だった」

藤馬が声をかけると、侍は威儀を正して藤馬の前に着座し、おもむろに塗笠をとった。前髪《まえがみ》、若衆《わかしゅう》髷《まげ》の凜《りん》とした面立ちの侍である。

「どうだった？」

侍は気まずそうに頭を下げて、

「申し訳ございません」

小さな声でいった。女の声である。侍の面貌《めんぼう》をよく見ると、色が抜けるように白く、睫《まつ》毛《げ》が濃い。唇は花びらのように紅く小さい。男装の女であった。

——別式女《べっしきめ》の小萩である。

「勘づかれたか」

「はい」

「ま、致し方あるまい」

藤馬は恬淡《てんたん》と笑った。

「で、何かわかったか？」

「はい。佐賀鍋島藩の上屋敷の様子を探っておりました」

「ほう」

と、うなずいたものの、意外そうな表情は見せなかった。平八郎と鍋島藩との関わりについては、おおよその見当がついていたからである。

「どうやら鍋島藩との間に何かのっぴきならぬ確執があるようだな」

「探ってみましょうか」

「いや、もうよい」

藤馬は盃の酒を飲みほし、

「それだけわかれば十分じゃ」


陽差しが西の空に傾き、河岸通りの家並みの屋根を赤々と染めている。

平八郎は、本所竪川《たてかわ》の一ツ目橋のあたりを歩いていた。少し酔っていた。帰りがけに広小路の煮売屋に立ち寄って一杯ひっかけてきたのである。

河畔の柳の枝が風にゆれている。

路上に長い影を落として黙然と歩いて行く平八郎の半丁（約五十五メートル）ほど後方

に、もう一つの影がつかず離れずつけていた。頬かぶりの山猫与七である。平八郎はその影にまったく気づいていない。

（そろそろ入江町の長屋も引き払わねば……）

歩きながら、そんなことを考えていた。刺客の影がひたひたと身辺に迫っている。いずれ彼らは「おけら長屋」を突き止めるに違いない。できれば無用な争いを避けたかった。

（江戸を出ようか）

とも思ったが、江戸を出たところで同じことであった。吉岡監物が復仇《ふっきゅう》をあきらめないかぎり、刺客たちは地の涯《はて》まで追ってくるだろう。

「あら」

女の声に平八郎は我に返った。眼前に、きれいに髪を結い、薄化粧をほどこしたお葉が婉然《えんぜん》と笑みを泛《う》かべて立っている。

「お葉……」

「お久しぶりです」

「これから店に出るのか」

「ええ、平八郎さまは？」

「長屋にもどるところだ」

「夕飯は済んだんですか」

「いや」

「よかったら一緒におそばでも食べません？　この近くに味自慢の屋台があるんです」

誘われるまま、平八郎はお葉のあとについた。相生町《あいおいちょう》一丁目の小路を左に折れると、一本目の路地角に二八《にはち》そばの屋台が出ていた。

床几《しょうぎ》に腰をおろしてそばをすすりながら、

「とうとう探し出したそうだな」

平八郎が卒然といった。

「……？」

お葉は箸《はし》をとめてけげんそうな目で見返した。

「『天一《あまくに》』のことだ」

「なぜ、それを？」

「…………」

応えず、平八郎は黙々とそばをすすっている。

「そのことで……」

お葉が急に声をひそめた。

「ぜひお話ししたいことが……、今夜四ツ（午後十時）ごろ、わたしの家にきてください」

竪川の南河岸、松井町二丁目の貸家に住んでいると、平八郎の耳もとでささやくようにいった。

「二ツ目橋をわたって、すぐ右に折れた二軒目です」

必ずきてくださいよ、と念を押してお葉は足早に立ち去った。

このとき――四、五間離れた天水桶《おけ》の陰にじっと身をひそめて二人の様子をうかがっている頰かぶりの男がいた。

山猫与七である。

4

――罠《わな》かもしれぬ。

平八郎の脳裡《のうり》に一抹の疑念がよぎった。

ぜひ話したいことがあるとお葉はいったが、なぜわざわざ自分の家によばなければならぬのか? まずそれが不可解だった。忍び仲間の目を警戒してのことなら、むしろ別の場所で逢ったほうが安全であろう。

疑うだけの理由もあった。平八郎は神田佐久間町の質屋『相良屋』の裏手で三人の忍びを斬殺している。お庭番がこのまま黙っているとは思えなかったし、彼らがその気になれば下手人を突き止めるのも難しいことではない。

そう考えると疑念はますます深まり、先刻のお葉との「偶然の出逢い」も工《たく》まれたような気がしてならない。

畳に仰臥《ぎょうが》しながら、平八郎はじっと天井を見つめていた。

時が刻一刻とすぎてゆく。

迷っていた。心のどこかでお葉を信じたいという想いもあった。その想いと疑心が烈しく葛藤《かっとう》していた。

ゴーン、ゴーン……。

突如、耳を聾《ろう》さんばかりに鐘が鳴りはじめた。入江町の四ツ（午後十時）の鐘である。けたたましい鐘の音に障子窓がびりびりと震えている。

平八郎はむっくり起き上がると、朱鞘の刀を腰におとして長屋を出た。お葉の言葉を信じたからではない。堂々めぐりのおのれの心に決着をつけるためである。お葉を信じるか信じないかはおのれが決めることであり、その結果がどう出ようとおのれが責任をとればいいのだ。

降るような星明りを浴びて、平八郎は横川の河岸通りを南へ急いだ。なぜか心の奥底に不吉な昂《たかぶ》りがあった。ひたすら死地に向かって急いでいる。そんな感覚である。

北辻橋の北詰にさしかかったところで、その感覚は現実のものとなった。行く手の闇に黒影が三つ、忽然《こつぜん》とわき立ったのである。深編笠に裁着袴《たつつけばかま》、黒革の手甲《てっこう》をつけた厳重な身ごしらえの武士たちであった。

平八郎は無言で闇に目をすえた。

「やっと会えたな、平八郎」

影の一つが野太い声を発した。誰何《すいか》するまでもなく、影の正体はすぐわかった。佐賀鍋島藩御年寄役・吉岡監物がはなった刺客たちである。

平八郎は刀の柄頭に手をかけて敵の出方をうかがった。三つの影が抜刀した。蒼白い星明かりを受けて三本の刃が冴え冴えと光った。左は横川、右は民家の板塀である。退路はうしろしかない。三つの影がじりじりと間合いを詰めてくる。平八郎は刀を抜いて剣尖《けんせん》をだらりと下げ、右半身に構えた。「車《しゃ》」の構えである。

三つの影がいっせいに地を蹴《け》って間境を越えた。同時に平八郎の躰が左に回転した。回転の遠心力で下から斜め上に刀を薙《な》ぎあげる。右から斬り込んできた一人が胴を横一文字に断ち斬られて仰向けにころがった。ばっくり裂けた傷口から内臓がとび出している。斬られた武士は無意識にその内臓を腹の中に押し込もうとしている。が、すぐに息絶えた。残るふたりは大きくうしろに跳びすさった。

「な、何をしておる！」

一人が叫んだ。反射的に平八郎は背後をふり返った。五、六間後方の闇の中に二つの黒影が立っていた。江戸藩邸から狩り出された定府の侍だろうか、黒布で面を隠している。平八郎の顔にかすかな恐怖が奔《はし》った。二人の武士は半弓を構えていた。

「射て！」

深編笠が叫ぶのと、平八郎が横ざまに跳ぶのとほとんど同時だった。風を切って飛来した二本の矢が平八郎の首すじをかすめ、ストンと河畔の立木に突き刺さった。

二人の侍がすかさず二の矢をつがえようとしたそのときである。背後の路地角から地響きを立てて跳び出してくる影があった。

矢をつがえていた覆面の侍はあわてて抜刀し、猛然とその影に斬りかかった。

「おいとしぼうッ」

奇妙な掛け声とともに、影は抜き打ちざまに一人を斬り倒し、返す刀で、

「おいとしぼうッ」

もう一人を袈裟《けさ》がけに斬り伏せた。

星野藤馬である。

不意をつかれて、一瞬、愕然《がくぜん》と立ちすくむ深編笠に、平八郎の刀が飛んだ。かわす間もない瞬息の斬撃である。一人が喉を裂かれて仰向けに斃《たお》れ、もう一人は深編笠ごと頭蓋《ずがい》を叩き割られて地面にころがった。とどめを刺すまでもなく二人は絶命していた。

冴えた鍔鳴《つばな》りとともに刀を鞘《さや》におさめ、平八郎はゆっくり背後をふり返った。すでに納

刀した藤馬がふところ手でうっそりと突っ立っている。

「また助けられたな」

「おぬしを死なせるわけにはいかんからのう」

「知っていたのか？」

「何を……」

「この連中のことだ」

「ふふふ、わしの耳は――」

「地獄耳か」

「おぬしとは永い付き合いになりそうじゃ。命を大事にせいよ」

といって藤馬はにやりと笑い、ゆったりと背を返した。


平八郎は走った。竪川沿いの道を西へまっしぐらに走る。なぜこんなに急がなければならぬのか、自分でもわからない。何も考えずにただ走った。二ツ目橋をわたり、最初の角を右に折れる。

二軒目に柿葺《こけらぶ》き屋根の小さな家があった。障子窓にほんのりと明かりがにじんでいる。

戸口に立って呼吸《いき》をととのえ、静かに引き戸を開けて、

「お葉……」

奥に声をかけた。応答はなかった。もう一度よんでみたが寂《せき》として声はなく、人のいる気配さえなかった。油断なく身がまえながら上がり框《かまち》に足をかけ、腰の差料《さしりょう》を引きぬいて鞘の先でそっと襖を押しあけた。

隙間から行燈《あんどん》のほの暗い灯りが漏れてくる。

がらっ。一気に襖を開けはなった。

不意の襲撃にそなえて刀を半分ほど引き抜き、居斬りの体勢で部屋の中にとび込んだ。瞬間、眼前にふわりとよぎるものがあった。間髪をいれず抜きざまに斬り棄てた。が、まったく手応えがない。

「……？」

拍子抜けのていで立ちすくみ、足もとに目をやった。斬り棄てたのは衣桁《いこう》にかけられたお葉の着物であった。部屋の中は無人である。隣室の障子も引き開けてみたが、お葉の姿はなかった。

（妙だな……）

刀を鞘におさめ、不審げに四囲《あたり》を見回した。ふいにその目が一点にとまった。部屋の仕切り壁に紙が張られてある。簪《かんざし》で突き刺されたその紙には、

『とねへいはちろうへ。おんなはあずかった。むこうじま、こうめむら、りゅうせんじにこい。くもきり』

みみずが這《は》ったような文字でそう書かれていた。

「雲霧……!」

平八郎を驚かせたのは、それだけではなかった。紙には『とねへいはちろう』と自分の名がはっきりと記されていた。瞬時に事態を察した。

(あのときの恨みか……)

日本橋の呉服太物問屋『大嶋屋』で夜番をしていたときの一件である。平八郎は雲霧一味を撃退し、手下の手首を斬り落とした。

あのときの意趣返しのために、一味はお葉を拉致《らち》し、「むこうじま(向嶋)」「こうめむら(小梅村)」の「りゅうせんじ(竜仙寺)」に平八郎をおびき出そうとしているのである。

そこにどんな卑劣な罠が仕掛けられているか知るすべもないが、一味の挑戦を拒むつもりはなかった。むしろ望むところである。

《一死をもって不義を正す》

一味に殺されて汐留川に投げ棄てられた医者・武田順庵、夫婦もろとも惨殺された『大嶋屋』、手込めにされて無残に締め殺された娘のお絹……。それぞれが少なからず平八郎と関わりを持った人間たちである。彼らの悲痛な叫びが平八郎の心をつき動かしていた。

青白い星明りの中に、平八郎の孤影が泛《う》き立った。

二ツ目橋近くの無人の桟橋である。

猪牙舟《ちょきぶね》が二艘《そう》もやっている。その一艘に乗りこむと、平八郎は手早くもやい綱をほどいて舟を押し出した。本所二ツ目から向嶋の小梅村まではかなりの距離がある。おそらく雲霧一味も舟を使ったにちがいない。

竪川をまっすぐ東下して、三ツ目橋をすぎると、やがて横川と交叉《こうさ》する。平八郎の猪牙舟は、そこで大きく左に旋回して舳先《みよし》を横川に向けた。横川は、ほぼ直線的に南北に走っており、両岸には旗本屋敷や幕吏の小屋敷などが櫛比《しっぴ》している。

時刻は四ツ半（午後十一時）ごろだろう。人家の灯りはほとんど消えていて、四辺は死んだように寝静まっている。

しばらくいくと、前方に橋が見えた。業平橋《なりひらばし》である。横川はそこで源森川《げんもりがわ》に合流し、水戸藩の下屋敷の南を通って大川（隅田川）につながる。

業平橋の東詰の船着場に舟をつけると、平八郎は土手をのぼってさらに北に足を向けた。

視界には涯てしない闇がひろがっている。小梅村は田園地帯である。昼間見れば、このあたりは緑の稲穂が波うつ大海原なのであろう。

5

前方に、ひときわ黒々と浮かび立つ森影が見えた。その森の中に『竜仙寺《りゅうせんじ》』はある。

山門につづく道は雑草がうっそうと生い茂り、大小の石塊《いしくれ》がごろごろと散乱している。もはや道とはいえぬほど荒れ果てていた。

『竜仙寺』は廃寺である。五、六年ほど前、住職と梵妻《だいこく》が疫病にかかって病死し、それ以来、跡をつぐ者もなく無住の荒れ寺になっていた。

朽ち果てた山門をくぐり抜けると、その向こうに廃墟《はいきょ》と化した伽藍《がらん》が、あたかも巨船の残骸《ざんがい》がごとき無残な姿を闇にさらしていた。

フッホォホ、フッホォホ……。

伽藍の裏手の雑木林から仏法僧《ぶっぽうそう》の啼《な》き声が聞こえてくる。

平八郎は足音をしのばせてゆっくり歩を運んだ。腐りかけた階段をのぼって本堂の回廊に立ち、闇に目をこらして様子をうかがう。荒れ果てた堂内にはむろん本尊も須弥壇《しゅみだん》もない。文字どおりのがらんどうである。

ふいに仏法僧の啼き声がやみ、堂の奥の闇間から、

「刀弥平八郎か？」

胴間声がひびいた。地獄の底からわき立つような陰気で野太い声である。平八郎は油断なく堂内に足を踏み入れた。

「動くな！」

怒声がひびいた。

「女を受け取りにきた。どこにいる？」

平八郎が奥に声をかけると、

「いま見せてやる。そこを動くんじゃねえぜ」

声がぷつりと切れて、ふたたび静寂が流れた。堂内はまったくの闇である。平八郎の右手が刀の柄にかかっていた。

突然、闇に一条の光が奔《はし》った。龕燈《がんとう》のするどい明かりである。その瞬間……、

（あっ）

平八郎は息を飲んだ。

龕燈に照らし出されたのは、一糸まとわぬお葉の裸身であった。両手は麻縄でしばられ、天井の梁《はり》に吊《つ》るされている。口には猿ぐつわが咬《か》まされ、大きくひろげた両脚は左右の柱にくくりつけられていた。

一瞬、平八郎は幻夢を見ているような錯覚にとらわれた。

龕燈の明かりにさらされたお葉の白い裸身は、漆黒の闇の中でその白さをいっそう際立

たせ、たとえようもなく美しい耀きをはなっている。凄艶《せいえん》の一語につきた。この異常な状況の中で、瞬時、平八郎は我をわすれてお葉の裸身に見入っていた。

「刀を捨てろ!」

その声で我に返った。

「聞こえねえのか!」

ふたたび胴間声がひびき、龕燈の明かりの中に忽然と黒影がわき立った。抜き身をひっ下げた仁左衛門である。

「女を放してやってくれ」

「わからねえ野郎だな。刀を捨てろといってるんだぜ!」

獰猛《どうもう》に吠えるや、抜き身をお葉の股間にぴたりと押しつけた。刃先が太腿《ふともも》をかすめたらしく、右の内腿《うちもも》に糸をひくように細く血がしたたり落ちた。

「やめろッ」

平八郎は思わず叫んだ。

「ふふふ、次はどうなるかわかってるだろうな」

仁左衛門は酷薄な笑みをきざんで、脇差の切っ先でお葉の秘毛をなで下ろした。

「………」

平八郎は無言裡《り》に朱鞘の刀を床においた。

「よし」

仁左衛門の声を合図に、左手の柱の陰から男がうっそりと姿をあらわした。〝おさらば仙吉〟である。同時に、右の柱の陰から木鼠杢兵衛がぬっと歩み出た。さらにその背後から山猫与七。埃《ほこり》まみれの床板に四つの影が差した。

平八郎は両手をだらりと下げたまま立ちつくしている。仙吉がつかつかと歩み寄って刀を拾いあげ、いきなり鞘《さや》の鐺《こじり》で平八郎の鳩尾《みぞおち》を突いた。力まかせの一撃だった。ぐらりと躰《からだ》を泳がせて、平八郎は前のめりにくずれ落ちた。

「これを見ろ」

仙吉がぐいと右手を突き出す。平八郎に手首を切り落とされて棒状になった手である。

「貴様のおかげで、こんな手になっちまったぜ」

憎々しげにそういうと、倒れている平八郎の顔にペッと唾棄《だき》した。

「気のすむまで、たっぷり可愛がってやんな」

杢兵衛が冷やかにいった。仙吉は思いきり平八郎の顔を蹴りあげた。鼻血が飛び散って平八郎の顔面が赤鬼のように朱に染まった。

「こ、殺せ……」

「そうはいかねえ」

残忍な笑みを泛かべ、今度は刀の鞘で思い切り背中を叩き伏せた。身をよじって苦悶《くもん》す

る平八郎に馬乗りになり、右腕を背中にまわしてぎりぎりとねじ上げると、

「おもしれえことが始まるぜ。あれを見な」

仙吉が顎《あご》をしゃくった。

いつの間に脱ぎ捨てたのか、仁左衛門が素っ裸で突っ立っている。褌《ふんどし》もつけていない。股間の一物が鎌首のようにいきり立っている。

「ふふふ、こんないい女にはめったにお目にかかれねえ。ついでにたっぷり楽しませてもらうぜ」

淫猥《いんわい》な嗤《わら》いを泛かべて、仁左衛門はお葉の背後にまわった。これから何が起きるのか考えるまでもなかった。お葉はそのことから逃れようと必死に身をくねらせている。が、麻縄でいましめられた四肢は自由がきかない。

仁左衛門は背後から手をまわしてお葉のたわわな乳房をもみしだき、一方の手を股間にすべり込ませた。

ゆっくり恥丘をなでおろす。指先が茂みをわけて花芯《しん》を押しひらく。薄桃色の肉ひだが龕燈の明かりにさらされ、つややかに光っている。仁左衛門は腰をかがめて屹立した一物をにぎりしめ、うしろからグイと突き立てようとした。

そのときである。

信じられぬことが起きた。仁左衛門の股間に何かが飛来して、ぐさりとふぐりをつらぬ

いたのである。

「ぎゃあッ！」

絶叫とともに仁左衛門は仰向けに転倒した。股間がまっ赤に血に染まっている。

その瞬間、何が起きたのか、時間を寸秒もどして再現すると……。

仁左衛門が一物をお葉の秘所に突き立てようとした瞬間、平八郎が仙吉の躰を突き飛ばし、手のひらに隠し持った笄《こうがい》を仁左衛門のふぐり目がけて投げつけたのである。

そのあとの平八郎の動きは、信じられぬほど迅《はや》かった。呆気《あっけ》にとられている仙吉の手から刀を奪い取るや、ころげまわって苦悶している仁左衛門のもとに身を躍らせ、抜き打ちざまに仁左衛門の首をかき斬っていた。

杢兵衛と与七があわてて脇差を抜きはなったときには、平八郎の躰はもう二人の前に跳んでいた。と同時に斬りかかってきた杢兵衛を逆袈裟に斬りあげ、

「野郎ッ」

と突いてくる与七の切っ先を横に跳んでかわすと、たたらを踏んで突んのめる与七の背中に、深々と刀を突き刺していた。

そこへ、仙吉が猛然と斬り込んできた。間一髪、与七の背中から刀を引きぬき、ふり向きざま、下から垂直に薙《な》ぎあげた。切っ先が仙吉の胸、喉、顎を一直線に斬り裂いた。

顎をまっ二つに割られた仙吉は、血へどを吐いて無様にころがった。

平八郎はすぐさま身をひるがえし、お葉の四肢のいましめを断ち切った。

床にくずれ落ちたお葉の躰がかすかに顫《ふる》えている。乳房の上にぽとりと泪《なみだ》がひとしずく落ちるのを、目のすみに見ながら平八郎はゆっくり背を返した。

フッホォホ、フッホォホ……。

伽藍の裏手でふたたび仏法僧が啼きはじめた。

平八郎は参道に佇立《ちょりつ》していた。

ややあって、着物をまとったお葉が本堂から出てきて小走りに駆けより、平八郎の胸にとび込んだ。平八郎は無言で肩を抱いた。お葉の躰が小鳥のように顫えている。

お葉は泣いていた。とめどなく流れ落ちる泪《なみだ》が平八郎の胸を濡《ぬ》らした。

「行こう」

お葉の肩を抱いて歩き出した。


本所にもどる舟の中で、お葉から意外な事実を聞かされた。

お庭番が手に入れた『天一《あまくに》』は真っ赤な偽物だったという。平八郎に聞かせたい話というのはそれだったのである。

「文昭院公（六代将軍家宣）の遺言状はどうなった?」

「天英院さまにお見せしたところ、文昭院さまの手蹟とは似ても似つかぬ偽物だったそうです」

「とすると……」

風間新右衛門が片倉宗哲から買い取ったという遺言状が、そもそも偽物だったのか、それとも新右衛門が本物と偽物をすり替えたのか。もし、後者だとすれば『天一』をめぐる吉宗と尾張の戦いは果てしなくつづくことになるだろう。

（『天一』は人の生血を吸う妖刀だ……）

櫓《ろ》をこぎながら、やり切れぬ思いで平八郎は夜空を見上げた。星明かりが消えて、暗雲が立ちこめている。

風が立ちはじめた。

解説

菊池 仁

本書は、作者黒崎裕一郎の記念碑的大作〝はぐれ柳生シリーズ〟（全三巻）の第一部にあたり、待望の文庫化である。本書には思い入れがある。単行本の出版時に推薦文を依頼され、校正刷りで読んだ。興奮した。少年期を東映の時代劇、青年期を眠狂四郎や山田浮月斎（五味康祐『柳生武芸帳』の主人公）にあこがれてチャンバラ小説を漁っていた筆者にとっては、こたえられない面白さをもった作品であった。その時の興奮を次のように記した。

《五味康祐と柴田錬三郎の面白さを同時に味わえる本格的なチャンバラ小説の登場である。時代小説の面白さはヒーローの人物造形にある。息苦しい現代社会の歪みをスパッと裁ち斬る待望のニューヒーロー・刀弥平八郎が鍋島新陰流の弧剣を携えてやってきた。

八代将軍継承問題の謎を秘めた妖刀『天一』の在処をめぐって、お庭番、尾張土居下衆、くノ一、盗賊雲霧仁左衛門、朱の一族等ひと癖もふた癖もある曲者が江戸の闇を跋扈する。血湧き肉躍る物語性溢れた逸品で、時代小説の黄金時代にいるのではないかと見紛うばか

りである。これだから時代小説を読むのはやめられない。こんな作品を待っていた。》

別に推薦文だからというわけではない。掛値なしの讃辞であった。実はもう一人、推薦文を寄せている人がいた。日本の時代劇史上、屈指の名作『十三人の刺客』の映画監督、工藤栄一であった。それもあわせて紹介しておく。

《時代は元禄から享保。七代将軍徳川家継の夭死によって、八代将軍の座をめぐり御三家筆頭の尾州徳川家と紀州徳川家との間に深刻な争いがあった。尾州の徳川継友か紀州の吉宗か、近親憎悪の醜い争い、権力闘争の凄まじさ、その歴史の暗くて深い謎の部分に視点を定めてロマネスクな世界を構築した活劇時代小説。

吉宗擁立のために暗躍する権謀冷徹な男、巨勢十左衛門等お庭番の暗闇が関りのない市井の人間を巻き込んで、謎を深めて行く。「徳川実紀」などの資料を駆使、作者なりの新たな解釈を付加したストーリー展開のおもしろさがある。

かつて隆慶一郎が『影武者徳川家康』で試みた独特の歴史観を持った時代小説のように新風がおきるであろう。

作者のエネルギーを感ずる。》

ひたすら時代劇を撮り続けてきた工藤栄一の眼にかなったのだから、新人の作品とはいえいかに質が高かったかがうかがえる。

余談になるが『十三人の刺客』の脚本を書いたのが、『四十七人の刺客』で時代小説界に華々しくデビューし、またたくまに第一人者となった池宮彰一郎（脚本は池上金男名義）である。あらためて言うまでもなく文中の隆慶一郎も脚本家出身で、『吉原御免状』でデビューし、不振にあえぐ時代小説界に新風を送り込み一時代を築いた作家である。先輩格に直木賞を受賞した星川清司がいるし、先頃、第十回時代小説大賞を『十手人』で受賞した押川國秋も脚本家出身である。彼等の共通項は作家としてのゆるぎない基礎と、題材の豊富なストックである。

実は黒崎裕一郎も脚本家出身である。作者は一九四二年、東京に生まれ、東京電機大学を卒業後、撮影機材会社の技師、制作会社プロデューサー、一年間の海外ケチケチ旅行を経て、脚本家に転身。きっかけは『必殺シリーズ』への原稿持ち込みであったという。

「『必殺』で時代劇の勉強を、『太陽にほえろ！』で現代劇の勉強をさせてもらいながらプロになった感じです」

と自ら語っている。その後、下積みもなく『必殺』と『太陽にほえろ！』の二本のレギュラーで生活も安定。さらに幸運なことに時代劇と刑事ドラマの全盛時代が続き、そのジャンルで次々とレギュラーに起用された。一九九六年に中村勝行名義の『蘭と狗』で第六回時代小説大賞を受賞するまで二十三年のキャリアで四百本近いシナリオを手がけている。時代小説大賞選考委員の半村良が「読み始めてすぐ手慣れた人の作だと分かった」と選評で看破していたが、ただの素人では決してない。前述した脚本家出身の作家同様、脚本家としての経験がものを言っているのは確かで、ストーリー展開のおもしろさに工藤栄一が舌を巻いたのも決して偶然ではない。

さて、そこで本書である。題名に注目して欲しい。〝はぐれ柳生〟となっているが、これがこのまま本書の特徴を形成している。

まず〝柳生〟だが、〝柳生〟はチャンバラ小説にとってはヒーローの宝庫だ。石舟斎を筆頭に、宗矩、十兵衛、友矩、兵庫助、連也斎と枚挙にいとまがない。作品の方も先に紹介した『柳生武芸帳』をはじめ、山岡荘八『春の坂道』、隆慶一郎『柳生刺客状』、津本陽『柳生兵庫助』と名作が目白押しである。作者の着眼点の良さは、同じ柳生新陰流を扱うのでもこれら柳生一門を避けて、佐賀鍋島藩に伝わる鍋島新陰流をクローズアップしたところにある。つまり、〝はぐれ柳生〟である。この場合の〝はぐれ〟とは、正当な流れからはぐれたという意味である。〝はぐれ柳生〟にはもうひとつの意味がこめられている。それは鍋島藩の藩士・山本常朝の『葉隠』思想を骨の髄まで叩きこまれた人間があみだした柳生の剣という意味である。と共に父を陥《おとしい》れた上役を斬り捨てたために浪々の身となった主人公刀弥平八郎の生きざまを象徴したものとも受け取れる。いずれにせよ、我々は平八郎が新陰流の円転自在に動く自然の剣〝まろばし（転）〟に独自の工夫を加えて必殺必勝の剣とした〝まろばしの殺人剣〟に酔うことになる。

実は、本書にはもうひとつの主題が隠されている。それは〝享保の改革〟を断行した八代将軍吉宗の人物像に対する作者独自の解釈である。そこで思い出すのが九五年にNHK大河ドラマでジェームス三木脚本、西田敏行主演で放映された「八代将軍吉宗」である。これにより一代吉宗ブームが起ったことを記憶されている読者も多いはずだ。本書が出版されたのが九八年であることを考えると、作者の意図がこの大河ドラマに対するアンチテーゼを提起するところにあったと推測しうる。

物語の発端が〝六代将軍家宣の遺言状の秘密〟をかかえた浄円院の死となっているのはそのためだ。この吉宗の地位をおびやかすことになりかねない遺言が隠され名刀〝天一〟をめぐる闘いが物語の太い導線となっている。この〝天一〟の使い方がうまく、ストーリーテラーとしても一流であることを証明している。

ちなみに、八代将軍の座をめぐる紀伊と尾張の抗争を題材とした作品には、五味康祐『如月剣士』、南原幹雄『御三家の犬たち』『お庭番十七家』等があるが、これらの作品と比較しても遜色のない出来となっている。

作中のいたるところに仕掛けられた新解釈や工夫の数々は、視聴率という化物と長きにわたって闘ってきた作者ならではのものであろう。

二〇〇二年三月

(この作品は1998年12月徳間書店より刊行されました)

徳間文庫

はぐれ柳生《やぎゅう》殺《せつ》人《にん》剣《けん》

2002年4月15日 初刷

著者 黒《くろ》崎《さき》裕《ゆう》一《いち》郎《ろう》

発行者 松《まつ》下《した》武《たけ》義《よし》

東京都港区東新橋一―一 〒105―8055

発行所 株式会社 徳間書店

電話（〇三）三五七三・〇一一一（大代）

振替 〇〇一四〇―〇―四四三九二

印刷 凸版印刷株式会社

製本 ナショナル製本協同組合

〈編集担当 本間 肇〉

ISBN4-19-891688-8 （乱丁、落丁本はお取りかえいたします）

日本海殺人ルート
西村京太郎
特急車内の殺人。容疑者のアリバイを崩すため、十津川警部走る！

刻謎宮 II 上光輝篇 下渡穹篇
高橋克彦
龍馬が、総司が、マタハリが、古代中国の西遊記世界に甦り、縦横無尽の大活躍。息つく暇もないアクションが炸裂する歴史伝奇巨篇

京都桂川殺人事件
木谷恭介
子犬の鳴き声に導かれて入った竹林の奥には着物の女性の死体が！

連鎖の追跡
笹沢左保
迷宮入り寸前の強盗事件と新たな殺人が絡み合い過去の悲劇を暴く

日本海軍前史
海の夜明け
白石一郎
幕末、若者達が咸臨丸で太平洋に乗りだすまでの苦闘と感動の物語

はぐれ柳生殺人剣《せつにん》
黒崎裕一郎
吉宗出生の謎を巡り漂泊の剣士が柳生の秘剣をふるう本格時代活劇

徳間書店の最新刊

夜ひらく美唇
北沢拓也
贓と引き替えに粘膜探偵となった男が、性戯を駆使して探す女は…

エンロンが弾いた
新エネルギー戦争の罠
大下英治
石油が枯渇するとき新エネルギーを制する者は!? 未来予測ノベル

癒しの診察室
米山公啓
到来する高齢化社会に向け真に癒しの場となる医療のあり方を描く

アジア偏愛日記
立松和平
過激で清澄で豊饒なるアジアを愛してやまない作家の十七カ国紀行

アジアほどほど旅行
下川裕治
貧乏でも贅沢でもない新しい旅のスタイル。熟年アジア好き必読書

ハングルおもしろ講座
黒田勝弘
アカスリ、グルメ、ワールドカップに今日から使えるハングル入門

海外翻訳シリーズ
D－T－O－X
H・スウィンドル
野村芳夫訳
入院中の刑事が連続殺人に立ち向かう。スタローン主演映画化作品